砂の眠り　水の夢

冴木忍

毎日新聞出版

本書は書き下ろしです。

目次

イラスト／弘　司

プロローグ

月も星もない漆黒の夜だった。

凍えるような冬枯れの野を、少年は走っていた。白い息を吐き、裸足に血を滲ませながら。

真冬であるにもかかわらず、少年が身につけているのは薄い上着と穴の開いたズボンのみ。傷だらけの肌と髪は垢や泥で汚れ、本来の色もわからなくなっていた。

時々後ろを振り返るが、追っ手の足音と気配はない。とはいえ、安心はできなかった。

(夜が明ける前に、少しでも遠くに逃げなくては)

墨を流したような闇の中を、少年は走った。進むべき方角も逃げてきた方角もわからないまま、自由への渇望に急き立てられ、ただ走り続けた。


ふいに、闇の中で何か蠢くような気配とかすかな物音を感じ、少年は立ち止まった。そして目を凝らし、耳に神経を集中させた。

(追っ手だろうか。いや、違う。まるで、大勢の人間が歩き回っているような……)

少年は夜目が利く。やがて、ぼんやりと見えてきたのは、黒い人影だった。

黒い河の中を泳ぐ魚のように、複数の漆黒の人影が荒野を行き来している。あちらこちらに台が並び、雑多な品物が置かれていた。

どうやら売り買いをしているようだが、話し声はまったく聞こえない。聞こえるのは、枯れ草を踏む音と衣擦れのかすかな音のみ。

少年は身震いした。この異様な光景にある話を思い出した。それは月も星もない夜にだけ開かれる、不思議な市場のこと。

《闇鬼市》――暗闇と沈黙の市。

それは人の近付かない場所で、たとえば町外れの空き地や墓地、あるいは山の中や荒野などでも開かれるそうな。灯はなく、交渉は無言で行われる。言葉の通じない者同士でも商売できるように、そして無用な争いを避けるために。

　何故なら、《闇鬼市》には色々な人間が集まってくるからだ。言葉の通じない外国人、売り買いの理由を知られたくない後ろ暗い輩、顔を見せたくない犯罪者など。

（気味の悪い場所に迷い込んでしまった）

　早くこの場所から離れようと少年は焦ったが、なかなか進めない。手足が鉛のように重く、息苦しい。闇が全身にねっとりと纏わりつき、油断すると搦め捕られてしまいそうだ。

　もがくように歩いていると、少年の目はある台の上に吸い寄せられた。灯もないのに、台の上の品物がはっきり見えた。いや、輝いて見える。

　少年は引き寄せられるように、その台の前に立った。

（これが欲しい）

　輝いている品物を食い入るように見つめていると、台の向こう側に座っている人影――売り主が動いた。そして品物の横で、指を三本立てた。銀貨三枚、あるいは金貨三枚ということか。

　少年は頭を横に振った。硬貨など持っていない。すると、売り主の指が二本になった。少年はもう一度頭を横に振り――ようやくそのことに気がついた。

　売り主の顔も身体も真っ黒なのに、肘から先だけがはっきりと見える。死体のような青白い肌、黒く長い鉤爪。その黒い鉤爪が少年を指し、それから品物を指した。

　少年は顔をしかめた。そして交換する物を何も持っていないと伝えるため、両手を軽く広げてみせた。

　しかし、売り主は再度、品物と少年を交互に指した。少年の言いたいことが通じなかったようだ。ならばと、少年は今度は大きく両手を振った。だが、

黒い鉤爪は品物と少年を順に指している。いくら暗闇でも、この至近距離で通じていないはずはない。いや、通じたからこそ、繰り返しているのではないか。望む返事を促して。

少年の肌は粟立ち、背筋を氷の蛇が這い上がった。

（逃げなくては）

そんな少年を引き留めようとする如く、品物の輝きが増していた。眩いばかりに煌めく虹色――赤、青、黄、緑、七色の光に包まれている。

（この輝きに触れてみたい）

かつて感じたことのない強い衝動が突き上げた。その一方で、本能が危険だと叫んでいる。相反する二つの感情がせめぎ合い、頭の中がガンガンと痛んだ。

どれぐらいの時間が過ぎただろう。

やがて少年はのろのろとした動作で、品物と自分を順に指し、売り手に向かって大きく頷いた。

一章　東の国から来た娘

1

　黄金色の砂の海に浮かぶのは緑の島。旅人たちを迎え入れる癒やしのオアシスに、熱い風が吹きつける。

　砂漠の風に運ばれてくるのは細かな砂だけではない。大勢の人々と物資、そして運命さえも。

　炎天にさらされた広場の、陽光を照り返す石畳の上には何台もの荷車が並び、大勢の商人たちの姿があった。ラクダやラバたちに占拠されている水場の近くで、立ち話をしている黒い肌の商人。ポプラやタマリスクが枝葉を広げる木陰では、白い肌をした西の国の一行と東の国の商人たちが情報交換をしている。

　集まっている商人たちの懐目当てに、物売りたちがラクダやラバに負けじと声を張りあげる。売り物はワインや菓子、パン、果物、ゆで卵、品揃えも騒々しさも、ちょっとした市場並みだ。

　そんな広場の片隅、ポプラの木陰にルオーは座っていた。砂漠の人間らしい浅黒い肌に黒い髪、青い目は珍しいかもしれないが、多様な人種が行き交い、また生活しているオアシスでは特別、人目を引くほどではない。服装もごく平凡で、長袖の白いチュニックに革ベルト、袖なしの黒い外衣を羽織り、黒いズボンとサンダルをはいている。少し違うのは、左手にだけ黒い手袋をしていることだろう。

（さて、困ったたな）

　ポプラに寄りかかり、ルオーは目を閉じた。大家に怒鳴り込まれ、二、三日中に滞納している家賃を払うと約束して、部屋から逃げてきたものの、金策のあてはない。

（どこかに金儲けの話が転がっていないものだろうか）

　そんなことを考えていると、近付いてくる靴音に気がついた。薄く目を開けると、軽やかな足取りでルオーに向かってくる異国の娘が見えた。

　真っ直ぐな長い黒髪と黒曜石の大きな瞳、象牙色の肌、おそらく東の国の人間だろう。華奢な身体つきで、年の頃は十四、五歳ぐらいか。ただ、東の国の人間は若く見えるから、もしかしたら二、三歳は上かもしれない。

　異国の娘はルオーの前で立ち止まった。間近で見ると、長袖の上着は汚れ、足首まであるスカートはかぎ裂きだらけ。サンダルにいたっては、サイズが合っていない。可愛らしい顔も薄汚れている。いかにも長旅をしてきたらしい風体だが、荷物は見当たらない。

「おまえに間違いない。ようやく、役に立ちそうな者を見つけた」

　ルオーが口を開くより先に、娘がそう言った。東の国の言葉だ。

「人違いじゃありませんか？　あなたとは初対面のはずですが」

　戸惑いながら、ルオーは東の国の言葉で言った。

「人違いをするほど、我は間抜けではないわ。その左手、それで隠しているつもりか？」

　腕組みした娘が、ふんと鼻を鳴らした。反射的にルオーは自分の左手を押さえた。

「今からおまえに護衛を命じる。これの身を護り、手助けせよ」

　娘が傲然と言った。

「……は？」

　ルオーは自分の耳を疑った。東の国の言葉を聞くのは、久しぶりだ。それゆえ、聞き違いをしたのではないか。しかし――。

「よいか、どんな時もこれを護れ。そしてその左手で、これの願いを叶えるのだ。それができぬ時は、おまえも無事ではすまぬ」

娘の形の良い唇から出てきたのは、紛れもない脅迫だった。ルオーが絶句していると、娘は黒い瞳をスッと細めた。すると、ルオーの左胸に鋭い痛みが走った。ルオーは左胸を押さえた。ナイフを突き立てられたような痛みと息苦しさ、ただ事ではない。

「わかったか。これを裏切ったり、これの身が危険にさらされた時は、おまえの心臓が破れることになる」

苦痛に顔を歪めているルオーに、娘が冷厳に言い放った。尊大な態度だが、人を威圧する雰囲気がある。

(何者だ、この娘?)

ルオーが左手の黒い手袋を外そうとした瞬間、痛みが消えた。同時に、娘の身体が傾いた。倒れそうになった娘の身体を、ルオーは慌てて抱き留めた。

「ご迷惑をおかけして、申し訳ありません」

空になった素焼きの壺を地面に置き、ようやく人心地ついたというように娘が言った。

「どうぞ」

横に座っているルオーは、物売りから買った羊肉を挟んだパンとハチミツ入りの焼き菓子を差し出した。

「……ありがとうございます」

娘は顔を赤くしながら、パンと焼き菓子を受け取った。娘が倒れた原因は空腹で、意識を取り戻すまでの間、腹が賑やかに鳴っていた。

「ゆっくり食べてください」

ルオーが注意すると、娘は小さく頷いた。

パンと菓子を食べている娘を横目で見ながら、ルオーは戸惑っていた。

意識を取り戻した娘は、別人のようだった。人を威圧する雰囲気はなく、身なりはともかく、態度も言葉遣いも良家の子女のものだ。

（どういうことだ？）

脅迫の言葉、突然の胸の痛み――はっきりさせたいことは色々あるが、子供のような表情でパンを食べている娘には訊きにくい。

ため息を吐いたルオーの頭上で、ポプラの枝葉が揺れている。

「親切にしていただきながら、名乗りもせず申し訳ありません。わたくしはシェン・リンレイと申します。東の国から旅をしてきました」

パンと焼き菓子を食べ終えた娘、リンレイが頭を下げた。

「あなた様のお名前を教えていただけませんか？」

「わたしはルオーです」

ルオーが名乗ると、ようやくそのことに気がついたというように、リンレイは瞬きした。

「ルオー様は、東の国の言葉がとてもお上手ですのね」

「子供の頃、東の国にいましたから。使うのは久しぶりですが、通じるので安心しました。リンレイさんの故郷はどちらです？」

「わたくしの実家は《竜水の都》にあります。《竜水の都》をご存じですか？」

「行ったことはありませんが、話に聞いたことがあります。たいそう豊かで、美しい都だそうですね」

「ルオー様は、どちらにいらしたんですか？」

「皇帝のいる都です。ところで、リンレイさん。連れはいないのですか？　まさか一人旅ではないでしょう？」

ルオーが訊くと、リンレイは片手で口元を押さえ、落ち着かなげに周囲を見回した。

「ホワ爺が。どうしてホワ爺がいないのです？」

「どうしてと、わたしに訊かれても……。リンレイさんは一人で、この広場にやってきたようですが」

「わたくしが一人で、この場所に？」

「そうです。そしてわたしの目の前で、倒れたんです。覚えていないんですか？」

ルオーは渋面になった。

「覚えていません、何も。オアシスに辿り着いたことまでは覚えているのですが。それから、どうしたのか……気がついたら、わたくしは木陰に横たわっていて、側にルオー様がいて」

リンレイの声が震えている。ルオーは少しの間、リンレイを見ていた。

「空腹と軽度の暑気あたりで、記憶が混乱しているんでしょう。砂漠に慣れてない人間には、そういうことがあります」

ルオーの言葉にリンレイは頷いたが、釈然としない表情だ。それはルオーも同じだった。何も覚えていないと言っているが、本当かどうか。リンレイの人格の変貌、心臓が破けそうな痛みが、気のせいや偶然では納得できない。

（とぼけているようには見えないが、油断はできない。たとえ小娘であってもだ）

だからといって、リンレイを問い詰めて答えが得られるとも思えない。本当に覚えていないかもしれないし、覚えていないと言っている以上、知っていても話すはずがない。また、気になることは他にもある。遠い東の国から、砂漠にやってきた理由はなんなのか。

（物見遊山でもあるまいに）

ルオーがそんなことを考えていると、突然リンレイが立ち上がった。

「ホワ爺を見つけなくては。きっと今頃、わたくしを捜しているはずですわ」

「ちょっと、待ってください」

立ち上がったリンレイの腕を、ルオーは慌てて摑んだ。すると、耳元で大きな音がして、ルオーの頰に痛みが走った。

「も、申し訳ありません、ルオー様」

リンレイが怯えたように、身を震わせた。

「いや、いきなり腕を摑んだわたしが悪い。手が出たのは、元気になった証拠でしょう」

　手を離し、叩かれた頬を撫でながら、ルオーはむっつりと言った。良家の子女然としているが、実はなかなか気が強いらしい。

　少し離れたタマリスクの木陰にいる商人たちが、ルオーの方を見て笑ったり、頭を振っている。恋人たちの痴話喧嘩と思われたに違いない。

「ところで、リンレイさん。ホワ爺さんを見つけるにしても、心当たりがあるんですか？」

「いいえ」

　そんなことはたいした問題ではないとでも言うように、リンレイが頭を振った。ルオーは口の中で「やっぱり」と呟いて、前髪をかき上げた。

「いいですか、リンレイさん。オアシスはこれから、暑さと陽光が強烈に増していきます。居場所もわからない老人を捜して歩き回るのは、無謀というものです」

「でも、ホワ爺が心配です。子供の頃からの世話係ということで、老体にもかかわらず、砂漠までついてきてくれたのです。もしかしたら、わたくしと同じように倒れているかもしれません。早く見つけなくては」

　リンレイの黒い瞳には強い決意があった。ルオーが止めても、ホワ爺を捜しにいくだろう。

「……わかりました、わたしも手伝いますよ」

　言葉もわからない異国の娘を放っておけば半日で干物になるか、悪党に騙されて、ろくでもない場所に売り飛ばされるか、そのどちらかだ。別人のようだったリンレイの冷厳な宣告も気になるし、知らん顔をするのも気が咎める。

「ありがとうございます、ルオー様」

　疑いもしない笑顔でリンレイが言った時、水場から少し離れた場所でざわめきが起きた。見ると、大型の荷車が並んでいる辺りに、人が集まっている。

「何事でしょう？」

「さあ、なんでしょうね」

ルオーはまったく興味なかったが、リンレイは気になって仕方ないらしい。気も強いが、好奇心も強いようだ。

そこでルオーは水場付近からやってきた物売りを呼び止めて、訊いてみた。

「ああ、あれね。フラフラしながら広場に現れた年寄りが、倒れたんだってさ。外国人の行き倒れなんて、珍しくもなんともないんだけどね」

レモンが売れた物売りは、上機嫌で教えてくれた。

ルオーとリンレイは顔を見合わせた。

「まさかと思いますが、ちょっと見てきます」

「わたくしも行きます」

ルオーとリンレイは木陰を出て、人だかりの方に向かった。

「大丈夫か、この爺さん」

「生きてるのか？」

そんなことを言っている野次馬たちを、ルオーは押しのけた。すると、荷車の陰で仰向けに倒れている老人が見えた。年齢は六十ぐらいで、小柄で小太り。ボロ布にしか見えない服を着ている。頭髪はないが、細長い口髭を生やしている。

「ホワ爺！」

ルオーの後ろで、リンレイが叫んだ。どうやら、街のあちこちを捜し回る手間が省けたらしい。

（暑気あたりか、疲労か、空腹か）

原因がなんであれ、パンを置いたらこんがりと焼けそうな地面に、いつまでも寝かせておくわけにはいかない。ルオーはホワ爺を抱えた。

「とりあえず木陰に運んで、身体を冷やしましょう。飲めるものなら、水を」

「すぐに冷やします！」

そう言うと、リンレイが両手を振り上げた。

次の瞬間、ルオーは――広場にいた商人や物売り、並んでいる荷車やラクダまで――ずぶ濡れになった。

「なんだ？」

「水だぞ！」

「どうなってるんだ？」

広場は騒然となった。

驚きながら、ルオーは周囲を見回した。空には一片の雲もなく、大雨が降ったわけではない。それなのに広場全体が濡れ、ポプラやタマリスクの枝葉は宝石のように輝く滴を纏っている。

（何が起きたんだ？）

ルオーにもわけがわからない。わかっていることは、原因追究をしている余裕はないということだ。

今や広場は大混乱に陥っていた。突然の出来事に興奮したラクダやラバたちが暴れだしたからだ。ラクダは荷台に激突し、引っ繰り返し、散らばった荷物を踏みつけながら、ラバたちは狂ったように鳴きながら、暴走している。

こうなっては、どうすることもできない。商人や物売りたちは、悲鳴をあげながら逃げている。

「リンレイさん、広場から離れましょう！」

ずぶ濡れのホワ爺を背負い、何故か少しも濡れていないリンレイの腕を摑んで、ルオーは走った。

騒然となった広場から無事に脱出し、ルオーたちは細い路地に入った。泥レンガの家々が並んだ路地は、強い陽射しを避けることができるし、人通りもない。聞かれたくない話をするには、もってこいの場所である。

「どういうことですか、リンレイさん」

摑んでいた腕を離し、ルオーは訊いた。ホワ爺から滴る水や、ルオーの髪や衣服を伝った水が地面に円い痕を作るが、すぐに蒸発してしまう。

「な、なんのことでしょう」

引っぱられ、必死で走っていたリンレイは息を切らしながら言った。

「広場で突然、降ってきた水のことです」

「え？　わたくしは、何も知りません」

「そうですか？　わたしは、あなたが何か知っていると思っているんですが」

　ルオーはリンレイに顔を近付けた。

「リンレイさんが両手を振り上げたとたん、水が降ってきました」

「偶然ですわ」

　リンレイが顔をそむけた。その頬が、かすかに紅潮している。

「わたしを含め、広場にいた者はずぶ濡れになりました。それなのに、あなただけ濡れていない。それも偶然ですか？」

　さらに顔を近付けた時、ルオーの耳元で大音響が炸裂した。

「リンレイお嬢様から離れんかい!!」

　あまりの大声に、ルオーは思わず耳を押さえ——老人から手を離してしまった。ドスンという音がして、ホワ爺が地面に尻餅をついた。

「いきなり手を離すとは、なんて乱暴な若造じゃ！」

　と言ったらしいが、耳を押さえていたルオーにはよく聞こえなかった。

「ホワ爺、ルオー様になんてことを言うのです！　ルオー様は、わたくしたちの恩人ですのに」

　リンレイが少し強い口調で窘めると、ホワ爺はギョロリと目を動かした。目も口も大きい。個性的な容貌の老人だ。

「この若造が恩人ですと？」

「そうです。広場で倒れたわたくしを介抱してくださいました。それからホワ爺を運んでくださったのですよ」

「おお、そうですか。リンレイお嬢様とはぐれてしまい、わしはあちこち捜し回ったが、疲れて動けなくなってしまったんじゃ」

　立ち上がったホワ爺は、ジロジロと無遠慮にルオーを眺め回した。

「助けてもらった礼は言おう。じゃが、いかに助けられたとはいえ、リンレイお嬢様に無礼を働くことは許せんな」

　無礼を働いたと断定されたことに不満も文句もあ

ったが、ルオーはそれを呑み下した。

「無事に連れも見つかったし、二人ともお元気なようですから、わたしはこれで失礼します。では」

ルオーは二人に背を向けると、足早に歩きだした。突然水が降ってきた謎も、リンレイの人格変貌の疑惑も、もうどうでもいい。

（これ以上関わっては、面倒なことになる）

それは直感だった。そして、ろくでもない直感ほど当たるものだ。

「待ってください、ルオー様」

追いかけてきたリンレイが、ルオーの生乾き(なまがわ)きの外衣の裾を摑んだ。

「お願いです、ルオー様。どうか、わたくしたちにお力を貸してください。捜し物を手伝ってくださいませ」

「捜し物？　お断りします、あなた方の捜し物を手伝う義理も義務もありません」

「今は何も持っていませんが、後で必ずお礼をいたします。ですから、わたくしたちにお力を貸してくださいませ。言葉も通じませんし、習慣も何もわからないのです」

ルオーの外衣の裾を摑んだまま、リンレイが小走りでついてくる。その姿は、先に進んでしまう大型犬の引き綱(づな)を握っている飼い主のようだ。

「待ってくれ、若造。下に落とされた衝撃で、足を折ってしまったようじゃ」

ホワ爺が外衣にしがみつき、憐(あわ)れっぽい声で言った。

「走っているのに、足が折れているはずないでしょう！」

「なんと薄情な言葉じゃ。砂漠の人間は情に厚いと聞いておったのに」

「わたしは薄情な人間なんです！」

まるで荷物を引いているラバのように、ルオーが二人を引きずって歩いていると、突然、激痛に襲われた。左胸がキリキリと痛み、息もできない。

「ルオー様、具合でも悪いのですか？」

　立ち止まったルオーの異状に気がつき、リンレイが心配そうに見上げている。本当に心配しているのか、演技なのか。

「……大丈夫です。わかりました、リンレイさんたちに協力します」

　冷たい汗を額に浮かべ、ルオーはかすれ声を絞り出した。

「ありがとうございます」

　リンレイの顔が喜びに輝いた。同時にルオーの胸の激痛も消えた。ルオーは大きく息を吸い込み、額の汗を拭った。

（まさか……あの脅しは本当だったのか）

　耳の奥底に、冷厳な宣告が甦った。ゾッとしながら、ルオーはリンレイを見た。

「ルオー様が手伝ってくだされば、すぐに見つけ出せますわ」

　ルオーが捜し物を手伝うことを、リンレイは無邪気に喜んでいる。

「助けてもらったうえに、捜し物の手助けもしてくれるとは、砂漠の人間は親切じゃのう」

　細長い口髭をいじりながら、ホワ爺がニヤリと笑った。

（くそ爺い）

　ルオーは思ったが、口には出さなかった。

2

　乾いた地面より低い水路では、銀貨を撒いたような光が躍っていた。ルオーたち三人は、水路沿いの道を歩いていた。

「わたくし、砂漠は水が少ないと思っていましたけれど、とても豊かですのね」

　水面を見ながら、リンレイが感心したように言った。オアシスの街は水が豊富で、何本もの水路が走っている。井戸も多く、水飲み場も多い。

「東の国に比べたら、水は少ないですぞ」

ホワ爺がふんと鼻を鳴らす。

「そりゃ、そうでしょうね。ああ、こっちです」

ルオーは水路沿いの道から離れ、小道に入った。

左右に泥レンガでできた質素な小さな家が並び、その奥に二階建ての共同住宅が見える。ルオーが借りているのは、下の角部屋だ。

（捜し物を手伝ってほしいと言いながら、それが何か、人のいる場所では話せないとは）

おかげでルオーは、リンレイとホワ爺を部屋に案内する羽目になってしまった。勿体をつけているのか、転がり込む口実なのか。どちらにしても、二人を泊めることになるだろう。荷物も持っておらず、一文なしであることは間違いないので。

「ここがわたしの部屋です」

扉の鍵を開け、ルオーは室内に入った。「失礼します」と言いながら、リンレイとホワ爺が入ってきた。

「なんとまあ、すっきりした部屋じゃな」

ホワ爺が言うように、家財道具は少ない。荷物入れも兼ねた箱形のベンチ、竈、水瓶、水入れ、コップと皿、陶器製のランプ。あとはカーテンで仕切られた奥の部屋に、寝具と衣類があるぐらいだ。

「しかも狭いのぉ」

「ホワ爺、失礼ですよ」

リンレイが窘めたが、ホワ爺は悪びれた様子もなく、ベンチに腰を下ろした。外を歩いているうちに、濡れた衣類はすっかり乾いていた。

「申し訳ありません、ルオー様」

「いいんですよ、本当のことですから。大家が聞いたら怒るでしょうが」

ルオーは小さく笑い、リンレイに座るように勧めた。

「喉が渇いたでしょう？　水を持ってきます」

ルオーは竈の方に移動した。そして水入れに瓶の水を注ぎながら、チラッとリンレイとホワ爺を見た。

二人とも、おとなしく室内を見回している。

「で、リンレイさんたちが捜している物というのは、なんです？」

リンレイの前に座り、素焼きのコップに水入れの水を注ぎながら、ルオーは訊いた。

「はい、我が家の《家宝》です」

コップを受け取り、リンレイは話し始めた。

一年ほど前、リンレイの実家から門外不出の《家宝》が、使用人によって盗み出されてしまった。シエン家は人を雇って、逃げた使用人の行方を捜した。間もなく、使用人は死体で発見されたが、肝心の《家宝》は見つからなかった。

「使用人は国の外れの山の中で、身ぐるみ剝がれて死んでおった。盗っ人にでも襲われたのじゃろう。《家宝》はそやつらに奪われたのか、その前に使用人が売ってしまったのか。ともかく、見つけられなかったのじゃ」

水を取りにきたホワ爺が割って入った。


「それで、あなた方が行方知れずの《家宝》を捜すことになったというのですか？　たった二人で？」

啞然としたルオーに、リンレイが顔を向けた。

「いいえ、東の国を出発した時は、他にも男女五人の従者がいました。けれど、いつの間にかホワ爺だけになってしまったのです」

「リンレイさん……従者たちが姿を消した後、持っていた金も減っていたのではありませんか？」

「まあ、よくおわかりですわね」

本気で感心しているリンレイから顔をそむけ、ルオーはため息を吐いた。過酷な旅に嫌気がさしたのか、道中での様々な誘惑に負けたのか、従者たちは金目の物を盗んで逃亡してしまったのだ。

（そもそも、《家宝》を取り返すなどという役目を、若い娘と老人に押しつけるか？）

行方知れずの《家宝》を見つけ出すなど、容易なことではない。旅の途中で命を落とす危険もあるし、永久に見つけ出せないかもしれないのだ。それこそ、一族の男たちが担(にな)うべき役目ではないのか。

そんな考えが顔に出ていたらしく、リンレイが小さく肩をすくめた。

「両親も親戚も、わたくしが《家宝》を捜しにいくことに反対でした。でも、わたくしにしか《家宝》を見つけられないと思ったものですから」

「何故です？」

首を傾(かし)げたルオーに、リンレイは苦笑のような、悪戯(いたずら)めいたような微笑を向けた。

「《家宝》が何か、誰も知らないからです」

「ええと、聞き違いしたようです。誰も知らないと聞こえましたが……」

「はい、わたくしはそう言いました」

「それは、リンレイさんだけが知っているということですか？　だから、見つけ出せると」

「いいえ、わたくしも知りません。一度、《家宝》の入っている桐(きり)の小箱を見ただけです」

あっさりとリンレイが言った。

「冗談でしょう？」

ルオーはリンレイを凝視(ぎょうし)した。

「冗談ではありません。《家宝》が何か、伝えられていないのです。《家宝》の入った桐の小箱が、開けられたことはありません。決して開けてはならないと、開けたら災(わざわ)いが起きると、代々言い伝えられてきましたから」

一族の誰も見たことがなく、何かも知らない《家宝》なのだと、リンレイは言った。

（……正気とは思えない）

ルオーは軽い目眩(めまい)を感じた。

大勢の人間を雇って世界中を捜し回らせたとしても、シェン家の《家宝》を見つけ出せるわけがない。

賢そうな娘に見えたが、そんなこともわからないとは。

「ああ、でも、誰も知らない物なら、逆になんでもいいということになりますね。適当な物を持って帰り、《家宝》だと言いくるめてはどうです？」

ルオーは投げやりな口調で言った。

嘘も方便だ。リンレイたちが故郷に帰るには、それしかないだろう。

「この馬鹿者が！　なんと罰当たりなことを！」

ホワ爺が顔を真っ赤にして怒鳴った。

「シェン家の《家宝》は、この世に二つとない物なのじゃ！　そこらに転がっているような物で、誤魔化せる物ではない！」

「《家宝》が何かもわからないのに、どうしてそう言い切れるんです？　宝と伝えられていた物が、実はただのガラクタだったなんてことは、世間ではよくある話ですよ」

「ガ、ガラクタだと。シェン家の《家宝》をガラクタと一緒にするのか！」

「落ち着いてください、ホワ爺さん。この話を他人に聞かれたくないと言ったのは、あなたたちですよ。大声を出したら、近所中に聞こえてしまいます」

ルオーに指摘され、ホワ爺は両手で口を押さえた。

それから咳払いをして、ことさら厳かな口調で言った。

「とにかく、シェン家の《家宝》は、この世に二つとない物なのじゃ。何故なら、それは竜の持ち物なのでな」

「竜の持ち物？」

確認するように視線を向けたルオーに、リンレイが躊躇いがちに頷いた。

「ルオー様は竜をご存じですか？」

「空を駆け、雷雲や嵐を呼ぶ聖獣ですよね」

ルオーは東の国で生活していたので、竜のことは知っている。だが、竜の持ち物など聞いたことはない。ルオーがそう言おうとした時、扉を叩く音が聞こえた。

「おーい、どうしたんだ？　何かあったのか？」

扉の外から聞こえたのは、隣の部屋の中年男の声だった。先程の大声を聞きつけて、様子を見にきたらしい。

ルオーは舌打ちして、立ち上がった。居留守を使いたいところだが、隣の部屋から言い争う声が聞こえたと役人や大家に訴えられては困る。

「お騒がせして申し訳ありません。遊びにきていた親戚と、ちょっと言い争いをしてしまいまして」

扉を開けたルオーは、部屋の中を覗こうとしている隣人の正面に立ち、そう説明した。

「ほう、親戚ね。あんたに親戚がいるなんて、聞いたことないが。おおっ、可愛い娘じゃないか」

ニヤニヤ笑っている隣人を無視して、ルオーは勢いよく扉を閉めた。

「ご迷惑をおかけしてしまって」

戻ってきたルオーに、リンレイが頭を下げた。黒い髪がさらさらと肩から流れ落ちる。

「気にしないでください、隣の部屋の暇人ですから」

ルオーはそう言って、元の場所に腰を下ろした。

「さて、ホワ爺さん。シェン家の《家宝》が、竜の持ち物だとして。それ以外はなんの手がかりもない《家宝》を、どうやって見つけるつもりなんです?」

「大丈夫。リンレイお嬢様なら、見つけられるはずじゃ」

ホワ爺は自信たっぷりだ。

「その自信の根拠はなんです? 断言するからには、ちゃんと理由があるんでしょうね」

「あるとも。リンレイお嬢様の血が見つけるのじゃ。お嬢様は一族の中で、最も濃く竜の血を継いだお方なのだから」

「……竜の血?」

放心したように呟いたルオーに、リンレイが躊躇いがちに頷いた。

「我が家には、竜の血が混じっているのです」

それは伝説と呼ばれる物語。

二百年ほど前、皇帝のいる都で、一人の青年と《竜の姫君》が出会った。

青年は薬問屋の跡取りで、商売のために皇帝のいる都にやってきた。《竜の姫君》は物見遊山で、人間の世界に飛来していた。

　出会った瞬間から、青年と《竜の姫君》は激しい恋に落ちた。しかし人間と竜の恋は、どちら側からも祝福されなかった。竜は皇帝の象徴とされていたため、青年の親族は権力者に妬まれることを恐れた。姫君の一族は、人間との婚姻を穢れと嫌った。

　追い詰められた青年と《竜の姫君》は互いに家族や生活を捨て、草木も生えない荒れ地に逃げた。その地で生きていくために、《竜の姫君》が水を呼び、青年は草木を育てた。やがて荒れ地は緑の大地に変わり、水と緑に誘われて人が集まってきた。

　そして集落が生まれ、発展し、《竜水の都》と呼ばれるようになり、今日の繁栄に至る。

「その《竜の姫君》こそが、シェン家の始祖であらせられる。《家宝》は姫君が降嫁される際に、持ってこられた物なのじゃ」

　ホワ爺が得意げに言った。

「……竜と人間の結婚ですか」

　外した黒い手袋を握り、ルオーはうなだれていた。

「なんじゃ、信じないのか、若造」

　ムッとしたホワ爺の声に、ルオーは肩をすくめた。

「信じますよ。ただ、東の国にいたことがなければ、信じられないような話かもしれませんが」

　彼の国では異種婚は珍しいものではない。狐や蛇、幽霊との結婚（冥婚）もあるぐらいだ。人と竜が結ばれたとしても、不思議ではないだろう。

「ルオー様が、わたくしたちの話を信じてくださるのは、その左手のせいですの？」

　リンレイの黒い瞳が、黒い手袋を外したルオーの左手を見ている。

「鋭いですね。実は左手は嘘発見器なのです。だから、こうして手袋を外してあなた方の話を聞けば、嘘か真実かわかります」

　ルオーは驚きを隠して微笑んだ。指摘どおり、左手がなければルオーはリンレイが竜の末裔であるなど、信じなかっただろう。

「嘘発見器？　そんな物があるのですか？」

　リンレイの顔が好奇心で輝いた。

「リンレイさんは竜の血を最も濃く継いだそうですが、何か特別な力を持っているんですか？」

　ルオーは左手に手袋をして、強引に話題を変えた。見られて困るものではないが、あれこれと質問されるのは煩わしい。もっとも、初対面の別人のようだったリンレイは、すでに左手のことを知っている口ぶりだったが。

「あの、いえ、特別な力など」

「あるとも。リンレイお嬢様は水を操ることができるんじゃ」

　口ごもったリンレイを押しのけるように、ホワ爺が言った。リンレイはため息を吐き、人さし指を動かした。すると、床に置いた水入れから水が立ち上がった。一本のロープ、あるいは透明な蛇のようだ。水は細く長く伸びて、天井付近を大きく旋回した。

「やはり、広場の水はあなたでしたか」

　頭上の水を見ながらルオーが呟くと、リンレイは身体を縮めた。

「とぼけたりして、申し訳ありません。でも、この程度のことでも、人を驚かせてしまいますから」

「まあ、そうでしょうね。でも、水芸ということにすれば、金をとれますよ。金稼ぎなど、王族の方には不本意かもしれませんが」

　ルオーの軽口に、リンレイがキョトンとした表情になった。

「王族？　わたくしが？」

「違うんですか？」

「はい、わたくしの実家は代々、薬問屋ですわ。王は別に御座します」

「何故です？　竜が先祖で、しかも都を築き上げた家なのに、何故、王にならなかったんです？　竜の力を利用すれば、一国を手に入れることもできただろうに」

理解できず、ルオーが疑問をぶつけると、リンレイの顔に笑みが広がった。

「初代様が、権力に興味のない方だったからですわ」

初代とは、《竜の姫君》と駆け落ちした青年のことだ。リンレイ曰く、この青年は権力にも贅沢にも関心がなかったらしい。争いを嫌い、欲深い人々に利用されることを恐れ、都を築いたことも竜の妻がいることも隠し、薬問屋として堅実に生きたそうだ。さらに二代目以降も権力と贅沢には関心がなく、竜の血を引いていること以外、庶民となんら変わらない生活ぶりだったとか。

「権力も富も名誉も放棄し、一市民として生きたと。リンレイさんの一族は、無欲な方たちばかりなんですねぇ」

半ば呆れ、ルオーはため息交じりに言った。宝の持ち腐れとは、まさにこのことだ。同感というように、ホワ爺が何回も頷いた。

「ともかく、初代様はそういう方ですから、《家宝》の入った箱を開けないようにと、子孫に言い伝えました。それがなんであれ、竜の持ってきた物ですもの。強い力を秘めていることは間違いありません。強すぎる薬と同じで、強すぎる力は危険です」

リンレイは頭上で旋回している水を水差しに戻した。

《家宝》の入った小箱は蔵の奥深くに置かれ、当主と竜の血を濃く継いだ者しか手にすることができなかった。また、一族の者たちも厳しく躾けられていたので、小箱に触れることはなかった。何も知らない使用人だけが恐れもなく、持ち出せたのだ。とはいえ、《家宝》の盗難に対して、シェン家の監視と警戒が甘かったことは否めない。

「ところで、竜の血が濃いか薄いか、どうやって見分けるんです？」

それがルオーには不思議だった。リンレイの外見からでは、何もわからない。

「血が濃い者は、身体に《印》が現れるのです」

リンレイが、躊躇いがちに言った。

「リンレイさんにもあるのですか？」

「はい」

「それはどういうものです？　よければ、見せてもらえませんか？」

純粋な好奇心で頼んだのだが、リンレイは目を伏せ、うつむいた。

「それはできません」

リンレイの顔は真っ赤だ。

「何故です？　わたしとしては、是非とも見てみたいので」

ルオーが言葉を途中で止めたのは、ホワ爺が水差しを持って睨んでいたからだ。すでに広場で水浴びをしている、部屋の中でまでしたいとは思わない。

「《印》のことはもう結構です。それよりも、服を買いにいきましょう」

リンレイもホワ爺も元気なので、ルオーはそう提案した。汚れた顔や身体は濡らした布で拭けばいいが、服はそうもいかない。

「でも、わたくしたちはお金を持っていません」

「大丈夫です、ツケが利く店がありますから」

恥ずかしそうにうつむいたリンレイに、ルオーはそう言った。

そして向かったのは、水路近くの商店だった。ルオーたち三人が水路沿いの道を歩いていると、女性の声が聞こえた。

「水が少なくなっているみたいだねぇ」

水路は地面より低く、所々に階段がある。そこから水路まで下りられるようになっており、母親らしき女性と小さな女の子が水汲みにきていた。

「水がなくなっちゃうの？」

女の子が無邪気に訊いた。

「そんなことはないよ、巫女様がいらっしゃるんだからね」

母親らしき女性がそう言った。母子はそれから、他愛のないことを話しだした。

「あの方たちは、なんと言っていたのです？　あまり楽しいことではないようですけれど」

　母子の後ろ姿を見ながら、リンレイが訊いた。言葉はわからなくても、語調から伝わることはある。

「水がなくなるのではないかと、心配しているんです。最近、オアシスの水が減っているらしく、涸れてしまうという噂が流れているんです」

　銀色の光が躍る水面を一瞥し、ルオーは渋面になった。

「水が涸れるなど、一大事だろうに」

　ホワ爺が大きな目をさらに大きくした。

「あくまでも噂ですから」

　苦い気持ちを振り切るように、ルオーは少し歩調を速めた。

　その店は小さく、泥レンガでできていた。大通りにある石造りの立派な店と違い、この辺りでは平均的な構えだ。

　ルオーたちが薄暗い店内に入ると、所狭しと古着がぶら下がっていた。地味な服、色鮮やかな刺繍の施された派手な服、異国の服。他にもサンダルや靴、ストール、帽子なども並んでいる。

「まあ、服がたくさんありますね」

　キョロキョロと見回しながら、リンレイが呟いた。

　すると、椅子に座ってうたた寝していた、ずんぐりした男——店主ドリーガが目を開けた。

「いらっしゃいませ。おっと、なんだ、ルオーか」

「お久しぶりです、ドリーガ。暇そうですね」

「とんでもない、店は毎日大繁盛で、俺は大忙しだ。今はたまたま、客がいないだけさ。おや、一人じゃないのか？」

「ええ。この二人の服を買いにきたんです。リンレイさん、ホワ爺さん、好きな服を選んでください」

　ルオーがそう言うと、リンレイとホワ爺はこれがいい、こっちの方が似合うなどと言いながら、古着を手にとった。無精髭を撫でながらその様子を見ていたドリーガが、不思議そうに口を開いた。

「見たところ、異国人だな。あの二人、おまえさんのなんだ？」

「知り合いになった旅人ですよ。言葉もわからず、砂漠に不慣れなので、仕方なく面倒をみています」

ルオーは言った。ドリーガとの会話は勿論、東の国の言葉ではない。

「本当に？　あの可愛いお嬢さんは、おまえさんの恋人じゃないのか？」

「とんでもない」

ルオーは渋面になった。可愛いかもしれないが、リンレイは竜の血を引く娘だ。

「わたしなどには、釣り合わない方です。それに残念ながら、わたしとあの人の間には恋愛感情などありません」

「それはどうかな。俺の目にはそんな風には見えないんだがね」

ドリーガは椅子から立ち上がった。長身のルオーより頭一つ分低い。

「あなたの目に問題があるんでしょう」

「おいおい、ルオー。俺の見立てが間違ってたことは、一度もないんだぞ」

ドリーガは丸顔に笑顔を浮かべた。いかにも人の善さそうな、人畜無害な男に見える。だが洞察力のある人間なら、ドリーガの身のこなしに独特のものを見つけることだろう。

「では、初めての見立て違いですね」

「いいや。色恋に関して、俺の目に狂いはない」

笑顔のまま自信たっぷりに断言され、ルオーは肩をすくめた。

「目に狂いはなくても、判断はあてにならないということですか」

「そんなことを言っていいのか？　おまえさん、あとで俺に頭を下げることになるぞ。おまえさんは必ず、あの可愛らしい娘さんと恋に落ちる」

「また、いい加減なことを」

「いい加減じゃないさ。なんなら賭けてもいいぜ」

「わたしには賭ける物なんかありませんよ」

ルオーがうんざりしながら言うと、ふいにドリーガが真顔になった。

「ルオー、おまえさんみたいな男は、さっさと結婚するべきなんだよ」

「定職にも就かず、その日暮らしの男に結婚する資格はありませんよ」

「だったら、すぐに定職を見つけるんだな。なあ、ルオー。もうバヤート様のことは、放っておけ」

陽気な男の顔に陰が落ちる。ルオーは黙って、古着を物色しているリンレイたちの方に視線を向けた。

「ルオー、バヤート様の苦しみは誰にもどうすることもできない。そのことはバヤート様にもわかっている。わかっているから、あんな生活をしているんだ。構わずにおいてやるのが、バヤート様のためだ」

「それでも、わたしにはバヤート様を放っておくことなどできません」

ルオーが低い声で言った時、選んだ服を持ってリンレイとホワ爺がやってきた。リンレイは淡い緑色をした、飾り気のない服。長いスカートは虫除け対策だ。サンダルも今度は足に合っている。ホワ爺は白い長衣とサンダル、東の国風ではない。

「よくお似合いで」

ドリーガが愛想よく言った。ルオーがそれを伝えると、リンレイは嬉しそうに微笑んだ。そしてリンレイとホワ爺は着替えるために、店の奥に入った。

「さて、ルオー。二人分の服の代金だが」

「ツケでお願いします。それから、少し金を貸してもらえますか？　家賃が払えなくて、部屋を追い出されそうなんです」

ルオーがニッコリ笑うと、ドリーガは愛想笑いを張り付けたまま「くそったれ」と言った。

着替えたリンレイとホワ爺を連れて、ルオーは古着屋を出た。

「ついでに食べ物も買って帰りましょう」

ルオーがそう言うと、リンレイの表情が曇った。

「ご心配なく。古着屋の店主に借りましたから」

ルオーは硬貨の入った外衣のポケットを叩いた。ドリーガは文句を言いながらも、予想以上の金額を貸してくれたのだ。

「古着屋の店主とわたしは、古い知り合いなんです」

「悪友か？」

「まあ、そんなものです」

ホワ爺の質問に、ルオーは苦笑交じりに答えた。

「だいぶ年の離れた悪友のようじゃな」

「店主は――ドリーガは、まだ三十前ですよ。わたしより四、五歳上なだけです」

ルオーの説明に、ホワ爺が「砂漠の人間は老けて見えるのぉ」と呟いた。

三人が露店でパンや果物、干し肉などの買い物を終えると、すでに日が傾きかけていた。燃えるようなオレンジと濃紺に染められた空に、淡い月が浮かんでいる。

夕暮れの光に照らされた水路沿いの道を歩きながら、ルオーは気になっていたことを訊いてみた。

「リンレイさん、例の《家宝》のことですが。中身がわからなくても竜の血で見つけられるそうですが、具体的にどうやるんですか？」

「気配を感じるのです」

「気配？」

「はい。一度だけ小箱を見た時、はっきり感じたのです。美しい青でした。透き通って揺れる青、空の色、冷たい水の青。人間の世界の青ではありませんでしたわ。その気配が水脈となって、わたくしをこの地まで導いてくれたのです」

リンレイは、うっとりとした顔で語った。

「それなら、その気配を辿れば、すぐに見つけられるのでは？」

「それが……近くにあるのはわかるのですけれど、はっきりどこにあるとは。以前に感じた気配と、別の気配になっているようなのです。美しい青が濁ってしまったような」

そのせいか、とても見つけにくいと、リンレイは困った顔で言った。

「なんのなんの、近くにあるのでしたら、もう取り戻したも同然ですじゃ」

壺ごと買ってきたワインを抱え、ホワ爺が嬉々として言った。

「だったらいいんですが」

ルオーは肩をすくめた。共同住宅の方から、子供を呼ぶ親の声、走って戻る子供たちの笑い声が聞こえた。

3

夜更けになり、ルオーはこっそり部屋を出た。昼間の疲れもあってか、リンレイとホワ爺はぐっすり眠っている。

（朝まで気づかれないだろう）

ルオーは二階建ての共同住宅から離れた。そして水路に出る小道と反対側の、蛇のように曲がりくねった小道を進み、大通りに出た。昼間の賑わいはないが、夜の商売をしている人間や酔っ払いのための屋台が並び、ルオーはそこで羊乳のチーズを挟んだパンと干し肉を買った。

大通りから小さな家の並ぶ細い路地に入り、そこから入り組んだ小道を進んでいく。人通りもなく、灯もほとんど見えない裏路地——今にも崩れそうな木賃宿、何を売っているのかわからない怪しげな店、路地隅には生死も定かでない人間や獣が転がっている。オアシスの住人なら、昼間でも近寄らないような場所だ。

路地の端にある建物に、ルオーは向かった。塗料がわずかに残っている扉は半分開いており、かすかな光が洩れている。

中に入ると、薄暗い室内には異臭が立ち込めていた。床にはすり切れた絨毯が敷かれ、虚ろな目をした女たちが横たわり、座り込んだ男たちが恍惚とした表情で麻薬入りの水煙草を吸っていた。酒瓶を抱えて泣いている男もいる。

　ルオーは無言のまま、近くのテーブルに置いてあるランプを手にとった。そしてランプのあった場所に、数枚の硬貨を置いた。

　何度も来ているせいか、奥にいる連中もルオーを警戒していないようだ。その証拠に、誰も出てこない。

　ルオーは座り込んでいる男たちの横を通り、奥にある急な階段を上がった。

　二階には小さな部屋が並んでいた。使用されていない部屋の扉は開け放たれており、扉が閉められているのは一部屋だけだった。その部屋の扉を、ルオーは声もかけずに開けた。

　そこは窓も灯もないガランとした狭い部屋で、饐えたような臭いが鼻をつく。後ろ手で扉を閉め、ルオーがランプをかざすと、呻き声が聞こえた。何本もの酒瓶の転がっている部屋の隅、その薄汚れた壁に痩せた男がもたれかかっている。

「バヤート様」

　ルオーが呼ぶと、バヤートは眩しそうに目を細め、顔の前で手をかざした。

「なんだ、ルオー。また来たのか」

　ルオーは答えず、黙って立っていた。

「もう『様』をつけて呼ぶことはない。俺はもう、おまえの上官ではないのだからな」

　バヤートは酒臭い息を吐いた。緑がかった黒い髪も髭も伸ばしっ放しで、頬の削げた顔は青白い。衣服は垢まみれで、かつて身なりに気を使っていた洒落者の面影はない。酒浸りの生活のせいで、二十三という年齢より老けて見える。

「上官でなくても、恩人です」

「義理堅いな、おまえは。だが、おまえの恩人は俺の両親であって、俺じゃない。その両親もとっくに墓の中だ。息子の俺にまで、おまえが恩を感じる必要はない」

バヤートの口元が大きく歪んだ。

「旦那様と奥様は、いつもバヤート様のことを気にかけておいででした」

ルオーが言うと、バヤートは喉の奥で小さな笑い声をたてた。

「馬鹿息子だからな。両親も気の毒に。名誉ある一族から、俺のような馬鹿者が出てしまうとは」

「バヤート様」

「もうここには来るな、ルオー。俺のことは放っておけ。おまえの知っているバヤートは死んだ。故郷が消えた時に、一緒に死んだのだ」

バヤートの黒い目に怒りと苦悩が滲む。

「頭ではわかっている。故郷を失ったのは、俺だけではないと。何もかもを失いながら、この街で生活している者は大勢いる。おまえやドリーガのように。だが、俺にはできない。どうしても失ったものを求めてしまう。取り戻すことなどできないとわかっている、わかっていても帰りたいと……」

苦悩を紛らわそうとするように、バヤートは近くにあった酒瓶を摑み、一気に呷った。

バヤートの苦悩が、ルオーには手にとるようにわかる。〈砂漠の黄金の果実〉——そう呼ばれたバヤートの故郷は、この街とは比べ物にならないほど豊かだった。近隣のオアシスや遠方の国々から、多様な品物や人が集まり、富み栄えた。「砂漠の奇跡」と称賛され、詩人たちが美しい言葉で讃えた麗しのオアシス。緑と水が溢れ、街並みは美しく、人々は穏やかだった。

バヤートの一族は先祖代々、〈砂漠の黄金の果実〉を守ってきた。何人もの名将猛将を輩出した武人の家、名門だ。その家の嫡子であるバヤートは、幼少の頃から故郷に対する忠誠心を叩き込まれている。別の地で、別の生き方をするなど考えたこともなかったのだ。

「俺は武人らしく、戦って死にたかった。偉大な先祖たちのように勇猛に戦い、誇り高く死ぬことが俺の夢、願いだった。だが、平和な時代ではそれも叶わない。それならば、せめて故郷で、〈砂漠の黄金の果実〉で滅びたかった」

バヤートは呻くように吐き捨てた。

ルオーはいたたまれない気持ちで、ランプと買ってきた物を下に置いた。

「また来ます、バヤート様」

バヤートは答えなかった。暗い目で酒瓶を抱えているバヤートに背を向け、ルオーは部屋を出た。

「やめてください！」

出し抜けに階下から聞き覚えのある声が響いた。

若い娘の声だ。

（まさか⁉）

ルオーは廊下を走った。そして階段を駆け下りると、予想どおりの光景が視界に飛び込んだ。化粧をした男がリンレイの腕を掴み、「高値で売れそうだ」などと言っている。

「離してください！」

リンレイは懸命にもがいているが、巣の中に飛び込んできた獲物を逃すような人種ではない。

「その女性から手を離せ！」

「やなこった、異国の娘は人気があるんだ」

化粧男はニヤニヤ笑っている。ルオーは武器を持っていないことを悔やんだ。何かあれば逃げる、それがルオーの流儀だ。物騒な連中の吹き溜まりであっても、逃げ出す自信はあった。ただしそれは、ルオー一人の場合だ。

「ルオー様！」

リンレイが鋭く叫んだ。

その気配を感じて、ルオーは振り返った。そして、飛んできたナイフの柄を掴んだ。階段の上に人影が見えたが、すぐに闇の中に消えてしまった。

「怪我をしたくなければ、その女性をこちらに渡せ」

ルオーはナイフを突きつけて警告したが、化粧男が従うはずもない。

「あんたもなかなかの美男だ。そんなに女が気になるなら、つがいとして一緒に売ってやるよ」

　化粧男の言葉が終わらないうちに、ルオーはナイフを閃（ひらめ）かせた。

　短い悲鳴をあげ、化粧男がのけぞった。足元に耳が落ちている。

　それを見て、悲鳴を迸（ほとばし）らせようとした化粧男の後頭部を、ルオーはナイフの柄で殴りつけた。そして血で汚れたナイフを部屋の隅に放り投げ、呆然とした表情で見つめているリンレイを素早く肩に担（かつ）ぎ上げた。

「逃げますよ、リンレイさん」

　奥から仲間が出てくる前に逃げなくてはならない。白目を剝（む）いて倒れている化粧男の身体を跨（また）ぎ、ルオーは扉に向かった。

　こんな流血の騒ぎの中でも、すり切れた絨毯の上から女たちは動かず、男たちは水煙草のパイプを手放さない。倒れている化粧男など目に映っていないようだ。


　大通りに出て、灯と騒いでいる酔っ払いたちの姿を見つけ、ルオーはホッとした。ここまで来れば、とりあえず安全だ。

　ルオーは担いでいたリンレイを下ろした。流血の場面を見たショックで泣きだすのではないか、腰を抜かしているのではないかと危惧（きぐ）したが、リンレイは静かに立っていた。

「ルオー様、ここは？」

　リンレイは眩しそうに目を細め、戸惑い気味に辺りを見回した。青ざめていたが、表情も声も冷静だった。見た目よりずっと剛胆（ごうたん）なようだ。

「ここは歓楽街（かんらくがい）です」

　ルオーは言った。この一角もまた、昼間は住人たちの姿も滅多になく、無人のような場所だ。だが夜の訪れとともに眠りから覚めたように動きだし、賑（にぎ）わう場所でもあった。

　東の国風の洒落た建物、西の国の石造りの建物、砂漠の伝統的な建物――様々な建物が並び、その前をランプや松明(たいまつ)が照らしている。闇の中に浮かび上がる建物の前を酔っ払いたちが徒党(ととう)を組んで歩き、嬌声(きょうせい)をあげながら商売女たちが移動する。物陰には飾りたてた女たちが人待ち顔で立ち、または人目を避ける男女の影がひそやかに動いている。

「さて、リンレイさん。あなたが行動的な人であることはわかりましたが、無茶なことをするのはやめていただきたい。女一人で、あんな場所に乗り込んでくるなんて、無謀(むぼう)にも程があります」

怒鳴りつけたいのをグッとこらえてルオーが言うと、リンレイはうなだれた。

「すみません。ルオー様が外に出ていくのを見て気になったものですから、後をつけてしまいました」

「寝ているとばかり思っていたのに」

ルオーはため息を吐(つ)いた。ホワ爺の方は間違いなく眠っていたはずだ。もし起きていたなら、リンレイ一人で外を歩かせるはずがない。

(しかし……後をつけられていたのに気がつかなかったとは)

そのことの方が、ルオーにはショックだった。

太った酔っ払いがリンレイに声をかけてきた。商売女だと思ったらしい。ルオーは酔っ払いを睨みつけて追い払うと、リンレイの肩を抱いて歩きだした。

「不愉快(ふゆかい)でしょうが、酔っ払いにからまれるのを避けるためです。歓楽街を出るまで我慢してください」

リンレイは小さく頷いた。そしてしばらくの間、ルオーはリンレイの歩調に合わせて、ゆっくりと明るい通りを歩いた。

「あの、ルオー様」

躊躇いがちに、リンレイが口を開いた。

「なんですか？」

「もし、お金に困ることがありましたら、わたくし、この歓楽街で働きますから」

「何を言ってるんですか、あなたは！」

思わず大声を出してから、ルオーは自分を落ち着かせるために、息を吸い込んだ。

「歓楽街で働くって、意味がわかっているんですか？」

「はい」

頷くリンレイ。本当だろうかと疑いながら、ルオーは口元を引きしめた。

「それなら、おわかりですね。歓楽街は良家の子女の働く場所じゃありません」

「では、他の働き口を見つけますわ」

「言葉もわからないのに、どうやって仕事を見つけるつもりです？」

ルオーはリンレイの肩から手を離した。

「いいですか、リンレイさん。働いて稼ぐという姿勢は立派ですが、言葉も通じない異国の娘など、ろくでもない連中の食い物にされるだけです。さっきの裏通りに転がっていた、生死も定かでない連中の仲間になりたいんですか」

ルオーの言ったことは、決して脅しではない。世間知らずの娘が騙されて売られ、身も心もボロボロになって野垂れ死にというのは、よくあることだ。

「でも、これ以上ルオー様の負担になってしまうのは。ずっと、お部屋にいるわけにもいきませんし」

リンレイは顔を赤らめた。それらしいそぶりはなかったが、まったく気にしていなかったわけではないらしい。

「狭い部屋で申し訳ないと思っています。しかし金がないんですから、出ていくのは諦めてください」

「でも」

「金のことは心配しないでください」

ルオーは小さく笑った。ドリーガに借りた金がある。家賃を払っても、しばらくはなんとか生活できるだろう。

「わかりました。でも、ルオー様はどうして、これほど親切にしてくださるのですか？　力をお貸しくださいと頼んでおきながら、このようなことを訊くのは、おかしいかもしれませんが」

リンレイは不思議そうに、ルオーを見上げた。初対面で脅迫されたせいだが、ルオーはそのことでリンレイを追及する気になれなかった。

「わたしも、リンレイさんと同じだったからですよ。東の国にいたことはお話ししましたね。東の国から砂漠に来た時、わたしは言葉もわからず、金も持っていませんでした。ある方に助けられなければ、野垂れ死にしていたでしょう。わたしがご恩を返したいと言った時、『恩返しなど無用だ。それよりも、いつか自分と同じように困っている人がいたら、助けてあげなさい』と、その方に言われました」

「まあ。ご立派な方ですのね」

「はい、立派な方でした」

ルオーは懐かしい気持ちで頷いた。

しばらく、ルオーとリンレイは黙ったまま、並んで歩いていた。窓を開け放った建物から嬌声(きょうせい)と楽(がく)の音(ね)が洩れ、暗い裏路地から客引きの声が聞こえる。

「ルオー様は、何故あのような場所に？」

路地裏の方を一瞥(いちべつ)し、リンレイが思い切ったように言った。気になっていたが、さすがに訊きにくかったらしい。

「知り合いがいるんです。階段の上からナイフを投げた人物です」

すぐに隠れてしまったが、あの人影はバヤートに間違いない。

「知り合いの方が、ルオー様を狙ったのですか？」

リンレイは驚いたようだ。ルオーは苦笑した。

「狙ったのではなく、助けてくれたんですよ。わたしは飛んできたナイフぐらい、摑めますから」

「まあ」

「そんなに驚くことじゃありませんよ。軍隊にいれば、ナイフ投げぐらいできるようになります」

「軍隊にいらしたのですか？」

「そうです。昼間行った古着屋の店主、ドリーガは、わたしの同僚(どうりょう)でした。そしてナイフを投げた人物は、わたしたちの元上司です。わたしを助けてくださった方のご子息でもあります」

「そのような方が、何故あんな」

あっと、リンレイは慌てて口元を押さえた。立ち入ったことを訊いてしまったという表情だ。

「あの一帯は吹き溜まりです。よからぬ連中が集まってくる場所です。犯罪者、逃亡者、食い詰めた行き場のない人間たち。絶望し、自暴自棄になった人間が、麻薬や酒に溺れている……わたしの元上司も、その一人です」

ルオーは苦い気持ちで言った。

ようやく歓楽街を抜け、角を曲がると別世界のように暗く、静寂に支配されていた。家々は点在しているが、灯などない。それでも完全な闇でないのは、瞬く星々のおかげだ。

「東の国でも星は見えますけど、砂漠の星の方が輝きが強い気がします」

黒繻子の上に宝石を撒いたような夜空を、リンレイが見上げた。

「あの星を」

ルオーは南の方角にある、ひときわ強く輝いている星を指さした。

「あの星を目印に、南に二日ほど進んだ場所にオアシスがありました。わたしたちの住んでいたオアシスです。美しく豊かなオアシスで、〈砂漠の黄金の果実〉と称えられていました。もう存在しませんが」

リンレイが息を呑んだ。何故かと訊きたいようだが、躊躇っているらしい。その気配を察したルオーは口を開いた。

「〈砂漠の黄金の果実〉が滅んだのは、水が涸れてしまったからです。突然でした。半年前、なんの前触れもなく、一夜にしてすべての水路や井戸から水が消えてしまったのです」

「何故ですの？」

「わかりません。とにかく突然のことで、原因究明と対策に乗り出す余裕などありませんでした。住人たちは逃げ出し、〈砂漠の黄金の果実〉は砂の中に消えました」

　頭を横に振ったルオーを、リンレイが見返した。

「水を得るために、争いなどは起きなかったのですか？」

「他のオアシスを奪うという意味ですか？　勿論、そういう意見もありました。いちばん近くにあるこのオアシスを奪い、住人たちを追い出して、〈砂漠の黄金の果実〉の住人たちを移住させると。ただ、それが実行できるかというと、それほど単純な話ではありません。何故なら、このオアシスの太守ゾティーノヴィスと、〈砂漠の黄金の果実〉の太守だったセグド・シン様は親戚ですし、住人たちも親類や友人が多いので」

　近いことから、二つのオアシスは昔から交流が盛んだったのだ。争いもあったが、平和的な交流の方が多かった。よって、どちらのオアシスにも親戚や知人がおり、「二つのオアシスは兄弟のようなもの」と言われていた。

「感情的な問題もさることながら、何より時間がありませんでした。このオアシスを奪うにしても、準備の時間がない。暑さと渇きに慣れている砂漠の民でも、水なしでは何日も生きることはできません」

「水路や井戸と別に、貯めている水はなかったのですか？　貯水池のように」

「ありませんでした。必要なかったんです」

　ルオーは苦笑いを浮かべた。豊かな水量と多くの水路や井戸が、裏目に出たのだ。

「住人にしても、大量に水を貯める習慣はありませんでした。必要な時に欲しい分だけ手に入れられたので。家にあったわずかな水と家財道具を持って、住民たちは早々に〈砂漠の黄金の果実〉から逃げ出しました。水が戻る保証もないオアシスにとどまるのは、死を意味しますから。遠方に旅立った者もいますが、親戚や友人を頼ってこのオアシスに来た者が大部分でしょう」

「ルオー様も元上司の方も、親戚や友人を頼ってこのオアシスに？」

「そうです。ですが元上司は――バヤート様は、自分の意思で〈砂漠の黄金の果実〉を出たのではありません」

　そう言いながら、ルオーはあの日の出来事を、まざまざと思い出していた。

　照りつける強い陽射し、ひび割れて剝き出しになった水路の底は、まるで蛇の鱗のようだった。持てるだけの家財道具とともに移動する住人たちの長い列、響き渡る怒声や泣き声、嘆きの声。そうした騒音とは対照的に、墓場のような静寂に支配されていた邸宅。無人の邸宅に残っていたのは死人の目をしたバヤート一人、抜いた剣を心臓に突き立てようとしていた。

「もしかしたら……投げられたナイフは、わたしを助けるためではなかったのかもしれません。バヤート様は、わたしを狙ったのかもしれない」

　ルオーは大きく息を吐き出した。リンレイが驚いた表情をした。

「そんな！」

「バヤート様は、わたしを憎んでいます。あの人は〈砂漠の黄金の果実〉から逃げるつもりはなかった、残って滅びることを選びました。それがバヤート様の誇りであり、名誉でした。けれど、わたしは残ると言い張るバヤート様を殴って、気絶させ……縛り上げて馬車に押し込めました。そして〈砂漠の黄金の果実〉から脱出したのです」

「ルオー様は間違っていませんわ。もし、わたくしがルオー様と同じ立場にいたら、同じことをします」

「それでも、わたしはバヤート様の願いを潰しました」

　その結果が酒浸りのバヤートだ。過去に戻ることはできないと知りながら、かといって現状に甘んじることもできず、その苦しみを誤魔化そうとして酒に逃げているのだ。

「バヤート様は多くのものを失いました。故郷、家屋敷や財産、地位。最後に残った名誉と願いを、わたしが奪ったのです」

静かすぎる通りを歩きながら、ルオーは呟いた。リンレイは何も言わなかった。二人は黙ったまま、歩き続けた。

4

周囲が砂漠であることを忘れてしまうような、見事な庭園だった。

紅、純白、淡い黄色——色とりどりの花々が咲き誇り、大木の枝葉が天に向かって広がっていた。輝くエメラルド・グリーンの影が揺れる石畳(いしだたみ)の小径(こみち)、その先には岩を組んで造られた人工の滝があった。小さな虹がかかる滝は、小鳥たちの集まる場所になっていた。心地よい水音に交じり、小鳥たちの囀り(さえずり)が聞こえる。滝の水は小川となって、花びらの浮かぶ池に流れていた。

池の畔(ほとり)に造られた四阿(あずまや)には、若々しく美しい奥様と立派な旦那(だんな)様がいた。綺麗(きれい)で闊達(かったつ)な少年のバヤートが、庭園に逃げ込んだ仔犬(こいぬ)を追いかけていた。引っぱられてきたルオーはどうしていいのかわからず、黙って立っていた。

「ルオー、黙って見ていないで、おまえも手伝えよ」

バヤートが拗(す)ねたように言ったところで、ルオーは目を覚ました。

(昔の夢なんて、久しぶりだ)

昨夜、リンレイに〈砂漠の黄金の果実〉の話をしたせいだろうか。話すつもりなどなかったのに、リンレイといると、口が軽くなってしまう気がする。

ルオーが身体を起こして室内を見回すと、リンレイとホワ爺の姿がない。

(どこに行ったんだ?)

金品を盗(と)って逃げたとも考えられるが、残念ながらルオーの部屋に金目の物はない。唯一、金になりそうな物は〈砂漠の黄金の果実〉から持ってきた剣だが、それは箱形ベンチの中に残っていた。ドリーガから借りた金もまるまる残っている。見えなくなっているのは水入れだけ、おそらく水汲みに外に出たのだろう。

（そんなことはしなくてもいいのに。昨夜は歓楽街で働くなどと言いだしたり）

育ちの良い人間にありがちな、自分は何もしないで、他人に奉仕されるのが当たり前と考える娘ではないらしい。

（道はわかっているのかな）

水汲みに行って、迷子になっていたら困る。気になったルオーが部屋から出ると、隣の部屋の中年男と出くわした。外出から戻ってきたところらしく、何やら包み紙を持っていた。

「よお、ルオー。あんたの親戚の娘、なかなか芸達者(げいたっしゃ)じゃないか」

中年男はニヤニヤ笑っている。

「なんのことです？」

嫌な予感がした。中年男はニヤニヤ笑いを張り付けたまま、水路の方を指さした。

「そこの水路で、水芸を披露(ひろう)してたぜ」

ルオーは水路に向かって走った。

（水芸だって？　周囲を水浸しにするつもりじゃないだろうな）

水路沿いの道には、朝から人だかりができていた。リンレイとホワ爺は階段のいちばん下にいて、その足元には小銭(こぜに)が散らばっている。

「次は象です」

リンレイは東の国の言葉でそう言い、手を動かした。すると、水路から水が立ち上がり、透明な象になった。水の象は大きな耳と鼻を動かし、見物人から歓声があがった。子供など紅潮(こうちょう)した顔で、夢中で手を叩いている。さらにリンレイは、キリンや犬だのを次々と作った。そのたびに拍手と歓声があがり、時々、小銭が投げられる。

（あんなこともできるのか）

ルオーは感心しながら見ていた。見物人たちの中にいるルオーに気がつき、リンレイが軽く会釈した。そして「これでおしまいです」と言い、両手を横に広げた。

　突然、水面が泡立ち、透明な水の魚が次々と飛び出した。そして見物人たちの頭上を飛び越えた大小無数の水の魚が、陽を反射して煌めきながら、空中を悠々と泳ぐ。そこが水の世界であるかのように。どよめきと拍手が起きる。ルオーもこの光景には目を奪われた。

　水の魚たちは空中を気持ちよさそうに泳ぎ、一匹また一匹と、水の中に戻っていった。

　水面が静かになると、リンレイが深々とおじぎした。言葉は通じなくとも、お開きになったことはわかったらしい。見物人たちは東の国から来た娘に歓声と見物料を投げ、それぞれの方向に散っていった。

「ルオー様」

　リンレイが階段を上がり、ルオーの所にやってきた。ホワ爺はぶつぶつ言いながら、小銭を拾い集めている。

「驚きましたよ、リンレイさん。あんなこともできるとは知りませんでした」

「人前ではやらないようにしていますから」

　リンレイは苦笑した。

　水を汲むために、リンレイはホワ爺と一緒に部屋を出た。そして水路に着くと、姉妹らしき女の子たちがいた。幼い妹は無邪気に水面を叩いたり、姉の足元に水をかけて遊んでいた。その様子を見ていたリンレイは、幼い女の子を喜ばせるために、水でラクダを作ったのだという。

「とても喜ばれたので、他にも色々作っていましたら、いつの間にか人が集まってきてしまって」

　気がついたら見世物になっていたらしい。

「ああ、情けない。リンレイお嬢様が見世物をなさって、金を集めるなど。実家のご両親や親戚一同がお知りになったら、なんと言われるか」

やってきたホワ爺が仏頂面でぼやいた。

「何回か水芸として披露すれば、帰りの旅費も稼げそうですね」

ホワ爺の持っている小銭を覗き込み、ルオーは口笛を吹いた。

「そういえば、おぬし、何を生業にしてるんじゃ?」

部屋に戻るなり、ホワ爺が酒臭い息を吐いた。朝からワインを壺で買ってきて、一人で飲んでいるのだ。

「決まった仕事はありません。適当に色々なことを。文字の書けない人の代わりに手紙を書いたり、水汲みを手伝ったり」

「定職に就いておらんのか」

けしからんと言うように、ホワ爺が眉間に皺を寄せた。

「どうして定職に就かんのじゃ」

「いい仕事がないんですよ。特殊技能があるならともかく、わたしはこれといった取り柄のない男ですからね。それに定職に就かなくても、食べていくだけならなんとかなりますから」

ルオーが言うと、ホワ爺はわざとらしいため息を吐いた。

「どの国でも、今時の若造はこんなものかいな。覇気のなさは東の国の男だけかと思っておったら、砂漠の男まで。なんと嘆かわしい」

それからホワ爺は「特にシェン家の男たちは覇気がない」とぼやいた。雇われている身でそんなことが言えるのは、故郷から遠く離れている安心感とワインのせいだろう。リンレイがよく怒らないものだと思ったが、酔っ払いの言うことだからと聞き流しているようだ。

「いいか、若造。わしは親切で言ってやるぞ。さっさと定職に就くことじゃ。今のままでは結婚もできんぞ」

ドリーガと同じようなことを言われ、ルオーは苦笑するしかなかった。

「そもそも、今までに一度でもまともな職に就いたことがあるのか？」

「まともかどうかはともかく、半年前までは、軍にいました」

「へっ？」

ルオーの言葉に、ホワ爺は一瞬、酔いが醒めたような顔になった。予想もしていない職業だったらしい。

「なんで軍を辞めたんじゃ？」

「軍がなくなってしまったので」

「はあ？」

ホワ爺はギョロリとした目をさらに大きくした。

「ルオー様も古着屋のドリーガ様も、〈砂漠の黄金の果実〉にいた時とは、まったく違う職なのですね」

改めて気がついたというように、リンレイが言った。

「なんじゃ、その〈砂漠の黄金の果実〉というのは」

昨夜の話を知らないホワ爺は怪訝そうだ。そこでルオーはバヤートのことは省き、昨夜リンレイに語ったことをさらに簡単にして、説明した。するとホワ爺が突然、「そうじゃ」と大きな声を出した。

「それならリンレイお嬢様に水を呼び戻してもらえばいい。元のオアシスに戻るぞ」

「えっ⁉」

反射的にルオーはリンレイを見た。

「そんなことができるんですか？　確かに水を動かしているのは見ましたが」

「多少の水を動かすことはできても、大量の水を呼ぶなどできませんわ。ましてや、水の涸れたオアシスに水を呼び戻すなど、わたくしにはそんな力はありません」

リンレイが両手を動かしながら、否定した。ところがホワ爺は「できるはずじゃ」と言い張る。

「竜の血の濃いお嬢様なら、できるはずじゃ。《竜の姫君》のように不毛の地に水を呼び、その地を繁栄させる。そうなれば、再び伝説になりましょうぞ」

「もう酔ってしまったのですか、ホワ爺？」

「なんの、まだまだ酔ってなどおりません。《竜の姫君》の血を引いているというのに、シェン家は気概(きがい)に欠ける方々ばかりですじゃ。望めばどんなことでもできるというのに、一介の薬問屋で満足するとは。ですから、リンレイお嬢様は何か大きなことを成し遂げるのです。そうすれば、ライシェン様も」

　言葉の途中でホワ爺はひっくり返った。すでに壺の中は空だ。

「どうやらホワ爺さんは、シェン家の地道な生き方に不満があるようですね。わたしもシェン家の方々の無欲さに感心しますが」

「そうですか？　ルオー様も無欲な方だと思いますけれど」

「わたしが？」

「ええ。だって、左手の嘘発見器を利用なさらないでしょう？　その左手の使い方次第(しだい)では、大金を手に入れることもできるのではありませんか？」

　リンレイに言われて、ルオーは黒い手袋をつけている左手を見た。大金を手に入れられるような左手の使い方は——弱味を握る、恐喝(きょうかつ)するというような——したことがないし、そもそも思いつきもしなかった。

「大きな力を持つ者の野心は、大きすぎる騒乱を引き起こしますわ。ホワ爺もそんなことはわかっているはずなのに、時々、子供みたいなことを言うんです。困ったものですわ」

　いびきをかいて寝ているホワ爺を見下ろし、リンレイが甘やかしの交じった苦笑を浮かべた。これでは、どちらが世話係かわからない。どうやらシェン家のお嬢様は、見かけよりずっと大人びているようだ。

「リンレイさんは、よくホワ爺さんを同行させる気になりましたねぇ。連れていけと駄々(だだ)をこねられたのかもしれませんけど」

「よくおわかりですわね」

思い出したのか、リンレイがクスクスと笑った。ルオーは豪快ないびきをかいているホワ爺を見つめていた。

「ところで、リンレイさん。ライシェン様とは誰です?」

「さあ。わたくしも初めて聞くお名前です。酔って、どなたかの名前と間違えたのかもしれません」

リンレイが小首を傾げた。その時、乱暴に扉を叩く音が聞こえた。

(また隣人か?)

そう予想して扉を開けたルオーだったが、目の前にいたのは顔の半分を黒いベールで隠し、黒いマントに身を包んだ女だった。見えているのは睫毛の長い、大きな紫色の目だけだ。

「どちら様です?」

ルオーは警戒しながら訊いた。女の宝石のような目には、非情な光が潜んでいる。

「ここに今朝、水路で水芸を披露していた女がいるそうだな。さる高貴なお方がお呼びだ、わたしと一緒に来るように」

ルオーの問いを無視して、黒いマントの女が言った。若い声だが、傲慢な物言いには、有無を言わせない威圧感があった。

嫌な予感を抱きつつ、ルオーは平静な口調で答えた。

「場所をお間違えのようです。ここには水芸のできる女などいません」

知らぬ存ぜぬで押し切るしかない。すると、黒いマントの女は目を細めた。

「そこに娘がいるではないか」

「親戚の娘です」

「似ておらんな」

「従兄弟の妻の妹の夫の弟の妻の従姉妹なので」

適当なことを言いながらルオーは背中の方で、リンレイにこちらに来ないようにと、手を動かした。

「娘とおまえの関係など、どうでもいい」

女が指を鳴らした。それを合図に、三人の男が現れた。見るからに屈強の護衛という様子だ。

「護衛を連れてくるとは、大袈裟ですね」

「女一人の外出は危険だからな」

ぬけぬけと言い、女は紫色の目を細めた。

「通りに馬車を用意してある。すぐに乗れ。自分で歩いて馬車まで行きたくないというのなら、護衛たちに運ばせよう。ただし、手荒になるがな」

ルオーと女のやりとりがわからないリンレイは、何が起きているのかと、玄関をしきりに気にしている。

（護衛三人か）

ルオーは護衛たちを一瞥した。ちらつかせていないだけで、武器を持っていることは間違いない。これがルオー一人だけなら、なんとか逃げ出せるが、リンレイとホワ爺がいる。そして女の目的はリンレイだ。

「仕方ありません、言うとおりにします」

「わかったようだな。さあ、馬車に乗れ」

女の命令に、ルオーは従うしかなかった。

太陽の光が勢いを増し、熱気が焼き付けるような街中を、大勢の人間と荷物が移動している。話し声や家畜の鳴き声で騒々しい大通りを、馬車は進んでいた。

「まあ、変わった塔。あちらの建物のタイル、とても綺麗な色だわ」

馬車の小さな窓に張り付いているリンレイは、外の様子に興味津々だ。不安より好奇心が勝っているらしい。

（目的も目的地もわからないまま、馬車に押し込められたというのに）

向かいの席で、ルオーは背もたれに寄りかかっていた。馬車に乗ってすぐ、黒いマントの女との会話を簡単に説明したのだが、リンレイは平然としていた。危機感が薄いのか、腹が据わっているのか。

（この爺さんも）

リンレイの隣では、ホワ爺がいびきをかいて眠っている。軋む車輪の音や揺れにも、目を覚まさない。ルオーとしては、ホワ爺を部屋に置いていくつもりだった。酔い潰れている老人など、足手纏いなので。しかし、リンレイが一緒にと言い張ったため、仕方なく連れてきたのだ。

「ルオー様。『高貴なお方』とは、どのような方なのでしょう？」

窓の外を見ながら、リンレイが遠慮がちに言った。

「わかりません。ただ、この馬車は街の北側に向かっているようですから、あながち嘘ではないでしょう。街の北側は高級住宅地です。高官や大金持ちたちの邸宅で占められ、宮殿も近いんですよ」

ルオーは答えた。広い道は舗装されているし、街から見える建物も立派なので、間違いないだろう。

「けれど、『高貴なお方』が水芸などに興味を持つのでしょうか？」

「庶民のわたしにはわかりかもしれませんよ」

ルオーは上の空で言った。極刀、武器を持たない主義だが、今回ばかりは剣が欲しかった。しかし、黒いマントの女と護衛の目が光っていて、とても持ち出すことができなかったのだ。もっとも、仮に隠し持ってきたとしても、取り上げられただろうが。

間もなく、大きな音をたてて馬車が停まり、戸が開けられた。

「早く出ろ」

男に命令され、ルオーは眠っているホワ爺を背負って外に出た。

「まあ」

馬車から降りたリンレイが、感嘆の声をあげた。

陽光を反射して白く輝いているのは、大理石の壮麗な門だった。その奥には、やはり大理石の大きな建物がそびえ、門から真っ直ぐ白い石畳の道が延びている。

「なんて立派な家でしょう」

しきりに感心しているリンレイの横で、ルオーは眉間に皺を寄せていた。

「案内してやろう」

そう言ったのは、黒いマントの女だった。別の馬車に乗っていたのだ。

ルオーとリンレイは女についていき、門をくぐり長い道を歩いた。後ろには護衛がいて、ルオーたちがおかしな真似をしないように、目を光らせている。

建物の前に辿り着くと、精緻な彫刻の施された大きな扉が開いた。そこはアーチ形の高い天井で、支える太い柱の模様には金箔や七宝が使われていた。壁は純白で、嵌め込まれた無数の鏡とともに、この広い空間を明るく見せる効果があった。床は緑と青と薔薇色のタイルで、不思議な幾何学模様が描かれている。

「綺麗」

リンレイはうっとりした表情で呟いた。黒いマントの女は無言で奥に進んでいく。

甘い香の漂う廊下は幅が広く、鏡のように磨き上げられていた。窓はないが、採光が計算されており、とても明るい。壁に造られている少し窪んだ形の空間、アルコーブには香炉が置かれていた。

廊下の途中には青銅の扉があり、しかも前には扉番がいた。扉番たちはルオーたちを見ると——正しくは黒いマントの女だろう——恭しく一礼し、扉を開けた。そして扉を一つ開けるたびに、後ろにいる護衛が減っていく。

「礼儀正しい番人さんですね」

無邪気に感心しているリンレイと違い、ルオーの警戒心は強くなるばかりだ。

そして四つ目の扉が開かれると、水音のする細長い広間のような場所に出た。

四方を細い柱で囲まれ、床の所々に八角形の綺麗なモザイクがあった。奥にはまるで絵画のような、色彩豊かなカーテンが吊るされている。だが、この部屋の中で最も人目を引くのは、細い柱の外側を流れている二筋の小川だろう。

「部屋に小川が流れていますう！」

リンレイも驚いている。

ルオーを含むオアシスの住人の大半は、近くの水路や水場を使用しているが、裕福な家は高い使用料を払って、自宅に水道を引いている。オアシスで最高の贅沢は、水を持つことなのだ。

（それにしても贅沢すぎる。建物の規模といい、扉番といい……もしや、ここは）

ルオーは黒いマントの女を見た。ルオーの視線を受け止め、女が目を細めた。

「背負っている爺様を下ろしたらどうだ？」

女が少し離れた場所にある敷物を指した。

ルオーは言われたとおりにした。敷物の上に横たわったホワ爺は、ムニャムニャとよくわからない寝言を言っている。

「目を覚ましませんねぇ、ホワ爺さんは」

言いながら、ルオーはゆっくりと奥のカーテンに目を向けた。リンレイがルオーの視線を追うように、顔を動かした。

「盗み見ていないで、姿を現したらどうですか？」

ルオーが言うと、音もなくカーテンが割れた。

二章　白き巫女と太守

1

カーテンの間から現れたのは、ほっそりとした白い女性だった。白い服に白いストール、肌と髪は布地よりも白い。

一見すると年寄りのようだが、実際は妙齢の美しい女性だった。それだけでも驚くには充分だが、さらに際立っているのが、ルビーのように赤い瞳だ。

黒いマントの女が一礼し、猫のような足取りでカーテンに近付いたが、赤い瞳の女性は気にも留めず、リンレイを凝視している。

「どなたか存じませんが、手荒な招待ですね」

赤い瞳の女性を見ながら、ルオーは非難がましく言った。

「申し訳ありませんでした。急いでいたものですから」

そこにいることにやっと気がついたというように、女性の視線がルオーの上に移動した。

「本名を名乗ることは許されていませんが、妾は巫女と呼ばれております」

「では、ここは《水の神殿》ですか」

ルオーは驚きを押し隠しながら言った。このオアシスで、巫女と呼ばれる人物は一人しかいない。

「そうです。《水の神殿》の巫女、それが妾の名前と思ってください」

巫女が微笑んだ。言葉がわからないリンレイは、不安そうな視線をルオーに向けている。

「リンレイさん、こちらは《水の神殿》の巫女様です」

このオアシスには、《聖なる池》というものがある。《聖なる池》からは絶えず水が湧き出し、オアシス全体に水を供給しているのだ。言い伝えではオアシスの初代太守が《聖なる池》を発見し、その近くに《水の神殿》と宮殿を建てた。以来、《水の神殿》は水の神を奉りながら、《聖なる池》を守っている。巫女は《水の神殿》に仕える者たちの中で、最高位の存在である。

　以上のことをざっと説明すると、リンレイは大きな目をさらに大きくした。

「そのような高貴な方に呼ばれるなんて」

　リンレイは恐縮しているが、ルオーの不審はつのるばかりだ。

　神聖な場所である《水の神殿》の内部に入れる人間は、ごく限られている。神殿の関係者、太守や重臣、そして街の有力者たち。巫女と直接話せる人物となると、さらに少ない。ルオーたちのような一般市民は《水の神殿》内部に入るどころか、遠くから建物を見ることも許されない。まして巫女と対面するなど、あり得ないことだ。

（何故、巫女が、リンレイさんの水芸に興味を持つんだ？）

　少なくとも、死ぬほど退屈しているからではないだろう。水芸は口実で、何か別の理由があるのではないか。ルオーは考え込みながら、じっと巫女を見ていた。すると、

「その左手、何か異質な力がありますね」

　出し抜けに巫女が言った。ルオーは驚いたが、それを表情に出すことはなかった。

「あるのでしょうか？」

　とぼけてみせると、巫女の唇の端がかすかに上がった。しかし、反応はそれだけで、巫女はルオーの左手に興味がないようだった。

「あなた方をお呼びしたのは、水芸を見せていただきたいからです。妾は《水の神殿》の巫女、水に関わることはどんなことでも知っておきたいのです」

　優しい笑顔で巫女は言った。

「拙(つたな)い水芸を、巫女様が気になさるとは思えません。本当の理由をお聞かせください」

　巫女を見据えたまま、ルオーは静かな口調で言った。

「妾が嘘をついていると?」

　巫女の白い面(おもて)に強い不快の色が浮かんだ。

「いいえ。ですが、事実をおっしゃっているとは思えません」

　ルオーはことさら恭(うやうや)しく言った。巫女の眉が吊(つ)り上がり、黙って立っている黒いマントの女の目が冷たく光った。

「ルオー様、巫女様はなんとおっしゃっているのですか?」

　通訳をしなかったので、リンレイには二人の会話がわからなかっただろう。しかし、張り詰めた危険な空気は伝わっているらしく、心配そうにルオーと巫女を見ている。

「後で説明しますから、しばらく黙っていてもらえますか」

　ルオーはやや強い口調で言った。リンレイは戸惑いながら、小さく頷(うなず)いた。

　ルオーの青い目と、巫女の赤い瞳がぶつかった。しばらく、沈黙が続いた。

「わかりました、正直に言いましょう」

　折れたのは巫女だった。

「妾にはささやかですが、霊力があります。妾は昨日から、街の中に強い力を感じていました。今朝になってその力をとても強く感じる場所があり、そこに人を遣(や)ると、水路で水芸を披露(ひろう)していた異国の娘がいたと報告がありました」

　そこで巫女は一度、言葉を区切り、リンレイを見た。

「報告を受けて、妾はその娘が強い力の持ち主ではないかと思いました。だからあなた方を捜し出し、強引に《水の神殿》まで来ていただいたのです。直接会い、妾は確信しました。その娘には強い力があります」

巫女の瞳はリンレイから動かない。

《水の神殿》の巫女に霊力があるという噂を聞いたことがあるが）

だが、正直なところ、ルオーは噂を信じていなかった。巷によくいるペテン師、手品師の類だと思っていたのだ。しかし、ルオーの左手と水路にいたリンレイに気がついたというのなら、噂は事実かもしれない。

（問題は、リンレイさんが竜の血を引いていることに気がついているかどうかだ）

ルオーが見たところでは、巫女はそのことまでは気がついていないようだ。

「リンレイさんに強い力があるのかどうか、わたしにはわかりません。ですが、もしそうだとしても、巫女様とはなんの関係もないと思いますが」

ルオーが指摘すると、巫女はひっそりと微笑した。

「妾にその娘、リンレイさんの力を貸していただきたいのです、このオアシスのために」

ルオーは目を瞬いた。脳裏に浮かんだのは、街の噂だった。オアシスの水が減っており、涸れてしまうという噂。

「あなたもご存じでしょう？　水が——」

「おやめください、巫女様」

ルオーは巫女の言葉を遮った。

「おや、何故です？　呼ばれた本当の理由を知りたいと言ったのは、あなたですよ」

巫女が皮肉っぽく唇を歪めた。

「撤回します。強い力があろうとなかろうと、リンレイさんはオアシスに立ち寄った旅人にすぎません。それ以上の責任と重荷を背負わせることは、どうかお許しください」

頭を下げながら、ルオーは額に汗が滲むのを感じていた。一刻も早くこの場所から立ち去り、リンレイをオアシスから逃がさなくてはならない。

巫女は答えず、じっとルオーを見つめていた。白い顔に表情はないが、赤い瞳が炎のように燃えている。広間は怖いほど静まり返り、水の流れる音だけが聞こえている。だが、突然大きな声が響き渡った。

「わしゃ、酔ってなどおりません！　リンレイお嬢様なら、大きなことができるはずじゃ！　不毛の地に水を呼べるはずじゃ！　それが竜の血じゃ！」

ホワ爺だった。寝ているとばかり思っていたのに、起き上がっている。

（この爺さん、なんてことを言うんだ！）

　一瞬、ルオーの全身から血の気が引いた。リンレイは口元を押さえている。

「ワインでも麦酒でも、なんでも持ってこい！」

　そう叫ぶと、ホワ爺はクッションの上に倒れ込んだ。そして何事もなかったかのように、豪快ないびきをかいている。

「ご老人はなんと言ったのです？」

　巫女も驚いたようだ。

「寝言ですから、お気になさらず。どうやら、寝惚けていたようです」

　ルオーは平静を取り戻した。慌てることはない、巫女は東の国の言葉がわからないのだから。

　すると、それまで黙って影のように立っていた黒いマントの女が巫女に近付き、何やら耳打ちした。巫女が大きく頷いた。

「務めの時間です。あなたの言葉で妾も目が覚めました。旅人にすがろうなどと、巫女として軽率でした。キーシャ、この方たちを自宅までお送りしてくださいな」

　巫女は黒いマントの女――キーシャに言った。

「かしこまりました」

　キーシャは巫女に一礼し、ルオーたちの方に近付いてきた。

「どうやら、帰してもらえそうです」

　ルオーは小声でリンレイに言った。リンレイはホッとしたようだ。

　しかし、近付いてくるキーシャから殺気を感じ取り、ルオーはリンレイを突き飛ばし、大きく横に跳んだ。刹那、立っていた場所を、長剣が閃光となって薙ぎ払った。

　片膝をついたルオーの目に映ったのは、ベールとマントを剝ぎ取ったキーシャの姿だった。黒い上着に黒いズボン、やはり黒ずくめの姿だ。

　リンレイの悲鳴を聞きながら、ルオーはキーシャの剣をかわしていた。手ぶらでは逃げるしかない。

「やめてください！　お願いです、巫女様！　あの方を止めてください！」

　リンレイが必死に頼むが、巫女は何を言っているのかわからないというように、軽く肩をすくめただけだった。言葉がわからないにしても、リンレイの表情から意図は伝わっているはずなのに、黙ってルオーたちを見ているだけだ。つまり、リンレイを帰すつもりなどないのだ。

（それにしても、この女。つかえるぞ）

　突き出された剣を避け、ルオーは八角形のモザイクの中に足を踏み入れた。その瞬間、モザイクが白く光った。

　広間全体を包むような、強い光――思わずルオーは目を閉じた。

　すぐに光は消えた。だが、目が眩んでいるのか、よく見えない。

（何が起きたんだ？）

　よろめいたルオーの肩が、硬い物にぶつかった。壁のような感じだ。しかし、八角形のモザイクの周りに壁などないはずだ。

「ルオー様！」

　リンレイの声が聞こえた。駆け寄ってくるのがわかる。だが、リンレイは八角形のモザイクの中に入ることができなかった。そしてルオーも、モザイクの外に出ることができない。

「透明な壁に囲まれているような……どういうことです？」

　ようやく見えるようになったルオーが睨むと、巫女は唇の端を上げた。

「妾は東の国の言葉がわかりませんが、キーシャにはわかるのですよ」

「不毛の地に水を呼ぶ、竜の血。老人は確かにそう言った」

キーシャは眠っているホワ爺を一瞥し、抑揚のない声で言った。

「この娘に強い力があることはわかっていましたが、まさか竜の血とは！　空を駆け、雷雲や嵐を呼ぶ聖獣！　水を御する最強の存在！」

巫女は興奮をあらわに、頬と瞳を赤く燃やしている。

「酔っ払いの寝言を真に受けるのですか。聡明な巫女様らしくもない」

ルオーは唇を歪めた。

「ただの寝言かどうか、確かめなくてはならんな。さて、リンレイお嬢様」

透明な壁を叩いているリンレイに、キーシャが話しかけた。東の国の言葉だったので、リンレイは驚いたようだが、すぐに状況を理解した。

「男を助けたければ、このオアシスに水を呼ぶことだ。おまえは竜の血を引いているそうだから、簡単なことだろう？」

「そのようなこと、わたくしにはできません！」

青ざめながら、リンレイが叫んだ。しかし、キーシャは信じなかった。

「この男が、どうなってもいいのか？」

「いいえ！　けれど、わたくしには水を呼ぶなど、できません！」

「あくまでも、できないと言い張るのか」

突然キーシャが動き、リンレイの喉に長剣の刃を押し当てた。長剣の刃が光を弾いて、ギラリと光る。

「ルオー様……」

呻いたリンレイの喉に、赤い血が滲んだ。

「リンレイさん、逆らってはいけません！」

リンレイの手が動くのを見て、ルオーは鋭く制止した。リンレイが操る水よりも、キーシャの長剣の方が速い。

大きな水音が響いた。

小川から二本の水柱が立ち上がっており、それが崩れた音だった。

「水が動きましたね」

暗い歓びを含んだ声が、巫女の口から洩れた。ルオーは素早く巫女を見た。

「老人の寝言は事実のようですね」

勝ち誇ったような笑みを向けられ、ルオーは心の中で毒づいた。ホワ爺が余計なことを言わなければ、こんなことにはならなかったのだ。

「起きろ、ホワ爺さん！」

もはやリンレイを助けられるのは、ホワ爺しかいない。だが、ホワ爺はこの騒動にも気づかず、寝息をたてている。

「男、おまえの運命はこの娘次第だ」

キーシャはニヤッと笑い、長剣の柄をリンレイのみぞおちに叩き込んだ。声もなく頽れたリンレイを一瞥し、キーシャが指笛を鳴らした。さっとカーテンが割れ、護衛の男たちが現れた。そしてキーシャに命令され、二人の護衛がそれぞれ、気絶したリンレイとホワ爺を背負った。

「リンレイさん！」

透明な檻を両手で叩きながら、ルオーは叫んだ。

「この娘が水を呼べたら、おまえを釈放してあげますよ」

傲慢な口調で言い、巫女はカーテンの奥に消えた。続いてキーシャと護衛たちが広間から去った。

ルオーは唇を噛んだ。巫女たちが、リンレイとホワ爺をどこに運んでいくのか、見当はついている。

ルオーは左手の手袋を外した。


リンレイが目を開けると、そこはエメラルド色の光に満ちた世界だった。木々が生い茂り、咲き誇る花々の間を、光沢のあるリボンのような蝶がひらひらと飛んでいる。

「ここは?」

「おお、気がつかれましたか」

そう言ったのは、ホワ爺だった。隣に座って、心配そうにリンレイを見ている。

「ホワ爺、ここはどこです?」

小川の流れる広間ではない。リンレイは身体を動かそうとして、顔をしかめた。木の幹に寄りかかっているだけと思ったが、両手を縛られている。ホワ爺も同じ状態だ。

「ルオー様は?」

「わしにも、わかりませんのじゃ。気がついたら、このような場所にいて。一体、どうなっているのやら。わしは若造の狭い部屋の中で、眠っていたはずなのに」

ホワ爺が頭を振った。

「ホワ爺が眠っている間に、色々あったのですよ」

リンレイは改めて周囲を見回した。木々の葉擦れや小鳥の囀りが聞こえる。屋外であることは間違いない。

「公園か奥庭かしら」

ポプラやタマリスク、ナツメヤシ、ザクロの大木も見える。リンレイが呟いた時、目の前の大きな羊歯の葉が揺れ、人影が現れた。

「お目覚めか、リンレイお嬢様」

キーシャだった。剣を持った護衛を二人、従えている。

「こんなことをしても、わたくしには何もできません」

リンレイはキーシャを見上げた。

「だが、小川の水を動かした。気がついたのなら、ちょうどいい。こちらに来ていただこう」

キーシャがくいっと顎を動かした。

「なんじゃと! リンレイお嬢様に、無礼なことを!」

食ってかかったホワ爺の肩に、護衛の剣の先が軽く触れた。

「ホワ爺、言われたとおりにしましょう」

リンレイは落ち着いた声で言った。二度目の剣は、軽く触れるだけではすまないだろう。立ち上がったリンレイに、キーシャがちらっと視線を向けたが、何も言わなかった。

キーシャはリンレイに背を向けて、歩きだした。続くリンレイとホワ爺の左右には、護衛たちがぴったりとついている。質問も抗議も一切受け付けない空気の中、リンレイたちは黙って歩き続けた。

（なんとかして、ルオー様を助けなければ）

石畳の小径（こみち）を歩きながら、リンレイはそのことばかり考えていた。

（もし、ルオー様に何かあったら……すべては、わたくしと《家宝》のせい）

旅に出るまで、リンレイは深く考えていなかった。《家宝》を捜す旅がどれほど危険であるか、そして場合によっては、他人に迷惑をかけてしまうかもしれないなどと。

（わたくしは家の外に出られることが、嬉しかっただけ）

働く必要もなく、かといって外に出ることもままならず、家の中で習い事をしているか、ぼんやりしているだけの日々。東の国ではよくあることだが、良家の子女は気楽に外出できない。危険であるし、はしたないとされているので、外出は必ず護衛付きだ。ましてやリンレイは竜の血が濃いという理由で、一族から必要以上に大事に――あるいは警戒されていた。

率直（そっちょく）に言えば、一族はリンレイを持て余していた。何しろ《竜（りゅう）の姫君（ひめぎみ）》の血はずいぶん薄れ、《印》を持つ者は確実に減っている。リンレイの祖父母と両親の世代では、一人もいなかったぐらいだ。

（竜の血が濃いと言われても、わたくしは特別なことができるわけではないのに）

水を操るだけで精一杯なのだ。それでも一族の人々は《印》を持つリンレイを恐れた。ほんの子供の頃から大人には恭しく扱われ、同年代の子供たちからは敬遠され、リンレイはいつも疎外感を感じていた。

　そんなある日、《家宝》盗難の大事件が起きた。一族は周章狼狽していたが、リンレイはなんだかわくわくした。停滞していたものが動きだしたような、止められていた水が流れだしたような、そんな気持ちだった。後になって思い出すと、それは広い世界を知りたい要求だったのだろう。

　家を出て、街や国を出て、リンレイは自分は何も知らなかったことを知った。道中では苦しいこともあったが、辛いとは思わなかった。時間が止まっているような日々に比べれば、どんなことでも新鮮な驚きに満ちていた。

（オアシスに来てから、ルオー様に色々と助けていただいたのに。わたくしが水を操ったばかりに、こんなことに）

今朝の軽率な行動が悔やまれてならない。

　ふいに、キーシャが立ち止まった。ハッとしてリンレイも足を止めると、開けた前方に池があった。空の濃い青と木々の緑を映した、美しい鏡のような池だ。

「まあ、大きな池」

　リンレイは思わず呟いた。街の広場より、いや、広場の何倍も巨大な池だ。その畔に巫女がいて、無言でリンレイを見ている。

「これが《聖なる池》だ」

　キーシャがリンレイの腕を摑んで、前に突き出した。ホワ爺は両脇を護衛に挟まれ、身動きできない。

　池の方に押し出されたリンレイは、間近で巫女と向き合った。白い影のような女性は、その瞳に苛立ちと蔑みを浮かべて、《聖なる池》を指した。

　リンレイは縁ぎりぎりまで出て、広がる《聖なる池》を見た。すぐには気がつかなかったが、水面がずいぶん低くなっている。地面から水面まで、五メートルは下がっているだろう。縁に立って下を覗き込むと、剝き出しになった岩肌に、干涸らびた苔や水草が張り付いていた。

「見てわかるだろう？　水が減っている。この池の水は、オアシスを潤しているのだ。水が涸れれば、大勢の人々が苦しむことになる」

　リンレイの背後から、キーシャの声が聞こえた。

「大変な状況であることはわかります。けれど、わたくしには何もできないのです。水を呼ぶことも、増やすこともできません」

　リンレイの必死の訴えをキーシャが通訳すると、遮るように巫女が片手を上げた。

「巫女様は、そんな台詞はもう聞き飽きたそうだ。おまえは確かに水を動かしたし、そこにいる年寄りは、不毛の地に水を呼ぶ、竜の血と言ったのだからな」

　キーシャの通訳に、ホワ爺は喉に何か詰まらせたように、目を白黒させた。

「わ、わし？」

「そうだ、寝言でそう言った」

　キーシャが冷たい笑いを浮かべた。

「知らん、わしゃ知らんぞ！　寝言を真に受けるなど、どうかしとる！」

　ホワ爺が大きく頭を振りながら、後退りした。眠りこけていて詳しい事情はわからないが、竜の血が利用されそうになっていることを感じ取ったらしい。

「巫女様は水が減っていることを認めて、他の方々に助けを求めるべきです。このオアシスと住人のためを思うのでしたら、そうするべきです。この窮地を乗り切るには、大勢の方々の知恵と知識が必要です。奇跡や超常の力などあてにしてはいけません」

　リンレイの言葉をキーシャが通訳すると、巫女の表情が険しくなった。そして激しい口調で何やらまくしたてると、リンレイの肩を強い力で押した。

　縁に立っていたリンレイは、五メートル下の池に落ちた。

「リンレイお嬢様！」

ホワ爺の叫び声が聞こえた。

水面に叩きつけられ、リンレイの意識は朦朧としていた。水から出たくとも、縛られた両手は動かせない。さらに纏わりつく長いスカートや上着が重しとなり、暗い水中に引きずり込まれていく。

（誰か、助けて！）

だが、リンレイの意識はゆっくりと闇の中に沈んでいった。

2

「リンレイお嬢様！」

ホワ爺が叫んだ。

「大騒ぎすることではないだろう？」

つまらなそうに言い、キーシャはホワ爺を池の縁に連れてくるように、護衛たちに身ぶりで指示した。

「竜の血を引いている娘なら、溺れるはずがない。すぐに《聖なる池》から出てくるはずだ。もし爺さんの寝言がただの寝言だった場合は、全身を叩きつけられ、気絶したまま水の底だ。苦しまなくてすむ」

「なんて性悪な女どもだ！」

ホワ爺は唸った。身を乗り出して覗いた水面は、わずかに波立っているが、リンレイの姿は見えない。

「爺さんも、リンレイお嬢様のあとを追って飛び込むか？」

キーシャが長剣を抜いた。続いて、護衛たちもすらりと剣を抜いた。

「おのれ」

ホワ爺は歯軋りした。すると、うわずった声が聞こえた。それまで芝居見物でもしているようにキーシャとホワ爺を見ていた巫女が、強ばった表情で《聖なる池》を指している。

「水面が！」

キーシャが叫んだ。

水面が波立ち、《聖なる池》の中心が渦を巻き始めた。異変を察した鳥たちが騒々しく鳴き声をあげ、群れとなって木々の枝から飛び立った。

　そして空を切るような、鋭い音――渦の中から、透明なものが飛び出した。三日月のような水の刃が護衛たちの首をはね飛ばし、巫女の胸とキーシャの肩に突き刺さった。

　巫女が悲鳴をあげて、その場に頽れた。キーシャは苦痛に顔を歪め、肩を押さえている。しかし、二人の女たちに怪我はなく、水の刃の突き刺さった箇所が濡れているだけだ。

「もしや」

　ホワ爺は口の中で呟いた。

《聖なる池》の渦はいよいよ大きくなり、突然その中心から水が噴き上がった。巨大な水柱が立ち、その天辺にリンレイが立っていた。両手の縛めは消え、乾いている長い黒髪と衣類が、風をはらんで揺れている。

「これを殺害するつもりとはな。恐れ知らずな真似をする人間どもだ」

　リンレイの口から、別人のような声が洩れた。

「おおっ！」

　ホワ爺は地面にひれ伏した。その手から、はらりと縄が解け落ちた。

　巫女は驚愕と恐怖に喘ぎながら、全身を瘧のように震わせている。キーシャの顔は死人のように白くなっていた。

「己の愚かさを後悔するがいい」

　危険な輝きの宿る瞳で巫女たちを一瞥し、リンレイが微笑んだ。

　くすんだ琥珀色の光が、細長い空間を包み込んでいた。金箔を敷き詰めたような床、光り揺らめく小川は黄金、影さえも金砂をまぶしたよう。黄昏の忍び寄る広間に、ホワ爺を従えてリンレイが戻ってきた。

「リンレイさんではありませんね。どなたです？」

八角形のモザイクの外に立ち、ルオーは言った。リンレイの姿をしているが、醸し出す雰囲気は別人のものだ。

「我が名はライシェン」

リンレイ――ライシェンは目を細めた。

「ライシェン様は、《竜の姫君》の兄上様であらせられる」

ルオーが求めるより早く、ホワ爺が説明した。

「では、ライシェン様がこの檻を消してくださったのですね」

ルオーは、モザイクを足で軽く蹴った。

「巫女の霊力を消したので、檻も消えたのだ。強い霊力の持ち主とはいえ、所詮は人間よ。おまえ、池の様子を見ていたようだな」

「何かできればと思いましたが、見ていることしかできませんでした」

ルオーは、ため息を吐いた。

「ふん。《照妖珠》は視るためのものだ。左手の《照妖珠》を正しく使っていれば、モザイクの罠など即座に見抜けたはずだ。間抜けな奴め」

ライシェンは嘲りの冷笑を浮かべていた。

「《照妖珠》？　左手は嘘発見器じゃなかったのか？」

ホワ爺の大きな目が、探るようにルオーを見ている。

「正体を見破るという意味では、似たようなものです。わたしの左手には、魔物や妖怪の正体を明らかにする鏡、《照妖鏡》があります。正確にはその小さな物、《照妖珠》ですが」

ルオーは黒い手袋を外した。掌に二センチぐらいの、白い楕円形の痣のようなものがある。それが《照妖珠》だった。もっとも、ルオーがその名前を知ったのは、バヤートの家に引き取られてからだ。東の国に関する書物があり、そこに記されていたのである。それまでこの不思議な痣が何か、ルオーは知らなかった。

「もし《照妖珠》がなければ、リンレイさんは二重人格で、《家宝》も《竜の姫君》もホラ話としか思えませんでしたよ」

ルオーが《照妖珠》でリンレイを視(み)た時、背後に巨大な竜の影が視えた。ルオーはそれがリンレイの正体だと思っていたが、どうやらライシェンの影だったらしい。

「すると、わしの正体も」

「はい、視えました」

ルオーは頷いた。

「ホワ爺は妹が降嫁(こうか)した際、一緒に人界についていった我が眷属(けんぞく)である。我は別の者を連れていくように薦(すす)めたのだが、妹はホワ爺が良いと言い張ってな」

未だに納得できないというように、ライシェンは軽く頭を振った。

「ナマズも役に立ちますよ、多分」

ルオーは苦笑いを浮かべた。人間に化けていても、ホワ爺の外見の雰囲気はナマズのままだ。


「ところで、何故《竜の姫君》の兄上が、リンレイさんに憑依(ひょうい)しているんです？」

手袋をはめながら、ルオーは訊いた。二重人格でないとわかったのはいいが、親戚の竜に憑依されていたとは。

「これが《印》を持っているからだ。《印》は、強い力を持っている証(あかし)である。よって、我もこうして憑依できるのだ」

空を駆け、雷雲や嵐を呼ぶ聖獣を憑依させるには、器(うつわ)となる人間にもそれなりの力がいる。強い霊力を持つ者や、よほどの修行を積んだ者でなければ、耐えられない。

「とはいえ、妹は我が関わることを快(こころよ)く思っていなかった。口出しは無用、憑依など以(もっ)ての外(ほか)とな。ついに、一族に極力関わらないと約束させられてしまった。だから我は時々、妹の血を引く者たちの様子を見ていたのだ。そして久しぶりに人界を覗いてみると、《印》を持っているこれがホワ爺と二人で、荒野を歩いているではないか。荷物も供もなく。夜盗どもが近付いているというのに。我は見かねてこれに憑依し、危険から遠ざけたのだ」

どうやら思い当たるふしがあるらしく、ホワ爺がぽんと手を打った。

「では、ライシェン様はリンレイさんの旅の目的をご存じなのですね」

ルオーの言葉に、ライシェンが軽蔑を浮かべて頷いた。

「知っておる。《家宝》を盗むとは、愚かな人間がいたものよな」

「その愚か者のせいで、リンレイさんとホワ爺さんは一年も旅をして、砂漠までやってきました。しかし、まだ《家宝》を見つけられず、リンレイさんは竜の血ゆえに危険にさらされています。リンレイさんを一刻も早く東の国に帰すために、《家宝》を取り戻していただけませんか?」

ルオーが頼むと、ライシェンは謎めいた笑みを浮かべた。

「容易いことだが、妹との約束がある。また、我が《家宝》を取り戻すことを、これが承知するとは思えぬな。これは妹と同じで、人の世が好きなはずだ」

何か不吉なものを含んだ言葉に、ルオーの肌が粟立った。鋭く冷たい刃を首筋に当てられたようだ。

「ライシェン様、それはどういう――」

「そういうわけで、《家宝》はこれ自身が取り戻すしかない。我にできることは、わずかばかりの手助けのみだ。だから、おまえに命じたのだ。その左手が役に立つとな。だが、我の見込み違いであったわ」

ルオーの言葉を遮ったライシェンは、蔑みの色を面に浮かべ、

「我は、おまえに言っておいたはずだ。どんな時もこれを護れと。それができぬ時は、おまえも無事ではすまぬとな」

ルオーを冷たく睥睨した。

視線は氷の矢となって、ルオーの左胸に突き刺さ

った。心臓を握られているような痛みに、息もできなくなり、ルオーは床に手をついた。

「お待ちくだされ、ライシェン様！　どうかお怒りを鎮めてくだされ！」

　激痛に耐えるルオーの耳に、ホワ爺の命乞いが聞こえた。

「リンレイお嬢様は、この人間に恩義を感じております！　恩人が死んだら、どれほど悲しまれることか！」

　ホワ爺が額ずいた。ライシェンはしばらく、ルオーとホワ爺を見ていたが、ため息を吐いた。

「これが悲しむのであれば、仕方ない。今回は見逃してやろう。これがひどく消耗しているので我はしばらく憑依できぬが、おまえたちでこれをしっかり護るように」

　言い終えると、ふっとリンレイの身体から力が抜けた。そして糸の切れた操り人形のように、床の上に倒れた。

　激痛から解放されたルオーは、大きく深呼吸した。

「……ライシェン様は？」

「安心せい、お帰りになったわ」

　ホワ爺も安堵したようだった。眷属とはいえ、ライシェンが苦手なようだ。

「あんな怖い親戚がいて、リンレイさんに憑依していたことを、どうして教えてくれなかったんですか」

　呼吸を整えながらルオーが言うと、ホワ爺は困ったような顔で口髭を引っぱった。

「リンレイお嬢様にライシェン様が憑依していたとは、今まで気がつかなんだ。ちょーっと、リンレイお嬢様の様子が違うと感じることはあったのじゃが」

「……リンレイさんは、そのことを知りませんよね。教えなくていいんですか？」

　するとホワ爺が勢いよく頭を振った。

「教えるなど、とんでもない！　おまえには、乙女心がわからんのか！　いきなり親戚に憑依されると知らされて、うら若い娘が喜ぶはずがなかろう！　このまま、黙っているべきじゃ。そんなことより、リンレイお嬢様を休ませてさしあげねばならん」

「そのためには、ここから逃げなくては」

憔悴した顔で寝息をたてているリンレイを見ながら、ルオーは立ち上がった。

透明な檻も巫女の霊力も消えた。さらにライシェンによって、巫女とキーシャは池の中に真っ逆さまに叩き込まれてしまった。すぐには池から出てこられないはずだ。逃げるなら、今が絶好の機会だ。

「じゃが、逃げられるのか？」

「わかりませんが、できるだけのことはします」

ルオーは眠っているリンレイを背負った。その時、大きな水音が響いた。見ると、床の上を水が広がっていく。

「小川の水が溢れています」

「きっと、ライシェン様の仕業じゃ。おお、まるで洪水じゃな」

水はみるみるうちにルオーの足首まで濡らし、さらに水位を上げて流れていく。濡れたくないのか、ホワ爺はつま先立ちになっていた。

「とにかく、ここから出ましょう」

ルオーとホワ爺は小川の流れる広間を後にした。どう来たかは覚えている。問題は扉と、その前にいる扉番だ。

広間の外は騒がしかった。叫び声と激しい水音、大勢の人間が走り回っているようだ。心配した扉は開いており、扉番の姿も見えない。

二つ目、三つ目の扉も同じで、途中で侍女たちともすれ違ったが、ルオーたちを止める者はいなかった。皆それどころではないという様子だ。侍女たちは悲鳴をあげながら走り回り、兵士たちは右往左往し、巫女に助けを求めている。神殿内部に広がり続ける水に、人々は恐慌状態に陥っていた。

さらに侍女たちの断片的な叫び声から、水差しや花瓶、水瓶からも水が溢れていることがわかった。

「大騒ぎになっとるようじゃな」

ホワ爺は当惑（とうわく）したように、目を瞬（しばたた）いた。

「砂漠ではあり得ない現象が起きているのに、巫女の姿が見えないとなれば、そりゃ大騒ぎにもなるでしょうね」

「あの性悪女たちは、しばらく池で頭を冷やしておればいいんじゃ。リンレイお嬢様を突き落とした報（むく）いじゃ」

ホワ爺はふんと鼻を鳴らした。

「その性悪女たちをライシェン様は、何故、殺さなかったんです？　霊力を消したとはいえ、少々甘いのでは？　護衛の首をはね飛ばしたのに」

ルオーの疑問に、ホワ爺は肩をすくめた。

「ライシェン様は女に甘いんじゃ。おおっ、また水が上がってきた」

ふくらはぎまで上がってきた水に、ホワ爺がうわずった声をあげた。

「ところで、どうしてホワ爺さんは池に飛び込まなかったんです？　ナマズなら、泳ぎは得意でしょうに」

ホワ爺の性格上、水の中に飛び込むと思っていた。ライシェンの存在を知らなかったのなら、なおのこと助けようとするはずだ。不思議に思ってルオーが訊くと、ホワ爺はうつむいて、よく聞こえない呟きを洩らした。

「なんです？　水音のせいで、聞こえません」

「わしは泳げないんじゃ」

「……え？」

ルオーは自分の耳を疑った。

「ナマズなのに泳げないって」

「いや、昔は泳げたんじゃ。ただ、わしはその、水の中に入ると安心して、本性に戻ってしまうんじゃ。人間の世界でそんなことになったらまずいことは、わしにもわかる。そこで、ずっと水に入らないようにしていたんじゃ。そしたら泳ぎ方を忘れてしもうて」

「…………」

「一度、溺れかけたこともあってな。それ以来、深い水の中に入れないいんじゃ。今だって、水に足をとられそうで」

「…………」

　ルオーは言葉も出なかった。ただ、ライシェンがルオーにリンレイの護衛を押しつけた気持ちが、少しだけ理解できる気がした。


　青さがラベンダー色と混じり合う黄昏の空に、刻を告げる鐘の音が鳴り渡った。

　入り組んだ狭い路地は、目を凝らさなければ周囲が見えないほど暗い。昼間は眠っているかのような怪しげな店々に、ぽつりぽつりと灯が点る。煙が流れ、異臭が混じり合う。

「なんで、こんな場所に？」

　ホワ爺は渋面で、床に胡座をかいていた。外では何やら言い争う声も聞こえる。

「こんな場所なら、簡単に見つからないからですよ。わたしの部屋は巫女たちに知られていますからね。戻れません」

《水の神殿》から脱出する際に迷惑料としてもらってきた香炉を眺めながら、ルオーは言った。

　床に置いたランプの光に照らされたのは、小さな窓が一つあるだけの部屋だ。《水の神殿》から脱出したルオーたちが飛び込んだのは、裏町にある安宿だった。

「快適とはいえなくても、リンレイさんも休めるでしょう」

　香炉を床に置き、ルオーは壁にもたれた。窓の下に敷かれた寝具には、リンレイが横たわっている。ライシェンに憑依されてから、まだ一度も目を覚まさない。

「今夜はここに泊まり、早朝になったらオアシスから出てください」

　オアシスは高い壁に囲まれており、東西南北に門がある。北の門は太守一族専用なので、ほとんど使用されていない。残る三つの門は、オアシスに出入りする商人や人々のためのものだ。三つの門は夕刻になると閉められる。よって、夜間はオアシスに出入りできないのだ。

「そうはいかん、まだ《家宝》を取り戻しておらんのじゃ。手ぶらで戻れるかいな」

　ホワ爺は顎を突き出した。

「手ぶらで帰れとは言いません。ひとまず他のオアシスに逃げて、そこを拠点にして《家宝》を捜せばいいじゃないですか。このオアシスに残ることが危険なんです」

　他のオアシスに逃げてしまえば、巫女も簡単には追ってこられないはずだ。

「また暑い砂漠を旅するのかいな……」

　ぼやいたホワ爺を見ながら、ルオーは気になっていたことを訊いた。

「シェン家の《家宝》とは、なんです？　リンレイさんは誰も知らないと言っていましたが、《竜の姫君》と一緒に人界に来たホワ爺さんなら、知っているんじゃないですか？」

「いんや、わしも知らんのじゃ」

　ホワ爺は情けない表情で呟いた。

「わしも気になってな、《竜の姫君》に訊いたこともあるんじゃが、教えてくださらなんだ。知らない方がいいと、笑っていらした。《家宝》が何か、《竜の姫君》は誰にも教えなかったんじゃ」

「《家宝》が何かわかれば、捜しようもあるんですがねぇ。どうやら、ライシェン様には頼めないようですし」

　ライシェンの言葉が棘となり、ルオーの心は不吉な予感に疼いていた。あの言葉に含まれていたのは嘲笑と軽蔑、そして冷たい悪意だった。

（《家宝》には、何か重大なことが隠されているのか？）

　だから、《竜の姫君》は《家宝》を誰にも触れさせず、口を閉ざしていた。眷属であるホワ爺にも教えなかったのは、その口の軽さを危惧していたのではないか？

「わしの勘繰りかもしれんが、《家宝》には何か良からぬ秘密が隠されているような気がするの」

　ホワ爺も、ライシェンの言葉に不吉なものを感じたらしい。

「ライシェン様に訊いても、教えてくれないでしょうね？」

「ああ、絶対に教えてくださらん。そういう御方じゃ」

　男たちがそんなことを話していると、リンレイの声が聞こえた。

「ルオー様？」

「気がつきましたか」

　ルオーが声をかけると、身体を起こしたリンレイは怪訝そうに、室内を見回した。

「ここは？　わたくし、《聖なる池》に落ちたはずですのに」

　不思議そうに、乾いている髪と服に触れた。ライシェンに憑依されている間のことは、覚えていないらしい。ルオーが横目でホワ爺を見ると、首を横に振られた。

「ホワ爺さんが、リンレイさんを池から助け出したんですよ」

「まあ、そうでしたの」

　リンレイが微笑み、ホワ爺は引きつった笑みを浮かべた。ランプの方に躙り寄ってきたリンレイに、ルオーは《水の神殿》から脱出したことを告げた。

「早朝にここを出て、近くのオアシスに避難します。オアシスの水が減って、巫女は相当追い詰められていますからね」

「なんでオアシスの水が減ると、巫女が追い詰められるんじゃ？」

　ホワ爺が首を傾げた。

「オアシスの水源である《聖なる池》を守るのが、

巫女の役目です。水が減れば、巫女の責任になります。今はまだ噂ですが、事実だと知られたら、運が良くても追放、悪ければ死罪ですね」

ルオーの言葉に、ホワ爺は納得したようだった。

「水を呼ぶなど、わたくしには無理です。どうすれば、あの方たちにそのことを信じてもらえるのでしょう」

リンレイが困り果てた表情で呟いたが、さすがのホワ爺も「リンレイお嬢様なら水を呼べる、それが竜の血じゃ」とは言わなかった。

「リンレイさんが何を言っても無駄（むだ）だと思いますよ。だから、逃げるしかありません」

ルオーが強い口調で言うと、ホワ爺が躊躇（ためら）いがちに口をはさんだ。

「逃げる前に、おまえさんの《照妖珠》で、《家宝》を見つけ出せないもんかの？」

「《照妖珠》？」

リンレイの表情が動いた。

「わたしの左手にあるのは、嘘発見器ではなく《照妖珠》なんです」

ルオーは手袋を外した。

「もともとは小石みたいでしたが、握りしめているうちに、いつの間にか手と一体化してしまいました。とはいっても、《照妖珠》の部分は石のように硬いんですけどね」

「そういうこともあるのかもしれませんわね。でもルオー様は、どうやって《照妖珠》を手に入れられたのです？」

リンレイの疑問に、同感と言うようにホワ爺が頷いた。

「《闇鬼市（やみきいち）》をご存じですか？」

ルオーの言葉に、リンレイとホワ爺が鋭く息を呑んだ。

「東の国の人間なら皆知っとるとも。《闇鬼市》といったら、何がいるかわからん市じゃ」

ホワ爺が顔をしかめた。

「人間以外のモノまでいると噂されておる。姿も見えず、言葉もない市場なら、妖怪や化け物だって紛れ込みやすいし、人間に気づかれる心配もないんじゃからな」

「では、わたしが取引したのは、人間じゃなかったのかもしれませんね。何しろ、顔も身体も真っ黒なのに、肘から先だけがはっきりと見えました。死体のような青白い肌で、爪は黒く長い鉤爪でしたよ」

ルオーは小さく笑った。

「ルオー様はどうして、《闇鬼市》などに行かれたのです?」

リンレイは戸惑っている。

「知らずに、迷い込んでしまったんですよ。逃げている途中で。わたしは物心ついた時から、東の国の金持ちの家で下男として働いていました。十歳ぐらいの冬――正確な年齢はわかりませんが、多分それぐらいだろうと言われていたので――わたしは屋敷から逃げ出したんです」

ルオーは一度、言葉を切った。

「《闇鬼市》で見つけた物、《照妖珠》が、どうしても欲しかった。しかし、わたしは金どころか、荷物の一つも持っていませんでした。すると売り主はわたしを指さしました。その意味もわからないまま、わたしは頷きました。交換する物もわからないまま、取引は成立してしまったんです。気がつくと朝になっており、わたしは欲しかった物を手に入れたというわけです。今にして思えば、何故そんなに欲しかったのか、わかりません。何か魔力が働いていたとしか思えないぐらいです。でもまあ、左手が役に立ってくれたこともあります。交換した物はわかりませんが、大損はしていないでしょう」

「この馬鹿者が！　交換した物もわからんくせに、大損していないなどと言うでない！」

ホワ爺に怒鳴られ、ルオーは亀のように首をすくめた。子供だったルオーにも、愚かで危険な取引であることはわかっていた。わかっていてもなお、

《照妖珠》が欲しかったのだ。

「ルオー様、交換した物が何か、心当たりはないのですか?」

「まったくありません」

ルオーは、はっきりと首を振った。

「わたしが持っていた物は、わたし自身だけです。しかし、このとおり五体満足です」

リンレイは、交換した物の手がかりを見つけ出そうとするように、ルオーを見ている。

「なんという愚か者じゃ。《照妖珠》と交換など、高くついたに決まっているのに」

ホワ爺はぶつぶつ言っている。

「手袋を外したついでです。《照妖珠》で《家宝》を捜してみましょう。運が良ければ、見つけられます。数えるほど程度ですが、捜し物を見つけ出せたことがあります」

ルオーは左の掌（てのひら）を見つめた。だが、《照妖珠》には何も映らない。

「やはり、何も視（み）えませんね」

手袋をはめながらルオーが言うと、ホワ爺は露骨（ろこつ）にがっかりしていた。

「明日は早い。もう休んでください」

そして話はこれで終わりというように、ルオーは床に寝そべった。ホワ爺もリンレイも黙ってルオーに倣（なら）った。

3

まだ夜も明けぬ早朝から、閉ざされた東門の前には大勢の人々が集まっていた。

ラクダの鳴き声や馬たちのいななき、車輪の軋（きし）む音、複数の足音。ほとんどが商人たちだが、旅人や芸人一座の姿も見える。さすがに声を張り上げている者はいないが、複数の言語による話し声がさざめいている。

意外に賑やかな門の周辺で、ルオーたちも出発の時を待っていた。《水の神殿》から持ち出した香炉が結構な金額で売れたので、次のオアシスまでの食料と水、日除けのストール、毛布、必要な物はほとんど揃えることができた。ただ残念なことに、東の国に向かう商隊はなかったので、商人と交渉して二頭の葦毛馬を手に入れた。

「ルオー様、何故馬が二頭なのです？」

朝食のパンとチーズを食べていたリンレイが眉根を寄せた。

「わたしは、このオアシスに残ります」

ルオーが答えると、リンレイは大きく息を呑んだ。ひどく驚いたホワ爺がパンを喉に詰まらせ、目を白黒させて胸を叩いている。

「残るなんて危険ですわ」

「そうですね。でも、残れば《家宝》を捜すことができます」

「ルオー様、わたくしがいなくなったと知れば、巫女様はわたくしを見つけ出そうと躍起になるはずです」

リンレイの心配はもっともだ。

「そうじゃ。リンレイお嬢様の行方を突き止めるために、あの性悪女たちはおまえを拷問するかもしれんぞ」

なんとかパンを呑み込んだホワ爺が、くぐもった声で言った。かなり苦しかったらしく、涙の浮かんだ目が血走っている。

「いくら拷問されても、居場所を知らなければ教えようがありませんよ。大丈夫、わたしには《照妖珠》があります。これを使って、巫女の魔の手から逃げますよ」

馬の綱を引いて、ルオーは言った。

「でも、ルオー様……」

「リンレイさん、わたしはあの人を残して、このオアシスから出ていくことはできません」

ルオーの言う「あの人」が誰なのか、リンレイはわかったようだ。悲しそうに眉をひそめて、黒々と濡れたような瞳でルオーを見つめている。

「さあ、馬に乗ってください。もうすぐ門が開きます」

馬の背に荷物を括り付けながら、ルオーは二人を促した。

空が仄かに明るくなり、銅鑼の音が鳴り渡った。それを合図に、東門が重い音をたてて、左右に開いた。

全開になった門から白い光が流れ込み、商隊が先を争うように飛び出した。しかし外に出たとたん、ラクダたちが突然立ち止まり、物凄い鳴き声をあげた。馬も飛び跳ねたり、蹄を蹴立てている。そのため、荷台から荷物がこぼれ落ちたり、乗り手が振り落とされた。

「どうしたんだ⁉」

「なんだ、何が起きたんだ⁉」

門の周辺は騒然となった。だが、異変が起きたのは、外に出た商隊だけでなかった。門の内側にいる馬やラクダたちも、落ち着きを失っていた。目を血走らせ、口から赤い泡を吹いている。

「馬が！」

リンレイが馬にしがみついた。馬は猫のように毛を逆立て、ガタガタと震えている。

「わわわっ」

ホワ爺も振り落とされないように、必死に馬首にしがみついている。二人の馬が暴れださないように、ルオーは両手で綱を引っぱった。

（何が起きたんだ？）

商人たちは必死に馬やラクダを落ち着かせようとしているが、興奮は収まらない。その結果、商隊は外に出ることもできず、門の周囲は大混乱に陥っていた。

「砂の中に化け物がいる！」

誰かが叫んだ。

「化け物だ！　門の外に魚の化け物がいる！」

あり得ないことだ。しかし、何人もの商人が異口同音に叫んでいる。見間違いの一言では一蹴できない。

「別の門に移動しましょう、ここは危険です」

ルオーは声を張りあげた。気になるが、今は化け物かどうかを確かめるよりも、この場から無事に去る方が重要だ。もしリンレイたちが落馬でもしたら、他の馬や荷台に潰されてしまうだろう。すでに荷台同士がぶつかって転倒したり、暴れるラクダに蹴られたりと、死傷者が出ているようだ。

（うかうかしていられないぞ）

ルオーは注意深く二頭の馬を引いて、なんとか大混乱の中から抜け出した。

「リンレイさん、ホワ爺さん。怪我はありませんか?」

「大丈夫です。ただ、ストールをなくしてしまいました」

リンレイが苦笑した。

「いったい、何が起きたんじゃ」

ホワ爺は渋面だ。

「わたしは見ていませんが、門の外に魚の化け物が現れたそうですよ」

「魚の化け物ですか?」

てっきり目を剝いて問い返すと思っていたが、リンレイは何かを考え込む表情で呟いた。

「砂漠には、そんな化け物がいるのか?」

ホワ爺は大きな目をパチパチさせた。

「いませんよ。少なくとも、わたしは聞いたことはありません」

ルオーが言うと、ホワ爺は目を細めた。

「そういう時こそ、《照妖珠》の出番ではないのか?」

要するに、確かめろということらしい。

「何度も言っていますが、視えるかどうか、わかりませんよ」

そう断ってから、ルオーは二頭の馬の綱を片手で引きながら、口で左手の手袋を外した。そして化け物が目撃された東の方角に左手をかざし――鋭く息を吞んだ。

《照妖珠》がとらえたのは、不可解な物だった。帆（ほ）のような三角形、その下には巨大な流線形（りゅうせんけい）の影、外海（そとうみ）に出る大型帆船（はんせん）ほどもあろうか。その巨大な影が、城壁から二百メートルほど離れた場所で、砂を蹴立てて進んでいる。海を進む船のように。

ルオーはもっとよく視たいと思ったが、突然真っ暗になった。見失ってしまったらしい。

「ルオー様、何か視えましたか？」

リンレイの声はかすれていた。

「巨大な影が。確かに、魚の化け物としか言いようのない影です」

ルオーは信じがたい気持ちで呟いた。

「なんで、そんなものが現れるんじゃ？」

などと訊かれても、ルオーに答えられるわけがない。

「わかりません。化け物に遭遇（そうぐう）しないことを祈りましょう」

馬の綱を引きながら、ルオーは別の門に向かうことにした。しかし、化け物よりも商売が大事とばかりに外に出ようとする商隊と、逃げ戻ってくる商隊や旅人たちが入り乱れ、なかなか進むことができない。

その時、混乱している東門に近付いてくる一団に気がついた。統率（とうそつ）の取れた動きは明らかに商人や旅人ではなく、兵士のようだ。

混乱を収めに駆けつけたのだろう。そう思ったルオーだが、先頭の馬に乗っている人物を見て、思わず呻いた。

（キーシャか）

ルオーが気がついたように、キーシャもルオーたちに気がついた。逃げる間もなく、ルオーたちは兵士たちに囲まれた。

「また、この女か」

嫌悪（けんお）もあらわにホワ爺が唸った。

ルオーは素早く、兵士たちを見た。全員は相手にできないが、一人から剣を奪うことはできるだろう。

(なんとか、リンレイさんたちをオアシスから逃がさないと)

大立ち回りを覚悟したルオーだったが、馬から下りたキーシャは礼儀正しく、武人の敬礼をした。

「ゾティーノヴィス太守の命令により、お迎えに参りました。あちらに駕籠が用意してあります」

夜明けの光が砂漠を照らしていた。


「お客様方、ご不自由はしていませんか?」

「何か必要な物がおありでしたら、遠慮なくお申し付けくださいませ」

「お国の飲み物はいかがですか?　珍しいお菓子もございますよ」

侍女が入れ替わり立ち替わりやってきては、笑顔で親切の押し売りを始める。見張りも兼ねているらしく、鬱陶しいこと、この上ない。

「巫女ではなく、太守というのが気になりますね」

色彩鮮やかな絹の絨毯の上に胡座をかき、ルオーは皮肉っぽく唇を歪めた。

ルオーたちが豪華な駕籠に押し込められて運ばれたのは、《水の神殿》からごく近い場所にある、ゾティーノヴィス太守の住む宮殿だった。

「太守からの迎えにあの女がいたのは、どういうことじゃ?　巫女の手下ではなかったのか?」

用意されたお茶を啜りながら、ホワ爺が言った。香りの高いジャスミン茶だ。酒も用意されているのだが、「わしは禁酒する」と言って、飲んでいない。飲み過ぎた挙げ句の寝言から、取り返しのつかない事態を引き起こしたことを、少しは反省しているようだ。

「キーシャのことは、わたしにもよくわかりません」

ルオーは軽く頭を振った。

「うむ、巫女と太守はグルなのか?」

「おそらく。巫女はゾティーノヴィス太守に何かを

――自分に都合の悪いことは隠して――吹き込んだのでしょう。そうでなければ、わたしたちを監禁する理由はありません」

「太守は、わしらをどうするつもりなんじゃ？」

「わかりません。わかっていることは、オアシスから逃げ出すのが、余計、難しくなったということだけです」

ルオーは眉間に皺を寄せた。

「人界に下りて数百年。まさか砂漠で監禁されることになろうとは思ってもおらんかった」

ジャスミン茶を啜り、ホワ爺はしみじみとした声で呟いた。

「そろそろ、元の世界に帰りたくなりましたか？」

ルオーが訊くと、ホワ爺は困ったような表情になった。

「それがなぁ、不思議とそんな気にならんのじゃ。酒とお茶だけは、人界の方が美味(うま)いせいかの」

ニッとホワ爺が笑った。ルオーもつられて笑ってしまった。色々と欠点はあるものの、愛するべき老人なのだ。

「なんのお話です？」

布で髪を拭(ふ)きながら、リンレイが部屋の奥から出てきた。

太守の強引な招待だったが、入浴の用意が調(ととの)っていることに、リンレイは喜んだ。たっぷりの湯を張った浴槽(よくそう)、香りの良い石鹸(せっけん)、櫛(くし)や鏡も用意されていた。水の豊富な東の国ならともかく、砂漠では王侯(おうこう)貴族並みの贅沢(ぜいたく)だ。

「酒とお茶だけは、人界の方が美味いそうですよ」

「まあ」

からかうようにリンレイが笑った。湯上がりで、頬や首筋が桜色に染まっている。色気とは無縁の子供と思っていたが、湯上がりは別人のように艶(つや)っぽい。

目が吸い寄せられそうになり、ルオーは慌てて顔をそむけた。

「好きなのはいいけれど、飲み過ぎないようにしてくださいね。特にお酒の方は」

　リンレイにやんわりと釘を刺され、ホワ爺はニヤリと笑った。

「わしゃ、禁酒しましたぞ。これからは一滴も飲みません」

　もう何十年も禁酒を続けているような表情をしたホワ爺に、リンレイは苦笑した。付き合いの短いルオーでも、ホワ爺の禁酒は長続きしないだろうと感じているのだから、リンレイは確信を持っているに違いない。

「お酒といえば、ルオー様はあまり飲まれないのですね」

「ああ」

　ルオーは酒を飲まない。禁酒しているホワ爺に遠慮しているというわけではなく、単純に好きではないからだ。

「わたしは酒は好きじゃないんです。たいして強くもありませんしね。そういうリンレイさんこそ、飲まないようですが」

「いかん！　リンレイお嬢様は絶対に飲んではいかん！」

　ホワ爺が突然、大声を出したので、ルオーもリンレイも驚いた。

「嗜むぐらいなら、いいんじゃありませんか？」

　ルオーが言うと、ホワ爺は大きく頭を振った。

「いいや、駄目じゃ。リンレイお嬢様は子供の頃、置いてあった酒を別の飲み物と間違えて飲んで、引っくり返ったことがあるんじゃ。子供の失敗とはいえ、良家の子女としては恥ずかしいことじゃ」

「わたくしは覚えていないのですけど、両親や親戚にも同じことを言われました」

　リンレイは恥ずかしそうに言った。

　子供時代の失敗以来、決して酒を飲まないようにと厳命されているらしい。幸い、リンレイも酒にたいして興味がないので、口にしないですんでいるぞうだ。

（たかが子供の頃の失敗ぐらいで）

大袈裟ではないかとルオーは呆れたが、他人の家のことに意見するのも失礼なので、黙っていた。

扉を叩く音がした。ルオーが返事をする前に扉が開き、そこにいたのは侍女ではなかった。

「ご機嫌いかがですか、皆様方」

慎ましく、しとやかに微笑んでいるのは《水の神殿》の巫女だった。自分に都合の悪いことはすべて綺麗に忘れてしまったという様子だ。

「これは巫女様。水浸しになった《水の神殿》の掃除は終わりましたか？」

ルオーの嫌味にも、巫女は微笑みを浮かべたままだった。

「なんのことでしょう？」

しらばっくれるつもりらしい。《水の神殿》が水浸しになったことは、秘密にされているようだ。

「それで、何かご用ですか？」

素っ気なくルオーは言った。ホワ爺は大きな目で巫女を睨みつけている。

「はい。ゾティーノヴィス太守様が皆様を今宵の宮殿の宴に、是非ご招待したいとの仰せです」

ホワ爺の怒りを無視して、巫女はリンレイの方を見た。その瞳にかすかな怯えと警戒が浮かんだのを、ルオーは見逃さなかった。

しかし、それも一瞬のことで、巫女はニッコリ笑い、手を叩いた。すると待ち構えていた侍女たちが、手に高価な荷物を持って入ってきた。

豪華な光を放つ宝石類やドレス、化粧品、装身具などがずらりと並べられた。つまり、宴のための支度一式だ。ルオーやホワ爺の物も用意されている。

「まあ、素晴らしい品ばかりですわね」

若い娘らしく、美しい品々にリンレイは顔を輝かせた。

「巫女様。ゾティーノヴィス太守に、何を吹き込んだんです？」

ルオーの皮肉に、巫女はびくともしなかった。

「吹き込んだとは心外な。妾はただ、太守様に神託を伝えただけです」

「では、その中には、魚の化け物のことも入ってるんでしょうね」

ルオーは意地の悪い口調で言った。

「魚の化け物？」

巫女は探るような目つきで、ルオーを見た。

「東門の外に現れた魚の化け物のことです。大勢の目撃者がいますから、嘘ではありません」

ルオーは自分も見たとは言わなかった。

さっと巫女の顔色が変わり、固く噛みしめた唇に強い恐怖と絶望があった。魚の化け物の話は、ルオーも驚くほど、思いがけない痛打となったようだ。

ルオーたちの視線に気がつき、巫女は激しい動揺を静め、もしくは隠し、何事もなかったように微笑んだ。

「二時間後にお迎えが参ります。では」

そう言って、巫女は侍女たちを引き連れて出ていった。

「ルオー様、巫女様はなんと？」

扉が閉まると、リンレイが気遣わしげに問いかけた。ルオーはリンレイとホワ爺に、ゾティーノヴィス太守の宴に招待されたことを話した。

「宴じゃと？　何を企んでいるのか知らんが、参加する必要なぞないわ」

「そういうわけにはいきません。断れば、ゾティーノヴィス太守の怒りを買うだけです。わたしたちには断るという選択肢はないんですよ」

ルオーは用意された物を一瞥した。

「そのゾティーノヴィス太守というのは、どんな人物なんじゃ？」

怒ったようにホワ爺が顎を突き出した。

「さあ。わたしも噂を耳にするぐらいで、会ったことはありません」

「どんな噂なんじゃ？」

「大きな声で言えないような噂です」

「ああ……」

　ホワ爺は苦いものを飲まされたような表情になった。どんな噂かと、しつこく尋ねなかったのは、他人の耳を警戒しているからだろう。

「ルオー様、お話は宴のことだけですか？　巫女様が顔色を変えていましたけれど」

　リンレイはじっとルオーを見つめた。

「軽い嫌味を言っただけです。巫女がリンレイさんのことを、太守に吹き込んだらしいので、魚の化け物のことも言ったのかと。動揺していたのは、知らなかったからでしょう」

　東門の外に現れた魚の化け物のことは、街中の噂になっているはずだ。しかし巫女は、ルオーに言われるまで、そのことを知らなかったのだ。

「知らないと、何か不都合でもあるのかいな？」

　ホワ爺の問いにルオーは頷き、声を落とした。

「巫女が以前、言ったでしょう？　水に関わることは、どんなことでも知っておきたいと。それはつまり、《水の神殿》の巫女はそうあるべきということです。そして、たとえ化け物であろうと、砂の中にいたとしても、魚は水の属性です。大勢の目撃者のいる怪魚に気がつかなかったというのは、霊力のある巫女にとって、恥ずべきことになります」

「しかし、巫女は霊力を失ったはずじゃ」

　ホワ爺は細長い口髭を引っぱった。

「そうです。でも、巫女はその事実を隠しています。隠しておきたいんです」

　霊力があるからこそ、巫女はその地位を保っていられるのだ。

（しかし、霊力がなくなったことを、いつまで隠し通せるものやら。いや、口先だけで誤魔化し続けるかもしれないな）

　ルオーがそんなことを考えていると、リンレイがそっと呟いた。

「ルオー様。わたくし、魚の化け物を知っているような気がします」

「どこかで見たということですか？」

驚いてルオーは訊いた。砂の中を泳ぐ魚など、東の国にも《竜水の都》にもいないはずだ。

「魚の化け物なんぞを、どこで見たんですか、リンレイお嬢様」

ホワ爺も驚いている。

「見たことはありません。けれど、知っている気がするのです」

リンレイは遠くにある物を見つめるような瞳で、そう呟いた。

4

剣を思わせる尖塔が、宮殿を囲むように建っている。その上に輝く無数の星々はビーズ細工、細い月は銀の飾りのように、夜の帳に縫い付けられていた。

「それにしても、リンレイお嬢様のその服は、ちっと露出がすぎるようじゃ」

巨大な階段を上りながら、ホワ爺が文句を言った。部屋を出る前から、ずっと同じことを言っているのだ。

「似合いませんか？」

リンレイは不安そうに呟いた。身に纏っているのは金と銀の刺繍が施された、薄紅色の軽やかな絹の長衣、吊帯長裙には真珠が縫い付けられている。ベルトにも華麗な刺繍。いわゆる貴妃服だ。髪には真珠と花の飾り、首飾りや耳飾りは紅水晶と金、東の国の姫君という装いだった。

「いえいえ、よくお似合いですよ」

ルオーが言うと、ホワ爺に睨まれた。

「いかがわしい目でリンレイお嬢様を見るな、若造」

「いかがわしいなんて、言いがかりです」

「うんにゃ。おぬしの目はいかがわしさに満ちておる」

「それは偏見です」

ホワ爺にかかれば、リンレイに近付く者は雄犬でも「いかがわしい男」扱いだろう。ちなみにルオーは上等な黒い長衣とズボン、ホワ爺は白い長衣だ。

「まったく、嘆かわしい。若い娘の服なら、もっと慎み深いものがあるだろうに」

ホワ爺はぶつぶつ文句を言っている。

ルオーはリンレイに同情したくなった。こんな口うるさいナマズが四六時中くっついていたら、男など寄りつかないだろう。竜の血を引いていることを別にしても、リンレイと結婚する男は大変だ。

ルオーが肩をすくめると、案内の一行の中から咳払いが聞こえた。宮殿では静かにしろという意味だろう。

「静かにしてくださいな」

リンレイに注意され、ホワ爺は不満顔のまま黙った。

階段を上がり、曲がりくねった廊下を進み、辿り着いたのは見事な彫刻の施された両開きの扉の前だった。案内の一行は一礼して、静かに去っていった。脇に控えている兵士によって扉が開けられると、内部から明るい輝きが溢れ出した。

燃えさかる松明と枝付き燭台の蠟燭の炎によって、薔薇の香りが漂う広間は暖かく、昼間のように明るい。見回せば、至る所が豪華な装飾と品々で飾られていた。子供の身長ほどもある水晶の壺、黄金の楯や剣、瑪瑙や翡翠などで造られた本物そっくりの草花。扉や窓には象牙や宝石が嵌め込まれ、華麗なタペストリーが壁面を飾っている。

ルオーたちが扉の前に立っていると、正面の一段高い場所に座っていた人物が立ち上がった。

「よくまいられた。歓迎する、美しい姫君」

片言の東の国の言葉でそう言ったのは、二十代後半ぐらいの青年だった。

赤紫色の巻き毛と褐色の目をした痩身の美男だが、全体的に軽薄そうな印象がある。身なりは贅沢かつ派手、それ一つで庶民が十年は遊んで暮らせるような装身具を、ジャラジャラつけている。

「ゾティーノヴィス太守様は、皆様を歓迎しています」

愛想のない声は、ゾティーノヴィス太守のすぐ横にいるキーシャのものだった。太守の通訳らしいが、こんな場でも洒落っ気のない黒の服だ。

ゾティーノヴィス太守を挟んでキーシャの反対側にいるのは、白い服の巫女。胸元には長さの違う金の首飾りを何本もつけ、耳にも金が光っている。

「シェン・リンレイと申します。太守様にお目にかかれて光栄です」

リンレイが挨拶し、ルオーが通訳した。それからついでに、ルオー自身とホワ爺の名前を告げた。太守にはなんの興味もない名前に違いないが。

ゾティーノヴィス太守は笑顔で頷き、身ぶりでルオーたちに座るように指示した。白と琥珀色の大理石の床には絨毯と毛皮、クッションなどが敷き詰められていた。太守に近い場所からリンレイ、ホワ爺、ルオーが座った。

(ゾティーノヴィス太守か。同僚にも友人にも持ちたくない男だな)

それがルオーの正直な感想だった。

間もなく、侍女たちが料理や飲み物を運んできた。フォアグラ、ミルク入りオムレツ、野菜のスープ、鳥のクリームソース煮、蒸し魚、油で揚げて香辛料の利いた漬け汁に漬け込んだ肉と魚、新鮮な果物、ナッツ類。揚げパンの蜂蜜がけ、数種類のチーズ。飲み物はスパイスの利いたワイン、水、果実酒、薔薇酒などというものまである。

給仕がさっと動き、それぞれの前に用意された杯にワインを注いで回った。

「リンレイ殿、我がオアシスはいかがかな?」

銀の杯を片手に、ゾティーノヴィス太守が上機嫌で言った。

「とても美しいオアシスですわ」

リンレイは微笑み、当たり障りのない返事をした。

「そう、美しく豊かなオアシスだ。余はこのオアシスを誇りに思っている。だが最近、人心を騒がせるような噂が流れ、余は心を痛めておる。ご存じかな、このオアシスの水が減っているというのだ」

ゾティーノヴィス太守が大袈裟にため息を吐いた。

「申し訳ありません。巫女たる自分の不徳のいたすところです」

巫女が神妙な面持ちで言った。

「根も葉もない噂であるが、信じてしまう者も多い。これは巫女だけではなく、余の不徳でもあろう。余はまだ若く、太守となってわずか四年だ。亡くなった余の父は、四十年も太守を務めていた。そのため、何かと余と父は比べられる。もし父が生きていれば、このような噂は流れなかったであろうに」

長々と続く愚痴に、リンレイは律儀に相づちを打ったり、頷いたりしているが、ホワ爺の方は聞いているふりすらしていない。ワインや果実酒の入った壺を凝視し、甘美な誘惑と闘っている。

(宴もたけなわの頃に、リンレイさんに水を動かす力を見せろと言いだすのだろうか)

そう考えると、ルオーの気は重くなった。これが、ただの宴でないことはわかっている。

巫女が太守にどんな「神託」を告げたのか知らないが、「リンレイは水を呼べる」と伝えたことは間違いない。そして疑い深いゾティーノヴィス太守は、巫女の話の真偽を確かめるために、リンレイを宴に招待したのだ。

《聖なる池》の水が減って困るのは、巫女だけでなく、オアシスの支配者である太守も同じだ。いや、太守の方がより深刻だろう。水がなくなるかもしれない不安と恐怖は、長引くほどに大きく膨れ上がり、やがて怒りと不満となって、ゾティーノヴィス太守に向けられるからだ。

(水芸ぐらいで誤魔化せるといいんだが)

ルオーがそんなことを考えていると、かすれ気味の低い声が響いた。反射的にルオーは扉の方を振り向いた。

「遅れて申し訳ない。昨夜の酒がまだ残っていたのでな」

ゆったりとした服を着た、中年の男が広間に入ってきた。年齢は四十代前半、大柄でがっしりとした体軀。浅黒い肌に漆黒の髪と整えた口髭、強い光を帯びている目、砂漠の住人らしい容貌の持ち主だ。

（セグド・シン様！）

ルオーは目をみはった。遅れてきた招待客は、〈砂漠の黄金の果実〉の元太守だ。

「なんとも豪華な宴ではないか」

セグド・シンは楽しげに、集まっている人々の顔を見渡した。動揺を押し隠したルオーの上にも黒い目が向けられたが、特に反応はなかった。

「よく来てくれた、従兄殿。余の従兄、セグド・シンだ」

愚痴を中断し、ゾティーノヴィス太守が遅れてきた招待客を紹介した。

セグド・シンはよろけながらルオーたちの座っている場所に来て、リンレイとホワ爺の間にどっかりと腰を下ろした。ホワ爺がびっくりした顔で、セグド・シンを見上げた。当然だろう、下座についていい人物ではないのだ。

しかし、ゾティーノヴィス太守は従兄のセグド・シンを自分たちの席、上座に呼ばなかった。セグド・シンもまた、気にしていないようだった。

「これはこれは。東の国の天女のようだ」

リンレイを無遠慮に見回し、セグド・シンは笑った。黙っていると近寄りがたいが、笑うと人懐こくなる。言葉はわからないのに、つられたように、リンレイがニコッと笑った。

「従兄殿。その天女は、オアシスの救いの女神となるやもしれんのだ」

「ほう、救いの女神？」

セグド・シンは給仕から酒を受け取り、片膝を立てた。

「いかにも」

　ゾティーノヴィス太守は頷いた。そして質問を待ち構えていたようだが、セグド・シンは何も言わず、酒の杯を空にした。

「良い酒だ」

　呟くと、セグド・シンは給仕を追い払い、水でも飲むかのように酒を飲み始めた。ゾティーノヴィス太守が苛立たしげに鼻を鳴らしたが、お構いなしだ。

（そろそろ本題に入るな）

　ルオーが身構えていると、ゾティーノヴィス太守が指を鳴らした。すると、水を張った大きな盥が運ばれてきた。いや、浴槽と言った方が正しいかもしれない。

「さて、リンレイ殿。不躾で申し訳ないが、ここでそなたの力を見せてもらえないか」

　ルオーが通訳すると、リンレイはゾティーノヴィス太守に顔を向けた。

「わたくしの力と申しますと？」

「そなたは水を動かせるそうな。どうか、その様子を余に見せてくれまいか」

　盥の中の水を動かせということらしい。

　巫女の眉がぴりっと動いた。水浸しになることを警戒しているのかもしれないが、何も言わず、冷ややかな視線をゾティーノヴィス太守に向けている。

「ルオー様、どうしましょう？」

　リンレイは困った表情でルオーを見た。

　どうもこうも、ここまでお膳立てされて、断ることはできない。ゾティーノヴィス太守も断られることなど、考えてもいないだろう。

「おお、見たいと言うのなら見せてやりなされ。リンレイお嬢様の力を存分に見せつけてやりなされ」

　威勢のいいことを言ったのは、赤い顔のホワ爺だった。近くにあった酒瓶やワインの入った壺は、すっかり空になっている。禁酒の誓いは早々に破られてしまった。

「水芸を披露してはどうです？」

呆れながら、ルオーはリンレイに言った。

「わかりました」

リンレイは頷き、指を動かした。

盥の水が揺れ、天井に向かって噴き出した。

そして透明な鳥となり、部屋中を飛び回った。どよめきが起きる。

自由に飛び回っていた透明な鳥たちが天井付近に集まり、大きな塊（かたまり）になった。巨大な水の塊だ。それが四つに分かれ、広間の四隅に降り立った。東に青竜（せいりゅう）、西に白虎（びゃっこ）、南の朱雀（すざく）、北の玄武（げんぶ）——四神（ししん）だ。

四神を知らなくても、巨大な水の獣たちの迫力に給仕は口を半分開け、侍女たちは目をみはり、中には泣きだした者もいた。だが、この場でいちばん興奮しているのは、ゾティーノヴィス太守だった。

「素晴らしい！　これほどのことができるのだ、水を呼ぶこともできるはずだな！」

手を叩きながら腰を半分浮かせ、ゾティーノヴィス太守はリンレイの方に身を乗り出した。リンレイは困って、黙り込んだ。

「できます」

ルオーが答えた。

「ただ、ここに水を呼ぶのは迷惑ですので、今回は自粛（じしゅく）させていただきます」

「聞いたか、従兄殿！　リンレイ殿は水を呼び戻せるそうだ。これで我がオアシスも安泰（あんたい）だ！　従兄殿のオアシスも元どおりになるやもしれぬぞ！」

ゾティーノヴィス太守は紅潮した顔を、セグド・シンに向けた。しかし、返事はない。見ると、セグド・シンは居眠りをしており、再度ゾティーノヴィス太守に声をかけられて、ようやく目を開けた。

「ん？　何かあったのか？」

目を瞬かせ、セグド・シンが欠伸（あくび）をした。近くには、空になった酒の壺が転がっていた。

「あの素晴らしい技を見ていなかったのか、従兄殿」

今にも爆発しそうな怒りを抑えた声で、ゾティー

ノヴィス太守が言った。すでに水の四神は消え、盥の中に水が戻っていた。

「ああ、見ていない。見ていたのは夢だけだ」

顎を撫でながら、セグド・シンがつまらなそうに言った。

「それなら寝台の中で続きを見るがよかろう！」

ゾティーノヴィス太守が怒鳴り、扉を指さした。

出ていけと怒鳴られ、セグド・シンはのろのろと立ち上がった。しかし飲み過ぎて足がもつれるのか、クッションの上に尻餅をついてしまった。その無様な様子に、巫女の口元にかすかな冷笑が浮かんだ。キーシャは仮面のような無表情だ。

「一人で歩くこともできないのか。ルオーだったな。従兄殿に手を貸してやってくれ」

「わたしがですか？　しかし、セグド・シン様のお付きの方が」

「そんな者はおらん。従兄殿は周りに人を置きたがらないのだ」

早く連れていけというように、ゾティーノヴィス太守が手をひらひらさせた。太守としては、邪魔な通訳を追い払って、その間にリンレイを丸め込みたいという思惑だろう。わかっていても、直々の指名ではルオーも断れない。

「リンレイさん、わたしは少しの間、席を外します」

ルオーが言うと、リンレイは不安そうな表情を浮かべた。

「セグド・シン様。ゾティーノヴィス太守様のご命令ですので」

ルオーはセグド・シンに手を貸して、クッションから立たせた。そして時々大きくよろめくセグド・シンを支えながら、明るい広間を出た。

ルオーたちと入れ違いに、楽士や踊り子たちが広間になだれ込んできた。

たちまち軽快な音楽が流れ、踊り子たちの色とりどりの衣装が翻る。そのたびに身につけた装身具が軽やかな音をたて、光を反射していた。

「こちらに参られよ、リンレイ殿」

　ゾティーノヴィス太守に手招きされ、リンレイは一瞬、躊躇した。

（お側に行くべきかしら？）

　また力を見せろと言われるのではないかと、リンレイは警戒した。意見を訊こうにもルオーは出ていってしまったし、ホワ爺はすでに眠りの中だ。わからないふりをするにも、キーシャという通訳がいる。

（ルオー様も、何故水が呼べるなどと）

　言葉はわからなかったが、太守の様子からルオーがそう言ったのだと察することができた。

（でも、もしできないと言っても、ゾティーノヴィス太守様は信じなかったかも）

　リンレイの見たところ、若い太守は信じたいものしか信じない人間だ。ルオーにも、それがわかったのだろう。ならば、「水が呼べる」と言うしかなかったのかもしれない。

（水の減っているオアシスのために、わたくしに水を呼んでほしいなどと）

　それだけ切羽詰まっているのだとしても、ゾティーノヴィス太守の頼みは愚かと言わざるを得ない。巫女にも言ったが、人の上に立つ者は奇跡や超常の力などあてにしてはいけない。それらは、むなしい夢のようなものだ。権力のある者が夢想に振り回されれば、迷惑するのは大勢の人々なのだから。

「リンレイ殿」

　ゾティーノヴィス太守の声に苛立ちがあった。仕方なく席を移動すると、ゾティーノヴィス太守はリンレイに「自分の隣に座るように」と指示した。そのため、キーシャが下がらなくてはならなくなったが、ゾティーノヴィス太守は気にしていないようだ。

「さて、リンレイ殿に謝らなくてはならない。あのような素晴らしい力を見ようともせず、居眠りをしていたとは、我が従兄ながら失礼極まりない。もしかしたら、従兄のオアシスも水を取り戻せるかもしれないというのに」

「セグド・シン様のオアシス?」

　リンレイは通訳しているキーシャを見た。

「〈砂漠の黄金の果実〉と呼ばれていたオアシスです。消えてしまいましたが、セグド・シン様はそのオアシスの太守でした」

　無表情にキーシャが囁いた。

「セグド・シン様が、〈砂漠の黄金の果実〉の太守」

　リンレイは口の中で呟いた。

(それで、ルオー様が)

　ほんの一瞬だが、ルオーが動揺したことを、リンレイは見て取っていた。

「従兄は太守であったことを忘れてしまったようだ。毎日毎日、飽きもせず、酒ばかり飲んでいる」

　ゾティーノヴィス太守が吐き捨てるように言った。

「居候の自覚もないのだ、あの従兄は。行く所のないセグド・シンを、余は従兄弟の誼で、この宮殿に住まわせてやっているのに」

　恩着せがましい言い方に、リンレイは憤りを覚えた。

　オアシスと地位を失い、居候の身になったとはいえ、セグド・シンはゾティーノヴィス太守の従兄で元太守だ。そのような人物を下座に座らせた挙げ句、介添えにルオーのような一市民を指名するというのは、異国人のリンレイでも感心できない。

(ゾティーノヴィス太守様は、セグド・シン様がお嫌いなのだわ)

　その理由が、リンレイにもなんとなくわかった。酔って醜態をさらしていても、セグド・シンには威厳が漂っている。引き込まれるような笑顔も魅力的だが、その奥には強靭な鋼の精神を秘めているように見えた。会話を交わしたわけではないが、ゾティーノヴィス太守よりも、ずっと信頼できるような気がする。

「余はセグド・シンだけでなく、その部下、下々の者たちまで、このオアシスに住まわせてやっているのだ。故郷を失った者たちのために家を建て、水を分け与え、税も免除してやった。他のオアシスの太守たちなど、余の気前の良さと寛大さに驚いておる」

酒が回ったのか、ゾティーノヴィス太守の舌の動きは、ますます滑らかになっていく。

延々と続く自慢話、太守が身ぶり手ぶりをするたびにチャラチャラと鳴る装身具の音。我慢強いリンレイも、いい加減辛くなってきた時、横から杯が差し出された。

「喉が渇いたでしょう、お飲みください」

キーシャだった。確かに喉が渇いていたので、リンレイは杯を受け取った。素晴らしい香りがする飲み物だ。色も金色がかった薄紅で、美しい。

「出すぎた真似をするな、キーシャ」

自慢話を邪魔され、ゾティーノヴィス太守が不機嫌になった。

「申し訳ありません」

なんの感情もない声でキーシャが詫びた。

ゾティーノヴィス太守はふんと鼻を鳴らし、早口に何か言った。キーシャはそれを通訳しなかったので、太守が何を言ったのか、リンレイにはわからなかった。

「そういえば、リンレイ殿は少しも飲んでいないようだが。砂漠の酒は口に合わないかな？」

ゾティーノヴィス太守は咳払いをして、話題を変えた。

「いえ、そんなことありません。ただ、わたくしはその、弱いのです」

受け取った杯を両手で持ちながら、リンレイは慌てて言い訳した。酒は飲んではならないときつく言われているのだ。

「そうであったか。しかし、キーシャが差し出したのは、薔薇酒のようだが」

ゾティーノヴィス太守にそう言われて、リンレイは杯を見た。

「薔薇酒？」

見たことも聞いたこともない酒だ。てっきりお茶だと思っていたリンレイは、慌てて杯をキーシャに返そうとした。

「薔薇酒はとても弱いお酒で、女性でも飲めるものですわ。香りも素晴らしく、気持ちが落ち着きますよ」

巫女が微笑んだ。

リンレイはチラッとホワ爺を見た。酒瓶を抱いて、いびきをかいている。禁酒したなどと言っておきながら、早々に酔い潰れているではないか。

(わたくしだって、もうすぐ十八ですし。お酒を嗜(たしな)んでもいいはずだわ)

もう子供ではないのだ。気をつけて、節度ある飲み方をすればいいだけではないか。

「では、いただきます」

好奇心に負けて、リンレイは杯に口をつけた。

5

空高く昇った銀の月が、壁に囲まれた庭を淡い光で照らしていた。小径は青白く輝き、蔦(つた)が這(は)い上がる壁は青いカーテンに覆われたようだ。夜空と同じ色をした池には、睡蓮(すいれん)の葉が浮いている。

「すっかり酔ってしまった」

池の畔(ほとり)に置かれた岩の上に座り、セグド・シンが言った。ゾティーノヴィス太守の宮殿にはいくつも庭があり、この小さな南国風の庭園が元太守のお気に入りらしい。

「部屋に戻る前の酔い覚ましだ。悪いが、付き合ってくれ」

「はい」

リンレイが気になるが、仕方ない。ルオーは頷き、素早く周囲に視線を走らせた。広間を出た時にはっきりわかったのだが、セグド・シンには護衛がついていない。ゾティーノヴィス太守はセグド・シンは周りに人を置きたがらないと言っていたが、それならなおのこと、警備を強化するべきではないのか。

「ところで、ずっと気になっていたのだが。見たことのある顔だな」

セグド・シンはルオーを見上げた。

「よくある顔ですので」

ルオーはとぼけた。高級官僚や太守と直々に話せる身分の方々ならいざ知らず、一兵卒（いっぺいそつ）にすぎないルオーの顔など、覚えているはずがない。

「いや、確かに見たことがある。そうだ、警備隊のバヤートの部下だ。名前はルオー、子供の頃、バヤートの家に引き取られたと聞いたが」

過去の記憶を探るように、セグド・シンは眉を寄せた。部下たちを把握（はあく）するのは太守の務めとはいえ、その記憶力にルオーは心の中で舌を巻いた。

「おっしゃるとおりです。わたしの名前はルオー、警備隊長のバヤートの部下でした」

とぼけても無駄と悟り、ルオーは観念した。

「バヤートが今どうしているか、知っているか？」

訊かれ、ルオーはギクリとした。

「バヤート様は、このオアシスにいます」

「そうか。廃墟（はいきょ）に、〈砂漠の黄金の果実〉に残ったわけではないのだな」

安心したというように、セグド・シンは小さく頷いた。

「由緒（ゆいしょ）正しい家柄の若者で、一途（いちず）な性格だ。それこそ誇りを守るために自害、もしくは〈砂漠の黄金の果実〉に残ったのではないかと、気になっていたのだ」

セグド・シンは鋭い。あの日、ルオーがバヤートを止めなければ、そうなっていただろう。

「バヤート様は元部下の店で、商売を手伝っています」

ルオーは嘘をついた。どうして本当のことが言えるだろう。

「それならいい。ルオー、私は〈砂漠の黄金の果実〉を失っても、別の地で生きている者たちを大勢知っている。傷を抱えながらも、懸命に生きている人々だ。だが、失意から立ち上がれない人間も知っている。環境の変化に適応できない者、傷が癒やされない者、不安に囚われている者。弱いと言ってしまえばそれまでだが、その弱さを責めることは誰にもできない」

静かにセグド・シンが言った。心の中を見透かされた気がして、ルオーは元太守を見返した。

「あの可愛らしい天女は、おまえの恋人か？」

出し抜けに、セグド・シンが言った。古着屋の主人ドリーガに言われたことを思い出し、ルオーはげんなりした。

「恋人だなんて、とんでもありません」

リンレイは竜の血を引いており、そのうえ、親戚の竜が憑依するのだ。さらに口うるさいナマズのオマケ付きだ。

否定したルオーを、セグド・シンは楽しげに見ていたが、その表情が厳しくなった。

「おまえたちがどういう関係か知らないが、一刻も早く、天女をこのオアシスから遠ざけた方がいい。天女の力が本物であろうと、まやかしであろうとな」

ちくりとした皮肉だったのかもしれないが、ルオーは首筋に刃物を当てられた気がした。

ゾティーノヴィス太守には「水を呼べる」と言ってしまったが、それが事実かどうか、ルオーにはわからない。その場しのぎで「できる」と言ってしまったのだ。

（できないと言っても、ゾティーノヴィス太守は信じないだろうから）

もし水を呼べなければ、ルオーたち三人の命はない。いや、リンレイとホワ爺はライシェンが助けてくれるだろう。となると、命をなくすのはルオーだけだ。

（しかし、もし水が呼べたとしても、また別の面倒

な事態が待ってるだけだ）

　ゾティーノヴィス太守がリンレイを宝物のように見せびらかし、自慢するぐらいならまだいい。水を呼べるその力を、武器として振りかざすかもしれない。

　砂漠の水は、黄金よりも貴重な物だ。それを自在に動かすことができるなら、砂漠の全オアシスを支配することができるかもしれない。まだ若く、自分を実力以上に見せたがる見栄っ張りな太守に、そうした野心がないとは言い切れない。

「セグド・シン様のおっしゃるとおりです。できるだけ早く、東の国に戻れるようにします」

「それがいい。おまえの天女は、天女にその意志がないにせよ、他人によからぬ夢を見せてしまう存在だ。オアシスに水を呼ぶなど、夢のまた夢だが、そんな夢にでもすがりつきたい者はいる。私には悪夢にしか思えないが、すがる者にはこのうえもなく美しい夢なのだろう」

　呟くと、セグド・シンは足元の小石を拾い、睡蓮の浮かぶ池に放り投げた。ルオーは黙って、水面に広がった波紋が消えていくのを見ていた。

「もし、リンレイさんの力がまやかしではなく、本物だとしたら？　その力で〈砂漠の黄金の果実〉を元どおりにしたいと思いませんか？」

　ルオーはそうセグド・シンに訊いてみたかったが、言葉にすることはできなかった。

「そろそろ、部屋に戻らなくてはな。おまえも宴に戻った方がよかろう」

　そう言ってセグド・シンは立ち上がったが、足がもつれてよろけた。ルオーが慌てて支える。

「セグド・シン様、飲み過ぎはお身体によくありません。余計なお世話かもしれませんが」

「いや、ありがたい忠告だ。だがな、私が酔っ払っていると、ゾティーノヴィス太守は安心するんだ」

　セグド・シンは笑った。明るさのない、暗い笑いだ。

「従弟が安心している間は、私の妻子も、私のオアシスから移住してきた人々も安全だ」

ルオーの中に混乱した気持ちが湧き起こってきた。だが、それが誰に対してなのか、はっきりわからない。

「ご苦労であった」

ルオーの肩を軽く叩き、セグド・シンはゆっくりと小径を歩いていった。

その背中を見送りながら、ルオーはバヤートを思い出していた。バヤートは酒と麻薬に溺れ、セグド・シンは酒浸りだ。どちらも失意から立ち上がれない、弱い人間――だが、元太守のそれは、寄る辺のない同胞たちのための芝居だろう。

〈砂漠の黄金の果実〉から大勢の人々が、このオアシスに移り住んだ。ゾティーノヴィス太守から見れば、住まわせてやっているわけだ。だからセグド・シンは、絶対に年下の従弟の機嫌を損ねることはできない。ましてや、警戒心を抱かせるなどあってはならない。ゾティーノヴィス太守の気分一つで、〈砂漠の黄金の果実〉のかつての住人たちは、また も住むべき場所を失うことになりかねないのだから。故郷も地位も財も、何もかもを失った憐れな酒浸りの中年男を演じているが、セグド・シンは紛れもない太守なのだ。

(ああ、そうか)

ルオーは理解した。ゾティーノヴィス太守はセグド・シンを恐れ、そして憎んでいるのだと。従兄弟同士、同じ太守、男として――だから警備もつけず、ルオーのような得体の知れない人間を平気で近付けるのだ。あわよくば、セグド・シンを消してくれることを期待して。

夜風に庭園の草木が身震いするように揺れた。ルオーはもう少し、この静寂の空間に佇んでいたかったのだが、やはり広間の様子が気にかかる。

広間に戻ろうと歩きだした時、物凄い音と振動がした。宮殿全体が揺れたような衝撃だった。

(何事だ⁉)

わけがわからず、ルオーは辺りを見回した。すると、銀の月を割るように、大きな黒い影が見えた。細く長い、巨大な蛇のような影が、南の方向に飛んでいく。

(まさか……)

嫌な予感を覚え、ルオーは走りだした。脳裏に閃いたのは、遠い昔、東の国で見た彫刻の竜だった。

宮殿の中に入ると、騒然としていた。侍女たちが悲鳴をあげながら走り回り、あちらこちらで泣き声や怒声(どせい)が聞こえる。

「呪(のろ)いだ」

「悪(あ)しき前兆だ」

破滅におののく声も聞こえる。

その騒ぎは広間に近付くにつれて大きくなり、武装した兵士たちの数も増えていた。明らかに異常事態が生じたのだ。

しかし、広間の前に辿り着くと、それまでの喧噪(けんそう)が嘘のように静まり返っていた。大きく開け放たれた扉の前には、数人の兵士がたむろしているだけだ。他の兵士たちは恐れて、近付かないのだろうか。

「中はどうなっているんです？　何が起きたんです？」

ルオーは兵士たちに訊いたが、「わからない」との返事だった。

「わからない？　何故、中に入って確かめないんですか」

「太守に呼ばれていないからだ」

軽く眉を吊り上げたルオーに、兵士は弁解がましく言った。呼ばないのではなく、人を呼べない状態かもしれないと、想像する頭もないらしい。

(役に立たない兵士だ)

教育が悪いのか、ゾティーノヴィス太守を軽んじているのか。ルオーが兵士の制止を振り切って室内に飛び込むと、昼間のような明るさは消えており、天井に開いた穴から月明かりが射(さ)し込んでいた。人影はほとんどなく、呻き声が聞こえるだけだ。

並んでいたご馳走（ちそう）や食器類、さらにクッションや絨毯も広間中に飛び散り、豪華な装飾と品々は床の上で砕けていた。広間の中で嵐が発生したような有り様だ。

「リンレイさん、ホワ爺さん！　いるなら、返事をしてください！」

ルオーは声を張りあげた。すると、近くにあった絨毯がもぞもぞと動き、そこからホワ爺が這い出してきた。

「ホワ爺さん、リンレイさんは⁉　いったい、何があったんです⁉」

「わからん、だがリンレイお嬢様は酒を飲んでしまったんじゃ！　あれほど飲むなと言っておいたのに！」

ホワ爺は半泣き状態で、床を平手で叩いていた。

「酒を飲んだから、なんだっていうんですか？」

意味がわからない。舌打ちしたルオーの耳に、かすれてうわずった声が聞こえた。

「化け物だ」

ルオーは声の聞こえた方に顔を向けた。扉の正面、一段高い場所で、腰を抜かして動けなくなっているゾティーノヴィス太守がいた。側に巫女の姿はなく、キーシャもいない。二人とも太守を見捨てて、早々と広間から逃げ出したのだろう。

「リンレイ殿は化け物になったのだ！　そして天井を突き破って、飛んでいってしまった！」

ゾティーノヴィス太守は口から唾（つば）を飛ばして叫んだ。

「外にいる兵士！　突っ立っていないで、ゾティーノヴィス太守を外にお連れしろ！」

ルオーは扉の外に向かって叫んだ。そこでようやく、先程の兵士たちが入ってきた。そして動けないゾティーノヴィス太守を両側から支え、引きずるように外に連れ出した。

「さあ、ホワ爺さん。詳しく話してください」

「リンレイお嬢様は酒を飲むと、竜になってしまう体質なんじゃ」

洟を啜りながら、ホワ爺が顔を上げた。にわかには信じがたい話だったが、ルオーは目ざとくそれを見つけていた。食器や装身具などが散乱する中に落ちている物——裂けた薄紅色の絹の長衣、刺繍のべルト、リンレイが身に纏っていた衣類に間違いない。

「リンレイさんは、そのことを、自分の体質を知っていたんですか?」

「うんにゃ」

ホワ爺が頭を振る。

「リンレイお嬢様は何も知らん」

「どうして、そんな重大なことを黙っているんですか!　わたしはともかく、本人にまで!」

ルオーは声を張りあげた。知っていたら、絶対に酒など飲ませなかったのに。そしてリンレイ自身も飲まなかっただろうに。

「言えるかい、そんなこと!　リンレイお嬢様がますます縁遠くなってしまうようなことを、言えるか!」

「しかし、一生知らないままというわけにはいかないでしょうに」

「だから、絶対に飲むなと言ったんじゃ!」

「そんなものが、いつまでも歯止めになるわけないでしょう。子供時代の失敗談ぐらいで、一生、禁酒するような人はいませんよ」

ルオーは軽い目眩を感じた。酒を飲ませたくないのなら、本当のことを話しておくべきだったのだ。リンレイだって子供ではないし、竜の血が濃いという自覚もあるのだから、事実を知っていれば自重したはずだ。ホワ爺にとって、リンレイはいつまでたっても小さな子供のままなのだろう。

「リンレイお嬢様が最初に竜になったのは、あの時じゃ。置いてあった酒を別の飲み物と間違えて飲んだ時。あの時はお嬢様も幼かったので、一族総出でなんとか取り押さえたが、今回はわし一人。どうすることもできなかったのじゃ」

ホワ爺が子供のように泣きじゃくる。酔っているのか、素面(しらふ)なのか、どちらにしても大差ないが。

ルオーは言葉もなく、天井の大穴を見上げた。無数の星々が瞬(またた)いている。

三章　流砂の迷宮

1

月も星々も凍えそうな酷寒の夜、ルオーと馬は白い息を吐きながら、砂漠を移動していた。三日分の食料と水と毛布、細々とした物、そしてリンレイの服を持って。

(それにしても、酒を飲むと竜になってしまう体質とは。なんて厄介な)

ルオーは馬上でため息を吐いた。

ホワ爺曰く、竜に変身できる者が出たのは、ずいぶん久しぶりらしい。変身できたのは二代目、三代目ぐらいまでで、それ以降は人間の血の方が強かったそうだ。リンレイは先祖返りしたのだろう。

ルオーは馬から下りた。ゾティーノヴィス太守から借りた駿馬だが、少し休ませてやらなくてはならない。ルオーは馬に餌と水をやり、毛布をかけてやった。

小一時間ほど休憩をとり、ルオーは再び馬に跨った。そして今度は少し速度を落として、南の空で強い輝きを放つ星に向かって進んだ。

冷たく冴えた白銀の月が低くなってきた頃、闇の中からさらに濃く、形のある物が浮かび出た。近付くにつれて、大きさと形がはっきりしてきた。倒れた柱や壊れた壁が、影絵のように存在している。

「リンレイさん！　いるなら返事をしてください」

リンレイを呼びながら、ルオーはかつてオアシスだった場所を馬で移動していた。

整備された道も水路も砂の下に埋もれ、立ち枯れした街路樹がその痕跡をとどめるのみだ。整然と並んでいた家々は崩れ、賑わっていた市場や広場には商売道具の破片が捨てられている。オアシスのどこからでも見えた壮麗な宮殿に残っているのは、墓標代わりの土台だけだ。

水が消え、住人たちが去って半年。砂に埋もれつつあるこの地で、〈砂漠の黄金の果実〉と称えられた輝きを思い出すことは、もはや難しい。

（たった半年で）

風の音しか聞こえない廃墟を移動しながら、ルオーの心は痛んだ。〈砂漠の黄金の果実〉は故郷ではないが、多くの思い出がある場所だ。辛かったことばかりの東の国とは違い、楽しかったこと、嬉しかったこととの思い出。

気がつくと、バヤートの邸宅があった場所に来ていた。餓死寸前だった少年のルオーが旦那様に助けられ、連れていかれた邸宅。こんなにも美しい場所があるのかと驚き、楽園という言葉を思い浮かべた場所。今は立派な邸宅も美しい庭園もなく、すべては蜃気楼よりも儚い過去の幻となっていた。

感傷を振り払うように、ルオーはその場所を離れた。そして、泥レンガの小屋や壁が多く残っている場所を見つけ、

「リンレイさん、わたしです。ルオーです」

声をあげながら移動していると、啜り泣く声が聞こえた。

「リンレイさん？」

「ルオー様、わたくし……」

扉のない粗末な小屋の中から、リンレイの途方に暮れたような声が聞こえた。リンレイが姿を現せない理由はわかっている。

「リンレイさん、小屋の前に服を置きますよ。私は後ろを向きますから、その間に服を着てください」

ルオーは馬から下りると、毛布にくるんであった服を取り出した。そしてリンレイがいる小屋の前に行き、中を見ないようにして、服を下に置いた。それからクルッと背中を向けて、小屋から離れた。

「ありがとうございます」

背後からホッとしたリンレイの声と、服を持っていく気配がした。

ルオーはしばらくの間、小屋に背を向けて立っていた。

「ルオー様、もう大丈夫です」

言われて振り返ると、服を着たリンレイが小屋から出ていた。飾り気のまったくない長衣とズボンは、動きやすい男物だ。その上にマントを羽織(はお)っており、長い髪がなければ少年に見えたかもしれない。

「では、その小屋の中で話をしましょう」

ルオーは屋根が半分なくなっている小屋の中に馬を繋(つな)ぎ、餌をやって毛布をかけた。そして様々な物を詰め込んだ袋を抱え、外で待っていたリンレイと一緒に小屋の中に入った。

「なんとか、寒さをしのげそうですね」

ルオーは小屋の中を見回した。扉はないが、屋根も壁も残っている。砂もあまり入り込んでおらず、ありがたいことに壊れた木製家具が残っていた。

「ルオー様が来てくださって、本当に助かりました」

木製家具を燃やした焚き火(たびび)を挟んで、向かいに座ったリンレイがしみじみとした口調で言った。

「ゾティーノヴィス太守からお借りしたのが足の速い馬だったので、予定より早く辿(たど)り着けて、幸いでした。それでリンレイさんは、竜になったことは、覚えているんですか？」

ルオーが訊いてみると、リンレイは赤い目で頷(うなず)いた。よく見ると、頬には涙の跡がある。

「薔薇酒(ばらしゅ)というお酒を飲んだあと、急に身体が熱くなって……。我に返った時は、夜空を飛んでいました。自分が竜になっていたなんて、すぐにはわかりませんでしたけれど。ルオー様。わたくし、自分が竜になるなんて知りませんでした。それもお酒を飲んだら、竜になってしまうなんて。そのことを知っていたら、わたくし、決してお酒を飲みませんでしたわ」

リンレイは断言した。

「ですけど、これで色々と納得できました。一族から恐れられていることも、結婚が決まらないことも。わたくし、きっとお嫁に行けませんわ」

寂しげな呟きに、「そうですね」と頷くわけにもいかず、ルオーは黙って焚き火に手をかざした。

ホワ爺から聞いた話では、竜の血の濃い者はたいてい、一族の誰かと結婚することになるらしい。しかし、リンレイは竜に変身してしまう娘だ。一族の男どもは尻込みしていて、結婚話を辞退するという有り様。だからといって、何も知らない男と結婚させることも難しい。万が一正体が知られた時、どんな騒ぎになるやもしれないからだ。

「おかげでリンレイお嬢様は十八歳にもなるのに、婚約者すら決まっておらんのじゃ。竜になることを除けば、可愛らしく、気立てもいいお嬢様なのに」

そうホワ爺が嘆いていた。両親の苦悩は計り知れないだろう。東の国では、良家の子女は十五歳を過ぎれば結婚していたり、婚約者がいるのが普通なのだ。

「リンレイさん。その、結婚を諦めるのは、まだ早いと思いますよ。どこにでも物好きはいますからね。それに結婚しないという生き方もありますし」

我ながら慰めになっていないと呆れたが、リンレイは力なく微笑み、頷いた。それから、ぽつりと呟いた。

「やはり竜に変身することは、気味の悪いことでしょうか？」

「気味が悪いとは思いませんが、正直なところ驚きますね。何しろ、神獣です。神獣を間近に見た人間の反応なんて、恐れるか、敬うかのどちらかでしょう」

「わたくしは、そのどちらも望んでおりません」

炎に照らされたリンレイの顔には、陰鬱な翳りがあった。鷹揚な娘の初めて見せる苦悩と孤独に、ルオーは何故か胸を締めつけられた。

重苦しい沈黙に耐えかねて、ルオーは袋の中からパンと干し肉、水を取り出した。ずっと馬を走らせてきたので、空腹だった。

「どうぞ」

差し出すと、リンレイは素直にそれらを受け取った。ルオーがパンと干し肉を食べていると、黒い瞳がじっと見つめていた。

「ルオー様は、どうして、わたくしがここにいるとわかったのですか?」

「南に飛んでいく姿を見たので。もしやと思って来てみたんです。どうせなら、故郷に帰ってしまえばよかったのに」

軽い冗談だったが、リンレイは考え込んでしまった。

「東の国まで飛んでいけるのでしょうか?　もしできたとしても、ホワ爺を置いていけませんわ。途中で戻ってきます」

「そうでしょうね。しかし、何故こんな廃墟に?」

ルオーが怪訝に思って訊くと、リンレイの頬がかすかに赤らんだ。

「以前、ルオー様から聞いたお話が頭に残っていたのかもしれません。てっきり、砂に埋もれて何もないと思っていましたけれど、小屋が残っていて助かりました」

「下町の小屋など運び出す価値もないので、放置されたんでしょう」

ルオーは焚き火に木片を足した。煙と小さな火の粉が上がった。

「運び出す?」

意味がわからないというように、リンレイが呟いた。

「価値のある物は、ゾティーノヴィス太守に持っていかれたんですよ。たとえば、宮殿や金持ちの屋敷などが、〈砂漠の黄金の果実〉から移住した人々のための住まいに利用すると言って、建材として運び出されました。しかし実際は石畳一枚、タイルの一枚として、移住した人々のために使われていません」

使用されたのは離宮や宝物庫、老朽化した宮殿の建て直し、愛妾のための館、庭園など。つまり、ゾティーノヴィス太守個人のためだけに使われたのだ。

「宴のあった広間、あの場所に飾られていた豪華な品々の中には、セグド・シン様の物であった宝も多々あるはずです」

そして移住した人々に用意されたのは、泥レンガの共同住宅だった。それもオアシスの外れで、井戸もなく、水路も引かれていない場所だ。水汲みのために、遠方まで歩かなくてはならない。不便を訴えると、水路も井戸も自分たちで造るようにと言われた。さらに土地と水の使用料、加えて人頭税を要求され、泥レンガの共同住宅の家賃はオアシスの住人の三倍だった。

「三倍ですって？」

「ええ、完全に足元を見られています」

「なんてひどい……。宴の席でゾティーノヴィス太守様は、故郷を失った人たちのために家を建て、水を分け与え、税も免除しているとおっしゃっていたのに」

「それは金持ち限定ですね。宮殿勤めの役人や大商人が親戚というような、ごく限られた人々だけに適用されているものです」

「それはあんまりではありませんか！」

「まったくです。しかし、老人や子供、長旅のできない病人や諸事情から遠方に行けない人々、または親戚や友人にいつまでも頼れない人々——つまり、大部分の人々は理不尽な扱いにも甘んじるしかありません」

ルオーは肩をすくめた。余所に行っても、住まいや仕事があるという保証はないのだ。ゾティーノヴィス太守は、移住した人々に優先的に仕事を与えていたので——他人があまりやりたがらない、きつい仕事ばかりだったが——とりあえず、このオアシスにいれば雇用はあった。

「住まわせてやっているのだから、文句を言うなということですか？」

リンレイの声と肩が震えているのは、寒さのせいではないだろう。

「立場が弱いというのは、そういうことです。いくら近しい関係とはいえ、大量の避難民を受け入れることのできるオアシスは少ないのですから」

ルオーは自嘲するように言った。

「移住された皆様はご苦労なさっているのですね。セグド・シン様も、さぞやお辛いことでしょう」

「それはどうでしょう。ゾティーノヴィス太守の宮殿の気楽な居候で、今や飲んだくれオヤジです。移住して苦労している人々から見れば、のうのうと生きているようにしか見えません。治める地を失った太守は、誇りを守って死ねと言う者もいましたよ」

「そんな！　誇りを守って死ぬなんて、ただの無責任ですわ。それに気楽な居候だなんて、わたくしにはそんな風には見えませんでした。ご自身のことより、移住された皆様のことで心を痛めておられるような……いくらセグド・シン様が皆様を助けたくとも、どうすることもできませんでしょう？　迂闊に意見などすれば、ゾティーノヴィス太守様がへそを曲げてしまいそうですし。ゾティーノヴィス太守様の機嫌を損ねることになったら、もっと酷いことになりかねませんもの」

炎を見つめながら、リンレイが呟いた。

自分の生死すら決められない悔しさ、背負っているものの重さ——逃げ出すことも、放り出すこともできないセグド・シンの苦しみを、〈砂漠の黄金の果実〉の住人たちよりも、遠い東の国から来た娘の方が理解しているらしい。

「リンレイさん。少し休んでから、オアシスに戻りましょう。ホワ爺さんが待っています」

ルオーの言葉に、リンレイはハッとして顔を上げた。

「ホワ爺はどうしているのですか？」

「ホワ爺さんは宮殿にいます。一緒に連れていけと言われましたが……」

「もしや、ホワ爺は人質に？」

「そうです」

ルオーは頷いた。ホワ爺はルオーと一緒にリンレイを迎えにいくと言ったのだが、ゾティーノヴィス太守が許さなかった。ルオーがリンレイを連れて逃げることを警戒し、人質としてホワ爺を宮殿に残したのだ。

「宮殿で酷い目にあっていないでしょうか？」

リンレイが、かすかに顔をしかめた。

「ホワ爺さんの待遇は悪くないと思います。ゾティーノヴィス太守はリンレイさんの機嫌を損ねたくないはずですから」

ホワ爺に関して、ルオーは楽観的だった。リンレイが破壊した宮殿では居心地が悪いだろうが、ホワ爺の神経なら平気だろう。言葉がわからないから、周りの声も気にならないはずだ。

「早く宮殿に戻らなくてはいけませんね」

リンレイは小さな笑みを浮かべた。


砂を踏む音がした。

かすかな音だが、ルオーは耳ざとい。

何者かが小屋に近付いてくる。廃墟をねぐらにしている盗賊たちか。あるいは、一夜の宿を求めてやってきた旅人か。

入り口近くで眠っていたルオーは素早く起き上がり、硬直した。扉のないその場所に、闇を切り取ったような人影が立っていた。

砂漠にはたくさんの死霊が彷徨っていると、迷信深い老人たちは言う。目的地に辿り着けずに力尽きた者たち、砂漠に追いやられた人々——苦しみ、嘆きながら死んでいった人々は死霊となり、無念のあまり、あるいは寂しさから、生きている者を誘うのだと。

まさに死霊としか思えない漆黒の人影が、音もなくルオーに近付いてくる。氷の上を滑るように。

ルオーは声が出せなかった。金縛(かなしば)りになってしまったように、身じろぎもできない。背中を向けている焚き火、その向こう側で毛布にくるまっているリンレイは眠っている。侵入した者に気がついていないのだ。

漆黒の人影はルオーの前に立ち、すっと腕を上げた。顔を動かすことはできないが、それがはっきりと見えた。肘から先の死体のような青白い肌、黒く長い鉤爪(かぎづめ)。

声を出すことができたら、ルオーは叫んでいただろう。それは少年だったルオーが、迷い込んだ《闇鬼市(やみきいち)》で取引(とりひき)した相手だった。

黒い鉤爪がルオーを指し、何か言った。寒々しい隙間風(すきまかぜ)のような声で。

警告シテヤロウ。次ニ《照妖珠(ショウヨウジュ)》ヲ使ッタ時、オマエノ命ハ消エル。

ルオーが目を開けると、消えた焚き火の前に横たわっていた。起き上がって小屋の中を見回したが、漆黒の影はなかった。焚き火の向こう側で、リンレイが眠っているだけだ。

（夢か。だが、ただの夢にしては）

すると、急に左手が焼けるように熱くなった。黒い手袋を外してみると、白い痣(あざ)のようだった《照妖珠》が、黒く変色していた。

（そうか。わたしが《照妖珠》と交換したのは、自分の命だったのか）

それにしても、わざわざ警告に来るとは、律儀(りちぎ)な取引相手だ。苦笑しながらルオーが思い出したのは、ホワ爺の言葉だった。

確かに高くついた取引だったようだ。少年だったあの日、もしルオーがそのことを知っていたら、取引をやめたかもしれない。奴隷(どれい)の境遇から逃げ出して自由になる——そんな期待と希望を抱いていた少年なら、《照妖珠》に魅入(みい)られたとしても、死に近付くような選択はできなかった。

だが、現在は違う。愛する家族もなく、守るべきものもなく、生きたいと願うほどの未練も執着もない。唯一の気がかりはバヤートだが、自身の死後のバヤートのことを考え、ルオーは不思議な安堵を感じた。

（ようやく解放されるのだ。わたしもバヤート様も）

ただ、ルオーは命が尽きる前に、リンレイたちを東の国に帰してやりたいと思った。

（良い娘なのだから）

難点は好奇心が強く、詮索が多く、時々とんでもない行動力を発揮することだ。

（それに貴妃服を着たリンレイさんは、なかなか綺麗だった）

天女というのはお世辞にして大袈裟だと思うが、あの姿を見た男の何人かは、婚約者に立候補するだろう。

それだけにルオーは、リンレイに不憫を覚える。思いがけず知り合った相手だが、リンレイには幸せになってほしいと思っている。苦労したのだから、報われてほしい。ルオーの周囲にはそういうことが少ないので、せめてリンレイだけでもと思う。

リンレイが小さく呻き、寝返りを打った。

ルオーは急いで黒い手袋をはめた。好奇心が強く詮索の多いリンレイに、《照妖珠》の変化を知られてはならない。勿論、取引相手の警告を教えるつもりはないが、《照妖珠》の変化を知れば、勘のいいリンレイなら気がつくだろう。

（《家宝》捜しで大変なリンレイさんに、余計な心配をかけたくない）

もはや、少年の日に選択した運命を変えることはできないし、変える気もない。それどころか、その時を決めることができるのだから、取引相手に感謝しなくてはなるまい。

（その時を見極めなくては）

ルオーは再び横たわり、目を閉じた。

2

廃墟は寂しいものだ。闇に沈む夜よりも、全貌を容赦なくさらけ出される日中の方が、より強くそう感じる。

　寂寞たる眺めの早朝の廃墟を、ルオーとリンレイは歩いていた。目を覚ましたリンレイが突然「近くに《家宝》の気配がします」と言って、小屋の外に出てしまったからだ。

「リンレイさん、《家宝》が廃墟にあるなんて、昨夜は言わなかったじゃないですか」

　リンレイの横を歩きながら、ルオーは革袋から水を一口だけ飲んだ。

「ええ、昨夜はその気配に気がつきませんでした。取り乱していたせいですわね。今朝になって、やっと気がつきました」

　眠って落ち着いたおかげだと、リンレイは微笑んだ。だがルオーには、それが本当の理由ではないように思えた。

（竜になったことで、リンレイさんの感覚が鋭くなったのではないだろうか）

　ルオーがそう考えるには、根拠があった。少しだが、リンレイの雰囲気が変わったのだ。愛らしさに、不思議な威厳と気品が加わったように感じる。だがルオーは、その考えを口に出さなかった。

「それで《家宝》は、どこにあるんです？」

「こちらです」

　リンレイの足取りには迷いも、躊躇いもない。下町から大きな邸宅の並んでいた地区を進み、かつての大通りに出た。

　以前、その右に大広場があり、ルオーが思い出すのは水と緑の輝き、そして夜の神秘的な美しさだった。闇が広がる頃になると、大広場の木々にはランプが吊るされ、地面には松明も置かれた。一晩中灯されるランプと松明の番に兵が配置され、ルオーも警備したことがある。

まるで聖地のような扱いだが、すべては大広場にある泉を使用する人々のための配慮だった。「我がオアシスにいる者たちが、いつ如何なる時でも渇くことのないように」、昔の〈砂漠の黄金の果実〉の太守がそう命じたらしい。

夜でも安全な場所として大勢の人々が集まって語り合い、詩を吟じ、音楽も流れていた大広場。だが残っているのは木々の切り株と、涸れた泉の縁石だけだ。

「もうすぐですわ」

リンレイが呟き、ルオーは目を細めた。人が住んでいた頃の街並みも知らないはずなのに、リンレイは真っ直ぐ宮殿跡に向かっている。

半年前まで、巨大な境界門の向こうにそびえていた宮殿——大門から入ると、まず目に飛び込むのが通称〈水の前庭〉だ。緑の広がる区画内にそれぞれ趣の異なった大小の泉が造られ、それらは水路で繋がっていた。水路に沿って道が整備され、〈水の前庭〉を散策することができた。孔雀や水鳥、小動物などが放し飼いされており、珍しい異国の草花も植えられていた。宮殿を訪れた人々は建物内部に入る前に、〈砂漠の黄金の果実〉の豊かな水量と太守の財力に驚嘆するのが常だった。

〈水の前庭〉を進み、ようやくリンレイが立ち止まったのは宮殿の一角、来客専用の建物があった場所だった。水色の大理石や青いタイルで飾られた壮麗な建物で、遠方の使節団や近隣のオアシスの太守たちなどが宿泊していた。

「この場所に《家宝》があります」

そう言ってリンレイが指さしたのは、建物の外れ、割れた石囲いの中心にある涸れた井戸だった。

「井戸の底にあるということですか？」

「はい、間違いありません」

確かめるように、リンレイが井筒から身を乗り出した。そのまま頭から落下しそうだったので、ルオーは慌てて片手でリンレイを自分の方に引き寄せた。

「落ちたらどうするんですか！　わたしが下りて、《家宝》をとってきます。リンレイさんは動かないでください」

持っていた革袋をリンレイに預け、ルオーは底を覗いた。石で円筒状に築かれた縦穴は五、六メートルぐらいだろうか。たいした深さではないので、綱や梯子がなくても下りられるだろう。

内壁の石の窪みや出っ張りを使って、ルオーは井戸の底に下りた。

「ルオー様、ご無事ですか？」

頭上に開いた円い穴から、リンレイの声が降ってきた。

「大丈夫です」

返事をしながら、ルオーは井戸の中を見回した。とはいっても幅は五十センチほど、人一人が立っていられる程度の広さだ。底には砂が溜まっているだけで、他には何も見当たらない。

「リンレイさん、《家宝》らしい物はありませんよ」

「そんなはずはありませんわ」

断言されてしまった。そこでルオーは屈んで砂の中を探った。まだ《照妖珠》を使うわけにはいかない。すると、数センチ下の砂の中で何か硬い物に触れた。

掘り出してみると、それは純金製の小箱だった。長方形で縦十五センチ、横十センチぐらい、紐代わりなのか、金鎖がグルグルと巻かれている。

（こんな物が、どうして井戸の底に？）

誤って落とすような物ではない。

（同じ小箱でも、《家宝》が入っているのは桐の小箱だったはずだ）

だがいくら捜しても、他には何も見つけられない。ルオーは純金製の小箱をベルトに挟み、落とさないように注意しながら、井戸の内壁をよじ登った。そして井戸から這い出ると、金鎖に巻かれた純金製の小箱をリンレイに見せた。

「井戸の底にあったのは、これだけです」

「ええ、これに間違いありません。この箱から気配を感じます。ルオー様、箱を開けてもいいですか？」

「どうぞ。でも、金鎖を外さないと」

「すぐにすみますから。ルオー様はそのまま、動かないでくださいね」

　言うが早いか、リンレイが持っていた革袋の口を開けた。すると透明な刃のような物が飛び出し、一瞬にして小箱に巻き付いている金鎖を切断した。バラバラになった金鎖が、ルオーの足元に落ちる。

「……そういう使い方もあるんですね」

　動いていたら、小箱を持っていたルオーの手も落ちていたかもしれない。《聖なる池》で、ライシェンが護衛たちの首をはね飛ばした場面を思い出しながら、ルオーは純金の小箱を開けた。中に入っていたのは、縦十二センチ、横五センチほどの小さな木箱だった。

「ああ、《家宝》の入っていた木箱です。ここに記されている文は、わたくしも覚えています」

　リンレイが指した蓋の部分に墨で何か書かれていたが、ルオーには読めなかった。

「東の国の言葉を話すことはできますが、読み書きはできないんです。なんと書かれているんです？」

「大切な家宝だが、決して外に出さないように、と書いてあります。ですが、今はそんなことも言っていられませんわね」

　確認のためにリンレイが蓋を開けた。何が入っているのか、ルオーも興味津々で見守っていたが、なんと木箱の中は空だった。

「そんな。空だったなんて」

　まさか中身がなくなっているとは、思っていなかったのだろう。しゅんとした表情で空の木箱を見つめているリンレイに、ルオーは訊いた。

「中身がないのに、気配がするんですか？」

「はい。ただの木箱とはいえ、長い間《家宝》を収めていた物です。その影響を受けても、不思議ではありません」

「なるほど。それで肝心の中身はどこに？　もし井戸の底に落ちているのなら、捜して持ってきますが」

ルオーの言葉に、リンレイは悲しげな表情で頭を左右に振った。

「他に《家宝》の気配は感じません」

　リンレイがため息を吐いた。

　上からは容赦なく照りつける陽射し、下からは炙られた砂の熱が立ちのぼる。

　刻々と暑さが増していく砂漠を、ルオーはリンレイの乗った馬の綱を引いて歩いていた。休憩と餌と水を与えていたので馬は元気だが、負担は少ない方がいい。

「木箱は見つけたものの、《家宝》の行方がわからないとは」

　ルオーは渋面で呟いた。

　シェン家から盗み出された《家宝》は、人手を渡って砂漠まで運ばれた――だが、何故《家宝》の容れ物だけが、廃墟となった〈砂漠の黄金の果実〉の井戸の底から見つかったのか。また、純金製の小箱に入っていたのは、何故なのか。肝心の《家宝》は、どこにあるのか。わからないことばかりだ。

「中身の《家宝》だけとって、木箱は捨ててしまったということでしょうか？」

　馬上からリンレイが言った。暑さ除けにかぶったストールが風に揺れている。

「そう考えるのが、自然ですね。ただ、捨てるにしろ隠すにしろ、場所を間違えていますが」

「浅い井戸だからですか？」

「それもありますが、宮殿の井戸は定期的に清掃されていたんです。一年に一度、ただ木箱を見つけた井戸は特別で、毎月清掃されていました。身分の高い来客専用の建物があり、そこの井戸だからです。来客の使用する水は清潔であって当然、わずかな汚れも濁りも〈砂漠の黄金の果実〉と太守の威信にかかわると。そんな井戸に落としたら、すぐに発見されてしまいますよ」

ルオーは肩をすくめた。

「ルオー様、井戸には誰でも近付けるのですか？」

「いいえ、建物及び敷地内に出入りできたのは、限られた人間だけです。身分の高い来客とその従者たち、そして〈砂漠の黄金の果実〉側の使用人。その建物専用の使用人がいました」

「その中の誰かが、木箱を純金製の小箱に入れて、井戸に落としたと考えてよろしいのでしょうか？」

「木箱が井戸に落とされたのが〈砂漠の黄金の果実〉の滅亡前なら、間違いなくそうでしょう。その場合、木箱を井戸に落としたのは、身分の高い来客だと思います」

ルオーは断言し、リンレイが軽く目をみはった。

「従者や使用人ではなくて？」

「従者や使用人なら、井戸が清掃されていると知っているはずです。知っていて、落とすとは思えません。それに、木箱を捨てるにしろ隠すにしろ、純金の小箱に入れるとは考えられない。純金の小箱なんて、従者や使用人の持ち物ではありませんからね。仮に純金の小箱を盗んだとしても、たちまち知られて大騒ぎです。持ち主は小箱のことを覚えていなくても、他の従者や使用人が管理しているはずですから。でも、持ち主が純金の小箱を落としたのなら、従者に問われても言い訳ができます。臣下に下賜した、酒宴の席で誰かにあげてしまった。そう言われたら、従者も追及しません」

「では、来客を調べることができれば、木箱を持っていたのが誰か、わかるのですね」

調べられますかと問うように、リンレイがルオーを見た。

「東の国から《家宝》が盗まれたのが、約一年前。〈砂漠の黄金の果実〉滅亡が半年前。その間、純金の小箱は発見されませんでした。井戸の最後の清掃日はわかりませんが、滅亡の一、二カ月前に宿泊した客が怪しいと思われます。建物専用の使用人たちなら、来客のことを覚えているかもしれません。しかし」

「何か問題があるのですか？」

リンレイの表情が曇った。

「大ありです。使用人の居場所がわからないうえ、必ず覚えているとも限りません。そして金をかけて見つけ出したものの、何も覚えていなかった、なんてことも考えられます」

「でしたら、居場所がはっきりしており、来客のことを覚えている人を……」

リンレイにそう言われて、ルオーが思い浮かべたのはセグド・シンだった。セグド・シンなら、来客をいちいち覚えていそうだ。

「セグド・シン様なら、きっと来客を覚えています。ただ、セグド・シン様に会えるかどうか。宮殿内でゾティーノヴィス太守に内緒で会うというのは、手引きしてくれる人間でもいない限り、まず無理です。かといって太守に頼んだところで、セグド・シン様と面会させてくれないでしょう」

「何故です？」

「酔っ払いオヤジのセグド・シン様を、ゾティーノヴィス太守は軽んじています。でも、警戒していないわけではありません。日がな一日、酒を飲んでおり、他人を近付けないから、黙っているだけです。自分のいない場所でセグド・シン様と竜の血を引くリンレイさんを会わせるなど、ゾティーノヴィス太守にしてみれば容認できないことです。セグド・シン様がリンレイさんを利用して、よからぬことを企てている――そう勘繰るかもしれません」

「よからぬことなんて」

「ゾティーノヴィス太守は疑り深い人です。だから、セグド・シン様は一日中、酔っ払っていなくてはならないんです」

リンレイは思案するように唇を噛んだ。

「わたくしからゾティーノヴィス太守様に頼んでも

駄目でしょうか?」

「逆効果な気がします」

「では、どうすれば?」

「手引きしてくれる人間を見つけるしかありません。宮殿には〈砂漠の黄金の果実〉出身の人間もいますから、その辺りを探ってみます。さて、問題は他にもあります。セグド・シン様から来客の氏名と人数を聞くことができたとしても、純金の小箱の持ち主を突き止めることは至難です。宿泊客の一人一人を訪ねることも、ましてや話を訊くなど不可能に近い。異国の方もいるし、簡単に身分の高い方々と面会などできません。さらに」

「まだ問題があるのですか?」

うんざりしているリンレイに、ルオーは苦笑を向けた。

「純金の小箱が井戸に落とされたのが滅亡後なら、持ち主を調べる術はありません。小箱を涸れ井戸に隠したというのなら、取りに戻ってくるかもしれませんがね。それも、いつのことやら」

「では、木箱を持っていた人物を突き止めることは、無理なのでしょうか?」

リンレイはため息を吐いた。

「無理ではありませんが、かなり難しいことは確かです。こんな時こそ、ライシェン様の助けがほしいところですが」

「ライシェン様? そのお名前、前にも聞きました。もしかして、お知り合いだったのですか?」

リンレイが、かすかに眉をひそめた。

ルオーは心の中で舌打ちした。つい口がすべってしまった。だが、もはや誤魔化すことは難しいようだ。真実を打ち明けるしかないだろう。

「リンレイさん、実は」

ルオーはリンレイの顔を見ないように、前方を向いたまま話をした。

ライシェンは《竜の姫君》の兄であり、リンレイに断りもなく憑依していたこと。そのせいで、リンレイの記憶が抜けていたこと。そして、ホワ爺が竜の眷属であること。

「言い訳がましいかもしれませんが、わたしやホワ爺さんがそのことを黙っていたのは、リンレイさんがショックを受けるだろうと思っていたからです」

しかし、返事はない。怒っているのだろうか、それともショックのあまり、口もきけないのか。

気になったルオーは、馬上のリンレイを見上げた。すると、竜の血が濃い娘は、何かさっぱりした顔をしていた。

「リンレイさん？」

「話してくださって、ありがとうございます。これで色々な疑問が解決しましたわ」

気になっていたことの答えを得て、胸につかえていたものがとれたという表情だった。リンレイは見かけよりもずっと、腹が据わっているらしい。男たちの心配など、杞憂にすぎなかったのだ。ルオーはなんだか可笑しくなって、小さく笑った。

「《竜の姫君》の兄上様が見守ってくださっているのは、とても嬉しいことですわ。けれど、わたくしに断りもなく、勝手に身体を使われるのは迷惑です。せめて一言、何かおっしゃってくださらなければ」

「ホワ爺さんが人間じゃなかったことには、驚かないんですか？」

ルオーの問いに、リンレイは軽やかな笑い声をたてた。

「驚きませんわ。ホワ爺がナマズの妖怪であることは、知っていましたから」

あっさりと言われ、ルオーの方が驚いた。

「両親も知っていたと思います。お酒を飲んで寝てしまった時など、ナマズの姿に戻っていることがありますから」

「……酒瓶を抱えて眠っているナマズですか」

「とっても可愛いですよ」

「できれば、見たくありませんね」

想像してルオーは、げんなりした。

「家を出てからは、いくら酔ってもナマズの姿に戻らないので、安心しました。あれでも、少しは緊張してるのでしょう」

リンレイはクスクス笑った。ホワ爺本人は正体が知られていることにまったく気づいていないのだから、呑気なものだ。

「それにしても、ライシェン様のお言葉が気になりますわね。《家宝》を見つけ出し、持ち帰るのはわたくしの役目ですから、ライシェン様に取り返してくださいとお願いするつもりはありませんけれど……まるで、ライシェン様が《家宝》に触れたら、災いでも起きるような」

リンレイの感想を、ルオーは大袈裟だと思わなかった。あの時のライシェンの表情には、確かにそう思えるほどの怖さがあった。

「ああ、自分の迂闊さが嫌になりますよ。《家宝》が何か、ライシェン様に訊くのを忘れたなんて」

ルオーは苦々しい表情と声で呟いた。取り戻すことばかりに気をとられていたせいで、せっかくの機会を逃してしまったのだ。

「ルオー様、《家宝》と関係あるかどうかわかりませんが、わたくし、他にも気になっていることがあります」

ストールを押さえ、リンレイが言った。

「なんです?」

「近い場所にある二つのオアシスから、続けて水が涸れるというのは、ただの偶然なのでしょうか?」

「偶然でないとしたら?」

ルオーは驚いて、リンレイを見つめた。

「必然ということになります。なんの確証もありませんけれど」

ストールの陰で、リンレイの表情はよくわからなかった。だが、リンレイの言葉は、ライシェンの言葉に負けないぐらい不吉な響きを帯びているような気がした。

3

ルオーたちがオアシスに戻ったのは、夜中だった。他の門から入ることができないので、北門に向かった。門の前には番兵たちがいて、ルオーが名乗ると、すんなりと通してくれた。

それから宮殿に向かったが、ここでも煩わしい問答や手続きなしで、奥に通された。ゾティーノヴィス太守から命令を受けていたに違いない。

「よく戻られたリンレイ殿！　帰りをお待ちしていましたぞ！」

夜中であるにもかかわらず、ゾティーノヴィス太守は満面の笑顔でルオーたちを出迎えた。寝間着の上に赤いガウンを羽織っており、起こされてすぐにやってきたようだ。

ルオーとリンレイは暖炉のある部屋に通された。暖炉には薪が燃え、室内はかなり暖かかった。ただ、灯はランプのみだったので、なんとか相手の顔が見える程度の明るさだった。

「お借りした駿馬のおかげで、早く戻ることができました」

ルオーが礼を言うと、ゾティーノヴィス太守の顔がいっそうほころんだ。そして控えている従者に、人数分の椅子を運ぶように命じた。

夜中に叩き起こされた従者は寝惚け眼だったが、リンレイを見て眠気が吹っ飛んだようだ。てきぱきと暖炉の前に椅子を並べ、素早く扉の横に移動した。明らかにリンレイを恐れ、避けている。

並べられたのは背の高い、彫刻を施された椅子と、普通の椅子二脚。ゾティーノヴィス太守は当然のように背の高い椅子に腰かけ、ルオーとリンレイを暖炉の側に手招きした。二人は普通の椅子に座った。

「ゾティーノヴィス太守様、リンレイさんの連れの老人はどうしていますか？」

リンレイも気にしているはずなので、ルオーはまず、ホワ爺の無事を確認しておきたかった。

「おお、あのご老体は別室で休んでおる。連れてくるように命じよう。それから、酒以外の飲み物を持ってくるように」

ゾティーノヴィス太守が従者に命じた。そして従者が部屋から出ていくと、猫撫で声を出した。

「宴では見苦しい姿をお目にかけて、申し訳なかった。決してリンレイ殿の姿に驚いたのではなく、あまりに突然だったので、心の準備ができていなかったのだ」

太守の威厳も権威も吹き飛ぶ姿を思い出しながら、ルオーはゾティーノヴィス太守の言葉を通訳した。

「あのようなことになってしまい、わたくしの方こそお詫びしなければなりません。建物の屋根を壊してしまいましたし」

恐縮しているリンレイに、太守は笑顔で手を振った。

「屋根の破損など些細なこと、詫びるには及ばない。余はこれまで詳しく知らなかったのだが、東の国の竜とは素晴らしい力を持っているのだな」

あの騒ぎの後、慌てて誰かに竜のことを訊いたらしい。つまり巫女から、リンレイが竜の血を引いていることを聞いていなかったのだ。もっとも、聞かされていたとしても信じたとは思えないが。

「そこで、どうであろうな、リンレイ殿。このままずっと、一生我がオアシスにとどまってくれまいか？」

ゾティーノヴィス太守が身を乗り出した。

「勿論、リンレイ殿に不自由はさせない。我がオアシスの守り神として、最高の待遇を約束しよう。神殿を建て、《竜の神殿》と名付ける。そしてリンレイ殿は《竜の巫女》、神殿の主となるのだ。リンレイ殿の名声は砂漠の風よりも速く、遠くに広がるだろう。美しく聡明な《竜の巫女》のために、余は毎日欠かさず神殿に宝石と金貨、そして花を届けよう。お望みの物があれば、なんでも揃えよう」

　通訳しながら、ルオーはうんざりしていた。ゾティーノヴィス太守の頭の中では、早々と輝かしい妄想の世界が展開しているようだ。

　この若い太守は、リンレイがいればオアシスは安泰だと信じている。リンレイは水を呼ぶことができるので、水の苦労も心配もなくなると。願望にすぎないのだが、竜に変化した姿を目撃したことで、確信になってしまったのだ。

　だから、リンレイを一生オアシスに縛り付けておきたい。しかし、権力や頑丈な建物では竜を閉じ込めておけないことは、すでに思い知らされた。いつでも飛び立てる竜を引き留めるには、機嫌を損ねないこと――それが「贅沢」と「虚栄心をくすぐる」という懐柔だった。

（竜の血を引こうとも、若い娘なら贅沢やお世辞に弱いと思い込んでいるな）

　どちらもリンレイには通用しないだろう。それはリンレイの表情でわかるはずだが、うっとりと、夢みるようにしゃべり続けているゾティーノヴィス太守の目には、自身の素晴らしい未来図しか映っていないようだ。

「水の心配なく生活するのは、砂漠の民の夢であり、憧れなのだ。リンレイ殿がいれば、我がオアシスはその夢を叶えることができる。永遠に水の涸れないオアシスとして、大勢の人間が訪れることであろう。さすれば、砂漠でいちばん豊かなオアシスとなり、余は」

　ゾティーノヴィス太守の熱弁が途切れたのは、来訪者のせいだった。現れたのは巫女とキーシャだった。寝間着にガウン姿の太守とは対照的に、きちっとした格好をしている。巫女の衣類は白、キーシャは黒と決まっているような感じだ。

「ゾティーノヴィス太守様、このような時刻に押しかけて、申し訳ありません。リンレイ様がお戻りになったと聞きましたので」

「おお、よくおいでになられた。巫女殿。リンレイ殿が竜に変わった時は真っ先に逃げたが、戻られたと知るや、一番にやってこられたな」

　ゾティーノヴィス太守の嫌味に、巫女はしおらしく目を伏せた。

「神獣を前にして、心が動揺してしまいました。己の未熟さを深く反省しておりますので、どうぞ寛大なお心でお許しください」

「よかろう。だが余は、リンレイ殿が水を操れることは聞いたが、竜になることは聞いていなかった。何故かな？」

　顔は笑っているが、太守の目は少しも笑っていなかった。

「妾も知りませんでしたので」

「だが、巫女殿の霊力なら、そのことを見抜けたのではないか？　オアシス一の霊力の持ち主というのは、過大評価なのかな？」

「竜の姿は薄々感じてはいましたが、はっきりと確信は持てませんでした。神獣の力は妾の霊力を遥かに上回るもの。意図して隠されていることは、妾だけでなく、いかなる霊力の持ち主でも見抜くことは難しいと思われます」

　ゾティーノヴィス太守の嫌味に、巫女は弁解を並べた。それがもっともらしい出任せなのか、事実なのか、霊力など欠片もないルオーにはわからなかった。太守も同じらしく、渋面で巫女の顔を見ている。

「見たわけでもなく、確信のないことをゾティーノヴィス太守様にお聞かせしては失礼かと思い、黙っていたことはお詫びいたします。気が利かず、申し訳ありません」

　巫女が深々と頭を下げた。

「まあ、よい。その件は不問に処す」

　ゾティーノヴィス太守は頷いたが、巫女の言動を根に持っていることは疑うべくもない。飲み物とホワ爺を連れて戻ってきた従者に、一脚しか椅子の追加を命じなかったのだから。

「リンレイお嬢様！　よくご無事で！」

遅れてやってきたホワ爺は、半泣き状態だった。さすがに落ち着かなかったらしく、酒を飲んでいないようだ。

「どうなることかと思いましたが、元に戻られてよかった！」

「心配をかけてごめんなさいね、ホワ爺」

リンレイが、母親のようにホワ爺を宥（なだ）めている。これでは、どちらが年長かわからない。安心したのか、ホワ爺は椅子に座って、幼子（おさなご）のように飲み物を啜った。

椅子も飲み物も用意されなかった巫女の顔は強（こわ）ばり、キーシャは険（けわ）しい顔で、ゾティーノヴィス太守を睨んでいる。二人の女に焼き殺されそうな険悪な目つきを向けられても、ゾティーノヴィス太守は平然たるものだ。

「のう、リンレイ殿。竜になるというのは、どんな気分なのかな？　空を飛ぶのは？」

熱心にリンレイに質問していた。キーシャに太守の通訳をするつもりはないらしく、口を一文字に結んでいる。ルオーは喉の渇きを覚えながらも、一人で通訳を続けるしかなかった。

「竜になると、どれぐらいの距離を飛べるのだ？　どこまで飛べたのだ？」

「あの、〈砂漠の黄金の果実〉まで」

巫女たちを気にしながらリンレイが答えると、ほんの一瞬だが、室内に奇妙な空気が流れた。

「〈砂漠の黄金の果実〉とな？　何ゆえ廃墟などに」

ゾティーノヴィス太守の声は、少しうわずっているようだった。

「ゾティーノヴィス太守様に、お願いがございます」

若い太守の質問に答えず、リンレイが突然そんなことを言った。

（まさか、セグド・シン様との面会を頼むつもりでは）

ルオーは戸惑いの視線をリンレイに向けた。発言を取り消すように忠告したくても、東の国の言葉がわかるキーシャがいる。

「おお、なんなりと。リンレイ殿が欲しいと言うのなら、黄金の宮殿も建てよう。それとも砂漠でいちばん高い建物、いやいや、空中庭園でも造ってみせようぞ」

　気前の良い発言に、リンレイは困ったような笑みを浮かべた。

「そのような素晴らしい物は、わたくしには不相応ですわ。お気持ちだけで充分です」

「おお、なんと謙虚な。これは見習うべき美点だ、そうは思わないか？」

　ゾティーノヴィス太守は、巫女を一瞥した。

「まことに、おっしゃるとおりです」

　唇だけ笑みの形にして、巫女が言った。室内の空気が寒くなるようなやりとりだ。これを通訳するべきなのか、ルオーが悩んでいると、リンレイが口を開いた。

「ゾティーノヴィス太守様、実はわたくし、捜し物をしております。とても大切な物なのですが、どうしても見つけることができません。太守様のお力を貸していただけませんか？」

「捜し物か。ふむ、それでどんな物なのだ？」

　リンレイの大切な物と聞いて、ゾティーノヴィス太守は興味をそそられたようだ。

「その物はわからないのですけれど。この中に収められていた物です」

　そう言ってリンレイは木箱を取り出した。純金製の小箱はルオーが、木箱はリンレイが持っていた。

「リンレイお嬢様、もしやそれは」

　ホワ爺が杯から顔を上げた。その鼻先に、ルオーは杯を突き出した。捜し物が《家宝》であることは、太守にも巫女にも知られたくない。竜が人界に持ってきた物などと知れば、目の色を変えて欲しがることは間違いないからだ。

「どうぞ、喉が渇いているようですね」

　何もしゃべるなと警告を込めて睨むと、珍しく伝わったらしい。ホワ爺は無言で頷き、ルオーの杯を受け取った。

「箱のようだが、小さいな」

ゾティーノヴィス太守は、ルオーとホワ爺のやりとりにはまったく関心がないらしい。何を言ったのかと、ルオーやキーシャに訊きもしなかった。

キーシャは律儀に、ルオーとホワ爺の会話を巫女に伝えていた。巫女は苛立たしげにホワ爺を見つめていたが、やがて諦めたように視線を移動させた。

「木箱を〈砂漠の黄金の果実〉で見つけたのですが、中身がなくなっていたのです。純金の箱に入れられて、井戸の中に」

そう言って、リンレイが木箱を手渡そうとしたとたん、ゾティーノヴィス太守は椅子から立ち上がった。その様子はまるで炎を近付けられ、跳び退る獣のようだった。

「太守様、お顔の色が」

巫女の影のように立っていたキーシャが口を開いた。すると、ゾティーノヴィス太守は飲み物の入っている杯を摑み、キーシャに投げつけた。

「黙っておれ！」

杯はキーシャの肩に当たり、甲高い金属音をたてて床の上に落ちた。キーシャは呻き声を洩らし、よろけた。

ゾティーノヴィス太守に抗議しようとするリンレイを、ルオーは止めた。

「口出ししない方がいいですよ。キーシャがおとなしくしているんですから」

立ち上がろうとしたリンレイの腕を摑み、ルオーは頭を左右に振った。

太守の仕打ちに、キーシャは唇を噛んで耐えていた。肩から胸にかけて濡れているが、熱い飲み物でなかったことは幸いだった。

（キーシャは何者なんだ？）

ルオーは改めて、キーシャのことが気になった。巫女の腹心かと思っていたが、太守の使いを務めていた。それなのに、ゾティーノヴィス太守に邪険(じゃけん)に扱われている。

「リンレイ殿、余は具合が悪くなった。余は休むので、リンレイ殿も休まれるがいい」

リンレイにそう言い、ゾティーノヴィス太守は外に控えている従者を呼んだ。そして入ってきた従者たちに「客人の部屋を用意するように」と短く指示し、太守は逃げるように部屋を出ていった。

暖かな部屋に残されたのはルオーとリンレイ、ホワ爺、そして巫女とキーシャだ。

「どうしたんじゃ?」

ホワ爺が怪訝そうに口髭(くちひげ)を引っぱった。

ルオーは黙って、扉の方を見ていた。木箱を見て、ゾティーノヴィス太守はひどく動揺していた。いや、恐れていたようにも見えた。だが、何故なのか——。

「その木箱を妾(わらわ)にも見せてもらえませんか?」

音もなく巫女が近付いてきた。キーシャが通訳し、リンレイは一瞬躊躇ったが、頷いて木箱を手渡そうとした。ルオーが頭を振ると、巫女の口から陰気な笑い声が洩れた。

「妾が木箱を奪い取るとでも思っているのですか? 竜に変化するような相手から、奪い取れるはずはないでしょうに」

皮肉っぽい笑みを浮かべ、巫女は木箱を受け取った。赤い瞳が食い入るように、木箱を見つめている。

「この箱から邪悪な気配を感じます」

ややあって、巫女の口からそんな言葉が洩れた。

「霊力を失ったのに、そんなことがわかるんですか?」

ルオーの揶揄(やゆ)に、巫女は動じなかった。

「霊力がなくとも、邪悪な気配ぐらいわかります。その箱は処分すべきです」

「一応、リンレイさんにそう伝えておきますよ」

ルオーは素っ気なく言った。巫女は無表情で木箱をリンレイに返し、キーシャを連れて部屋を出ていった。

扉が閉まると、ルオーは巫女の言葉をリンレイとホワ爺に伝えた。「くだらん言いがかりじゃ」とホワ爺は一蹴したが、リンレイはじっと木箱を見つめていた。

用意された寝室は、隣り合った二部屋だった。狭いとはいっても、借りている部屋の十倍も広い方にルオー、さらにその三倍もありそうで、いくつものランプが吊るされた広間のような部屋は、リンレイとホワ爺が使うことになった。どちらの部屋にも水差しや深鉢、翌日の衣類など、細々とした物が用意されていた。

天蓋付きの贅沢な寝台で、ルオーたちは昼過ぎまでぐっすり眠っていた。木箱に対する太守と巫女の態度が気になったものの、〈砂漠の黄金の果実〉の廃墟から戻ったばかりで疲れていたのだ。眠っている間に木箱を奪われるかもしれないという心配はなかった。巫女が言っていたではないか、竜に変化するリンレイから奪い取れるはずがないと。

目が覚めると、ルオーは空腹だった。廃墟を出る前に食べたきりで、何も口にしていない。寝台から這い出て、用意された黒い上着とズボンに着替えながら、使用人を呼んで食事を頼もうかと考えていた時、扉の外からホワ爺の声が聞こえた。

「起きとるか、若造。食事の時間じゃぞ」

急いで身支度を整えて部屋の外に出ると、リンレイとホワ爺がいた。リンレイは踝まである青いチュニックドレスを着て、腰には白いサッシュを巻いていた。手にしているのは、金糸銀糸で織られた小さな手提げ袋だった。ホワ爺は縞の長衣だ。

「よく眠れましたか?」

ルオーが訊くと、リンレイは頷いた。水晶の首飾りと耳飾りが揺れて、光を反射した。見たところ顔色も良く、ゆっくり休めたらしい。

三人揃ったところで、控えていた使用人がびくびくしながら「こちらへどうぞ」と歩きだした。案内されたのは、寄せ木細工の装飾が美しい部屋だった。

ルオーたちが席に着くと、使用人たちが食事を運んできた。焼きたてのパン、チーズ、果物、香辛料の利いた肉類、卵料理、スープ。ルオーとリンレイは贅沢な食事に舌鼓を打ち、ホワ爺は勢いよく食べていた。

「リンレイさん、木箱はありますか?」

念のため尋ねると、リンレイは卵料理を食べる手を止めて、ぼんやりしている。

「リンレイさん?」

再度声をかけると、リンレイはびっくりした顔を上げた。

「どうかしましたか?」

「いいえ、声が聞こえたような気がして」

ルオーは耳をそばだててみたが、声など聞こえない。ホワ爺もキョロキョロしているが、やはり何も聞こえないようだ。

「砂漠から戻ってきてから時々、聞こえるのです。空耳でしょうけれど、なんだか気になってしまって」

言いながら、リンレイは手提げ袋から木箱を取り出してみせた。ホワ爺にも確認してもらったそうで、《家宝》の容れ物に間違いないとのことだ。蓋に書かれた文字が《竜の姫君》の筆跡に間違いないと。

「寝ている時も持っていました」

ようやく見つけた《家宝》の容れ物を、肌身離さず持っているようだ。

「太守も巫女も、木箱を知っているようですね」

ルオーの意見に、リンレイは頷いた。

「わたくしも、そう感じました」

「だからリンレイさんは、ゾティーノヴィス太守に頼み事をしたんですか? 容れ物を知っているのなら、中身も知っているはずだと」

さすが神獣の末裔と感心したルオーだが、リンレイの答えは拍子抜けするものだった。

「いいえ、違います。わたくしはただ、ゾティーノヴィス太守様なら見つけてくださるかもしれないと思っただけです。太守様が木箱のことを知っているなんて、お見せするまでわかりませんでしたもの」

だから、ゾティーノヴィス太守の反応に、リンレイは驚いたそうだ。そして太守が木箱を知っていることに気がついた。ただ、シェン家の《家宝》の容れ物であることまで知っていたかどうか、そこまではわからないと、辺りを憚(はばか)るように小声で言った。

「なんであいつらが、木箱を知っているんじゃ？　わしはなんにも言わなかったのに。それにあの性悪巫女め。木箱から邪悪な気配がするなどと言いおって」

思い出しても腹が立つというように、ホワ爺が揚(あ)げた鶏肉(とりにく)にかぶりついた。

「ルオー様、もしかしたら、木箱を井戸に落としたのは」

木箱を手提げ袋にしまい、リンレイはルオーを見やった。

「リンレイさんとわたしが思い浮かべたのは、きっと同じ人物です」

「誰じゃい、それは」

頷いたルオーに、ホワ爺が突っかかるような口調で訊いた。ルオーはちらっと扉の方に視線を向け、唇の前に人差し指を立てた。ホワ爺がギョロリと目を動かし、両手で自分の口を押さえる。ほとんど同時に扉が開き、背の高い娘が部屋に入ってきた。

「食事はすんだかしら？」

娘はハスキーな声でそう言って、白い歯を見せた。年齢は十代半ばぐらいだろうか、整った顔立ちの美少女だ。

豊かな金褐色の髪は貴石の嵌(は)め込まれた銀のバンドで纏められ、二筋の髪だけ肩にかかっている。同じ色の瞳には煌(きら)めきが宿り、知性を感じさせた。服装は白いチュニックの上に刺繍の施されたベスト、裾の膨(ふく)らんだズボン。少年のような装いだが、見るからに闊達(かったつ)そうなこの娘によく似合っている。とはいえ、年相応のお洒落(しゃれ)心もあるようで、両手にトル

コ玉や石榴石を通した銀鎖を巻き付けていた。

「侍女には見えんが、何者じゃ？」

ホワ爺が言った。

「どちら様ですか？」

そう訊いたルオーだが、この娘を知っているような気がした。どこかで見た気がするのだが、思い出せない。

「わたしはサーラ、セグド・シンの娘よ」

サーラは悪戯っぽく微笑んだ。

4

伝統的な白い服に身を包み、やはり白いベールを深くかぶった女性たちが二列になって、石畳の通路を進んでいく。無言で祈禱に向かう準巫女たちの姿は神聖そのものだが、大切なものが欠けていた。

「長である巫女がいないのに、平穏なものですね」

水鳥の群れを連想させる巫女たちの行列を見ながら、ルオーは言った。本来なら、準巫女たちの先頭に巫女がいなくてはならないのだ。

「ゾティーノヴィス太守から連絡がきているんでしょう。巫女はしばらく、宮殿で祈禱しているとかなんとか」

サーラが皮肉を含んだ笑みを閃かせた。案内の侍女が細い声で、「おっしゃるとおりです」と頷いた。

（サーラ様……まるで別人のようだ）

ルオーは心の中で呟いた。〈砂漠の黄金の果実〉で遠くから見たことのあるサーラ姫は、小柄で可憐な美少女だった。だが背が伸び、さらに少年のような服装になり――間近で拝見したことのないルオーが、すぐにサーラとわからなかったのは仕方ないだろう。

サーラの方も、一兵士にすぎなかったルオーを知っていたとは思えない。ただ「父の介抱をしてくれたそうね」と笑っていたので、セグド・シンから聞いたのだろう。〈砂漠の黄金の果実〉の太守に仕える兵士だったルオーと、その仲間であるリンレイやホワ爺に対して、サーラの態度は友好的だった。

「神殿の見学はもういいわ、巫女の私室に案内してくださいな」

サーラに促され、侍女は気乗りしないという様子で歩きだした。その後ろをサーラ、ルオー、リンレイとホワ爺が続く。いつもなら文句たらたらのホワ爺や、好奇心の強いリンレイが黙っているのは、立て続けに思いがけないことを聞かされたせいだろう。

「皆さんを《水の神殿》に案内するようにと、ゾティーノヴィス太守から頼まれたのよ」

寄せ木細工の部屋で食事を終えたルオーたちに、サーラはそう言った。理由は「リンレイに《水の神殿》の巫女代理を務めてほしいから」だそうだ。これにはルオーも驚き、代理とはどういうことなのか問うと、巫女が宮殿に監禁されたからだと教えられた。

「混乱を避けるために、まだ公式に発表されていないけれど、事実上の更迭ね。突然のことで、わたしも驚いたわ。周りの人たちもね。巷に流れている噂の責任をとらせたと、ゾティーノヴィス太守は言っていたけれど」

説明しながら、サーラは眉をひそめた。

ルオーも釈然としなかった。今頃になって噂の責任追及とは。取って付けたようにしか思えない。ゾティーノヴィス太守は巫女には寛大だったのだ。それが突然の更迭とは、何かあったに違いない。

巫女の更迭に伴う突然の代理命令に、リンレイは呆然としながらも辞退した。何も知らない異国人に、巫女代理など務まるはずがないと。しかし、サーラは「何もする必要はない」と言い放った。

「とりあえず、神殿にいればいいのよ。それでゾティーノヴィス太守は安心するのだから。寝起きするだけなら、宮殿も《水の神殿》も同じでしょう? そうそう、『《水の神殿》の巫女の代理は新しい神殿ができるまでの間だけ。数年後には絢爛豪華な新しい神殿が建つから、それまで辛抱(しんぼう)してほしい』、そう伝えるように頼まれたわ」

そしてルオーたちは《水の神殿》に連行されたのである。

巫女の私室が神殿のどの辺りにあるものか、ルオーたちにはわからなかった。ただ、以前、監禁された小川の流れている部屋とは、明らかに違う通路を進んでいる。それでもホワ爺もリンレイも、口を開かなかった。

やがて案内の侍女が足を止めたのは、白い扉の前だった。おそらく染み一つない純白の扉らしいが、今は窓から射し込む光で金色に塗り替えられていた。いつの間にか青一色だった空に、朱色と金色の光が広がる時刻になっていた。

「ここが巫女様のお部屋です」

「ご苦労さま、仕事に戻ってちょうだい」

サーラは侍女にそう言って、鍵を取り出した。白い鍵だ。更迭した巫女から取り上げて、ゾティーノヴィス太守がサーラに渡したのだろう。

「では、何かご用がおありの際は、扉の横にある紐(ひも)を引いてくださいませ」

そう言って侍女が立ち去ると、ルオーたちは畏(おそ)れ多くも《水の神殿》の巫女の私室に入った。扉の横には金糸を編み込んだ白い紐があった。この紐は侍女たちのいる部屋に繋がっていて、それを引っぱると鈴が鳴る仕掛けになっているようだ。

私室には広間があり、隣に書斎(しょさい)、奥には寝室、控えの間が三つもあった。どの部屋にも白を基調とした家具が置かれていたが、驚くほど装飾品がない。そのため、どこを見ても白い壁と白い家具だけ、まるで白い牢獄(ろうごく)に閉じ込められているような錯覚(さっかく)を覚える。

唯一の装飾品は、書斎の壁に掛けられた大きなタペストリーだった。様々な魚、水性生物、水草、水鳥、水辺の生物を模した華麗なタペストリーは間違いなく高価な物だ。

「一人で暮らすには贅沢すぎるわい」

一通り見て回って広間に戻ると、ホワ爺が不満そうに唇を尖らせた。

「まったくね、同感だわ」

サーラが頷いた。ルオーは驚き、リンレイもホワ爺も同じような表情をサーラに向けている。何故なら、サーラが発したのは東の国の言葉だったのだ。

「そんなに驚くこと？〈砂漠の黄金の果実〉には、東の国の商隊も来ていたのよ」

サーラは悪戯っぽい笑みを浮かべながら、広間を見回した。

「わたしは三カ国語しか話せないけれど、父は十カ国語も話せるわ。交流のある国の言葉を話せないと困るからってね。もっとも、言葉のわからない方が都合のいいこともあるから、いつも通訳を置いていたけれど」

セグド・シンが三、四カ国語を話せることは、ルオーでも知っていた。しかし、遠い東の国の言葉まで話せるとは、思ってもいなかった。

（ということは、あの宴の席のことは）

ルオーがあえて通訳しなかったことやホワ爺やリンレイの呟きなど、セグド・シンはすべて理解していたということだ。

（敵に回したくない方だ）

ルオーは、しみじみとそう思った。

「では、東の国の言葉を話せるからという理由で、サーラ姫様はわたくしたちの案内を頼まれたのですか？」

リンレイが訊くと、サーラはカラカラと笑った。

「いいえ、ゾティーノヴィス太守は、わたしが東の国の言葉を話せるなんて知らないもの。太守がわたしに案内を頼んだのは、嫌がらせじゃないかしら」

「嫌がらせなのですか？」

「ええ、宮殿にいる人たちは、あなたを怖がっているから。東の国の不思議な力で、建物の屋根を吹き飛ばしたのでしょう？　別の姿に変化して、空を飛んだという噂も聞いたわ。他人の嫌がることをわたしにさせるのは、いつまでもお姫様気分でいるな、このオアシスにいるなら太守である自分に従え、というところかしら」

リンレイの問いに、サーラはそう答えた。サーラの言うとおりなら、あまりに大人げないが、あの若い太守ならそれもあり得るとルオーは思った。

「そんな理由で、サーラ姫様にわたくしたちの案内をさせるなんて」

憤っているリンレイに、サーラはあっけらかんと「もう姫ではないわ」と言った。

「それにゾティーノヴィス太守は、わたしと婚約させられそうなのが不満なのよ」

「婚約⁉　サーラ様とゾティーノヴィス太守がですか⁉」

ルオーは驚きの声をあげた。市井には、そんな噂は流れていない。少なくともルオーは、耳にしたことがない。


「そういう話があるのよ。幸か不幸か、ゾティーノヴィス太守はまだ独身ですもの。太守は婚約話を嫌がっているし、わたしも気乗りしないけれど、父を利用したいと考えている臣下は多いみたいね」

若い太守だけでは心細いと思っている古い家臣たち、脅威になりかねないセグド・シンを抱き込むために、そして〈砂漠の黄金の果実〉から移住してきた人々の不満を抑え込むために、婚姻を進めたいと考える者――様々な思惑が交錯しているわけだ。

「こんなに可愛くて賢い姫が、あんな阿呆に嫁すのかいな」

痛ましいというように、ホワ爺が頭を振った。ルオーも同感だった。

「サーラ姫様は、心に決めた方はいらっしゃらないのですか？」

おずおずとリンレイが訊いた。

「残念ながら、いないわ。太守の一人娘だったのに、わたしには婚約者もいなかったのよ」

オアシスの太守の娘ともなれば、生まれた時から許嫁（いいなずけ）がいても不思議ではない。だが、サーラには決まった相手がいなかった。セグド・シンの溺愛（できあい）のせいだとか、時間をかけてより有能な娘婿（むすめむこ）を選ぶつもりだとか、色々と噂されていたものだ。

「政略結婚は王族の務めだわ。多分、わたしはゾティーノヴィス太守と結婚することになるでしょうね」

サーラは淡々と、まるで他人事（ひとごと）のように語った。

「政略結婚も悪いことばかりではないわ。わたしが太守妃（ひ）になれば、今よりも立場が強くなるもの。そうなれば、移住した人々の力になれるし。ただ、ゾティーノヴィス太守が夫（おっと）では、退屈しそうで心配よ。太守はね、女は着飾って座っているものだと、本気で思っているような人なの。わたしが三カ国語話せると知ったら、生意気（なまいき）だとか言いそう。父なら優秀な通訳が増えたと喜ぶのに」

通訳と聞いて、ルオーはキーシャを思い出した。太守と巫女の側にいる正体不明の女。だが、宮殿にも神殿にも出入りしているのだから、卑（いや）しい身分であるはずがない。

（もしかしたら、サーラ様はキーシャをご存じかもしれない）

そこでルオーは、サーラにキーシャのことを訊いてみた。

「サーラ様、キーシャという女性をご存じですか？」

「ええ、知っているわ。でも、どうして？」

金褐色の大きな瞳が、真（ま）っ直（す）ぐルオーに向けられた。

「不本意ながら関わりのある女性なのですが、謎が多くて。巫女の側近だと思っていれば、ゾティーノヴィス太守の代理として現れたり。彼女は何者なんですか？」

「キーシャはゾティーノヴィス太守の妹、つまり異父妹よ」

これにはルオーも、リンレイやホワ爺も驚いた。

「異父妹なのに、ゾティーノヴィス太守様はキーシャ様に、あんな酷い態度をとるのですか？」

　信じられないとリンレイが呟くと、サーラは表情を曇らせた。

「異父妹だからよ。ゾティーノヴィス太守には異母姉も異母妹もいらっしゃるのに、異父妹は許せないんですって。太守だった父親に愛人や子供が大勢いるのは当たり前でも、太守妃だった母親の隠し子は許せないそうよ」

　軽蔑のこもった声だった。

「母親が太守妃で、父親は誰なんじゃ？」

「宮殿の護衛官だと聞いたわ。これから話すことは噂で聞いたことだから、どこまで事実かわからないけれど」

　そう前置きして、サーラが話してくれたことは、以下のとおり。

　父親である護衛官は、キーシャが生まれて間もなく辞職。キーシャを連れて生家に戻ったが、半年もしないうちに死亡した。病死なのか、あるいは自殺か他殺か、死因についてははっきりしない。以後、キーシャは父方の祖父母に育てられたが、二年ほど前、宮殿に現れた。というのも、病に倒れた太守妃のたっての願いだったそうだ。

「手放すしかなかった娘のことを、ずっと案じていらしたのね。すでに夫の太守様は亡くなっていたし、ご自分も長くないと悟られて、太守妃様は息子のゾティーノヴィス太守にキーシャのことを頼んだそうよ」

　不憫な娘に不自由のない暮らしをさせて、良い縁談を纏めてほしい――それが太守妃の願いだった。太守妃の死後、ゾティーノヴィス太守はキーシャを宮殿に迎え入れた。

「宮殿に部屋を与えられ、何をするのも自由。そう聞けば歓迎され、優遇されているように思えるけれど、実際は違うわ。ただの放置、無視よ。事情を知っている者たちからは腫れ物扱いされ、知らない使用人たちからは、よくわからない立場の存在として、見て見ぬふりされて。ゾティーノヴィス太守には、太守妃の願いを叶える気なんかないのよ。それでも、もしキーシャが身の上を嘆いているだけの女性だったら、あるいは宮殿に招かれた幸運に酔いしれている人間だったなら、太守も彼女に優しくしていたでしょうね」

　大人びた表情で分析をするサーラは、紛れもなくセグド・シンの娘だった。

　キーシャは多分、幼い頃に自分の出生を知らされて、いつか異父兄のために役立ちたいと思っていたのだろう。剣の腕と外国語を話せることが、その証拠だ。しかし、その決意と努力は裏目に出た。ゾティーノヴィス太守は、異父妹を便利な使用人程度にしか思っていない。

「それじゃキーシャは、薄情なゾティーノヴィス太守の近くにいたくなくて、巫女にくっついているのかいな?」

　ホワ爺が言うと、サーラは「それはどうかしら」と言うように首を傾げた。

「わたしには、キーシャが巫女を見張っているようにしか思えないわ。ゾティーノヴィス太守の命令で」

　若いのになかなか鋭いことを言う。民衆に強い影響力を持つ《水の神殿》の巫女であればこそ、太守としてはその行動を把握しておきたいと考えるだろう。

　ふいに、薄暗い室内が明るくなった。リンレイが置いてある燭台に火を灯したのだ。白い壁が炎を反射して、意外に明るい。

「話をしているうちに、すっかり暗くなってしまったわね。外に護衛を待たせてあるし、早く宮殿に戻らないと」

　そう言って扉に向かったサーラだが、ふと足を止め、振り返った。

「リンレイさん、ゾティーノヴィス太守はあなたが池の水を元どおりにできると信じているけれど、本当かしら？」

「いいえ、サーラ姫様。わたくしには、そのようなことはできません」

　伏し目がちに答えたリンレイを、サーラはじっと見つめた。

「このオアシスから水が減っていることに心を痛めているのは、ゾティーノヴィス太守だけではないわ。わたしや父もよ。わたしたちは水を失って、故郷を捨てるしかなかった。あんな思いは、もう誰にもしてほしくないわ。何より、このオアシスで水が減っていることを、移住した人々のせいにされたくないの。〈砂漠の黄金の果実〉から移住した人々のせいで水が減っている、宮殿内では、そんなことが囁かれているのよ」

　ルオーは一瞬、絶句した。

　移住した〈砂漠の黄金の果実〉の人々が大量に水を使用するせいで、《聖なる池》の水が涸れつつある。移住してきた人々は滅びの風を纏っている、オアシスに災いをもたらそうとしている――根拠のない宮殿の囁きが、市井に噂となって広がるのは時間の問題だろう。そしてオアシスの水が減り続けるようなら、噂だけではすまなくなるに違いない。〈砂漠の黄金の果実〉から移住した人々の迫害、もしくはオアシスから追い出されるかもしれない。社会の不満を弱い立場の者に向けるのは、よくあることだ。

「サーラ様にお尋ねしたいことがあります」

　部屋を出ていこうとしたサーラを、ルオーは思い切って呼び止めた。サーラと話をする機会など、この先あるとは思えない。

「わたしに？　何かしら？」

　サーラが振り返った。ルオーはセグド・シンに会うための手引きを頼もうと考えたのだが、すぐに思い直した。

「〈砂漠の黄金の果実〉が滅ぶ前、一、二カ月の間に、ゾティーノヴィス太守が宿泊したことはありましたか？」

来客専用の建物に宿泊した身分の高い人々は、太守やその家族と挨拶を交わしていたはずだ。もしかしたら、サーラも来客を覚えているのではないか。

「ええ、あったわ。水が涸れる三日前よ、はっきり覚えているわ。大きな行事の時しか顔を出さない方が、突然用もないのにやってきたんですもの。父のご機嫌伺いなんて言っていたけれど」

　しかも、何日か滞在するものと思っていたら、翌日には〈砂漠の黄金の果実〉を出ていってしまった。ゾティーノヴィス太守は「急な用を思い出した」と言っていたらしい。

　ルオーは井戸の底から拾い上げた、純金の箱を取り出した。

「サーラ様、この持ち主をご存じありませんか？」

　サーラは考える顔で純金の箱を見た。

「紋章はないの？」

「何もありません」

「それでは持ち主を特定できないわ。でも……そうだわ。情報通だった侍女から聞いた話なんだけど。ゾティーノヴィス太守が泊まった日の夜、太守の小姓が〈砂漠の黄金の果実〉の使用人に相談にきたそうよ。太守の持ち物、純金の小箱が見当たらないって。結局、ゾティーノヴィス太守は純金の小箱など持っておらず、小姓の勘違いだったということで、表沙汰にはならなかったけれど。この話、役に立つかしら？」

「はい、大変役に立ちました。ありがとうございます」

　ルオーは頭を下げた。

5

　サーラが帰って間もなく、巫女の私室に食事が運ばれてきた。紐を引いて呼んだわけでもないのに、食事ばかりか入浴の用意もされていた。

　だからといって、ルオーたちが歓迎されているわけではない。おそらく、巫女の習慣を踏襲しているだけだろう。食事を運んできた侍女も入浴の用意ができたと告げた侍女も、無口で陰鬱な表情をしていた。ゾティーノヴィス太守から連絡があったとはいえ、見知らぬ三人が巫女の私室で寝泊まりすることを、快く思っていないことは明らかだ。

「毒が盛られてるかもしれんな」

　などと言いながら、ホワ爺は運ばれた料理を遠慮なく食べている。リンレイは果物と飲み物しか口にしていない。半日の間に色々なことを聞かされて、いささか疲れ気味なのだろう。

「リンレイさん、大丈夫ですか？」

　心配したルオーが声をかけると、リンレイは視線を床に彷徨わせたまま、か細い声を出した。

「サーラ姫様のことですけれど」

「サーラ様が何か？」

「その、とても綺麗で魅力的な方ですわね」

「そうですね」

　ルオーは素直に同意した。

「明るい色の髪と瞳が、とりわけ印象的で。すらりと背も高くて」

　羨むようにリンレイは呟いたが、他にも何か含んでいるような口調だった。それが何か、ルオーにはわからない。はっきり物を言うリンレイにしては珍しいと思いながら、

「以前にお見かけした時は、小柄で可憐な美少女でしたよ。女の子は急に大人びるんですねぇ、とても十三歳には見えません」

　しみじみと呟いた。

「えっ？　まだ十三歳なのかいな」

　素っ頓狂な声をあげたのはホワ爺だった。

「そうです、わたしの記憶に間違いなければ」

「サーラ姫様は、わたくしより年下だったのですか？　外見もそうですが、とてもしっかりしていらっしゃるから、てっきりわたくしと同じぐらいかと」

　リンレイも驚いている。サーラの年齢に、リンレ

イとホワ爺は強い衝撃を受けたようだ。

(サーラ様も、リンレイさんが年上とは思わなかったのでは?)

東の国の人々をよく知っているルオーの目からしても、華奢なリンレイは実年齢より若く見えるのだから。だが、ルオーはそれは黙っていることにした。

「前にホワ爺さんが言ったじゃないですか、砂漠の人間は老けて見えると。反対に東の国の人たちは若く見られますよ」

「では、わしも若く見られておるのじゃな」

ニヤニヤしながら、ホワ爺が言った。ナマズの妖怪でも、若く見られたい願望があるらしい。

「そもそも何歳なんですか、ホワ爺さんは」

気になってルオーが訊くと、リンレイはわからないというように頭を振った。六十歳ぐらいに見えるが、実年齢ではないだろう。

「わしの年齢か。まあ、千歳以上は確かじゃよ。千歳までは覚えていたんじゃが、以降は面倒になって数えておらんのじゃ」

「……若く見られてますよ、間違いなく」

千年も生きる人間はいないのだから。ルオーの言葉に、ホワ爺は相好を崩した。

「ともかく、サーラ様とお目にかかれたのは幸運でした。純金の小箱を井戸に落としたのは、やはりゾティーノヴィス太守です。サーラ様から話を伺って、確信しました」

ルオーは言葉を切り、リンレイを見た。

「わたくしも、そう思います。木箱を見た時のゾティーノヴィス太守様の狼狽ぶりも納得できます」

「じゃが、なんのためにそんなことをしたんじゃ?」

ホワ爺が首を傾げた。

「わかりません」

ルオーは肩をすくめた。

捨てるなら、暖炉の火の中に放り込めばいいだけだ。木箱は燃えて、何も残らない。隠すつもりなら、もっと別の場所があるだろう。純金の小箱と鎖は水底に沈めるための重しだったとしても、あんな浅い井戸を選んだ理由がわからない。

「理由を知りたければ、ゾティーノヴィス太守本人を問い質すしかないでしょう。そして中身のことも、ああ、だからか」

思わずルオーは口の中で呟いた。リンレイとホワ爺が不思議そうに見つめている。

「おかしいと思いませんでしたか？　自慢話をするのが大好きで、リンレイさんのご機嫌取りをしたいゾティーノヴィス太守が、他人に案内をさせるなんて。太守自ら案内すれば、リンレイさんにどれほど重きをおいているか強調できるのに、サーラ様に任せた。嫌がらせもあったかもしれませんが、一番の理由は、リンレイさんに木箱やその中身のことを、あれこれと訊かれたくなかったからじゃないでしょうか。自身の狼狽ぶりから、わたしたちに疑われていると気がついたのでしょう」

問い詰められた場合、うまくかわすことも、丸め込む自信もなかったとみえる。ならば、顔を合わせないに限るという結論に達したのだろう。

「では、わたくしたちを《水の神殿》に移動させたのも、質問されないように？　まさか、そのために巫女様を更迭したとか？」

「それはないと思いますよ。ゾティーノヴィス太守がいくら阿呆でも、巫女の更迭が大問題になることは承知のはずです。本気でオアシスから水が減っている責任をとらせたのか、あるいは別の理由があったのか」

更迭の理由も気になるが、果たして巫女がおとなしくしているだろうか。野心に燃える赤い瞳を思い出し、ルオーはふいに寒いものを感じた。地位や名誉が取り上げられるのを、あの巫女が黙って見ているだろうか。

「つまり性悪巫女を更迭して、うまい具合に神殿が空いたので、もっともらしい理由をつけて、わしらを宮殿から追い払ったということかいな」

ようやく食事を終え、ホワ爺がゲップをした。

「宮殿と《水の神殿》は近いので、監視しやすいですから。遠ざけたいが、逃げられては困るというところでしょう。そして代理とはいえ《水の神殿》の巫女に据えれば、リンレイさんを優遇している証拠になる、きっとそう思っていますよ」

ルオーは片頬に皮肉の笑みを浮かべた。あの若い太守は地位と贅沢を与えられれば、誰でも喜ぶと思っているのだ。

「サーラ姫様が、巫女の代理は新しい神殿ができるまでとおっしゃっていましたけれど。ゾティーノヴィス太守様は本気で、わたくしのために神殿を建てるおつもりなのですか?」

困るという表情でリンレイが呟いた。

「本気でしょうね。リンレイさんを《竜の神殿》の巫女にして、そこで華々しく自分の結婚式を挙げるつもりかもしれません。神殿が二、三年で完成すれば、サーラ様も十五、六歳。砂漠では、結婚するのにちょうどいい年齢です」

ルオーの口の中に苦いものが広がった。本来なら婚姻は祝福すべきものだが、とてもそんな気になれない。サーラは割り切っているようだが、異父妹に杯を投げつけるような男と結婚して、退屈だけですむのだろうか。


食事と入浴をすませると、もう夜半だった。その間、リンレイを訪ねる者はいなかった。

代理とはいえ巫女なのだから、一日に何回も行われる儀式に参加させられると思っていたが、リンレイが呼ばれることはなかった。名前だけの代理に対する、準巫女たちの意思表示かもしれない。リンレイもまた、しゃしゃり出るつもりはないようだ。

することもないので、ルオーたちは休むことにした。明日になったらゾティーノヴィス太守がまた何か言いだすかもしれないが、その時はその時だ。大事なのは、どんな場合でも動けること。そのためには休息が必要だ。

三人はそれぞれ、使用されていない控えの間で眠ることになった。リンレイは巫女の豪華な寝室を使ってもいいのだが、落ち着かないと嫌がった。

ルオーは寝台の中に潜り込んだものの、なかなか寝つけなかった。

(ゾティーノヴィス太守が木箱を井戸に落としたことは間違いない。だが、何故だ？　そして木箱の中身は？)

ゾティーノヴィス太守は、木箱とその中身について追及されることを避けている。追及されたくないということは、知っているということだ。

(よほど言いたくない、あるいは言えない事情があるのか)

言えない事情なら、ルオーにもある。黒い手袋をしている左手を見た。《照妖珠》と交換した命が残り少ないことを、あと一度《照妖珠》を使えば死ぬことを、とてもリンレイたちには言えない。

(サーラ様がゾティーノヴィス太守と結婚か)

セグド・シンに負けず、移住した人々のことを考えているサーラ。サーラの健気(けなげ)な言葉を聞いて、ルオーはリンレイに水を呼ぶことができるのならと、切実に思った。奇跡や超常の力などあてにしてはいけないと知りつつ、すがりそうになってしまう。これがセグド・シンの言う「よからぬ夢」なのだろう。

(ライシェン様なら水を呼べるだろうが、代償が大きそうだ)

尊大な神獣が、親切や慈悲(じひ)で人間を助けてくれるとは思えない。たとえリンレイが頼んだとしても。

(そうだ、魚の化け物はどうなったんだ？)

オアシス付近で目撃されなくなったのだろうか。それとも退治されたのか。巨大な魚影はルオーの脳裏に焼き付いている。リンレイはその魚を知っているような気がすると言っていたが、それはどういう意味なのか。

とりとめのない考えが浮かんで、眠りを遠ざける。

寝返りを打っていると、扉を叩く音が聞こえた。

(こんな時刻に?)

怪訝に思いながらベッドから出て、上着を羽織って扉に近づくと、囁くような声が聞こえた。

「ルオー様」

それが誰の声か、すぐにわかった。

「リンレイさん、どうしました?」

扉を開けると、リンレイと寝惚け眼のホワ爺が立っていた。蠟燭の明かりに照らされたリンレイの顔には、不安が刻まれていた。

「気のせいかもしれませんが、物音が聞こえたので」

そう言ってリンレイが指したのは、書斎だった。

「わしはなんにも聞こえんかった」

ホワ爺が欠伸交じりに言った。耳ざといルオーにも何も聞こえなかったが、用心に越したことはない。

「確かめてきます」

武器がないので、代わりに重そうな燭台を持ってルオーは書斎に向かった。

《水の神殿》の内部は決して安全ではない。大袈裟に言うなら、敵地にいるようなものだ。巫女の代理であるリンレイを快く思っていない者は大勢いるはずだ。白い巫女を慕い、ゾティーノヴィス太守の横暴に憤るあまり、行きすぎた行動に出る者がいないとも限らない。

それなのに、リンレイとホワ爺が一緒についてきた。不安を抱きつつ、好奇心に勝てないリンレイと、渋々と従うホワ爺。部屋に戻れと言っても無駄なことはわかっているので、ルオーは何も言わなかった。

二人を少し下がらせて、ルオーは書斎の扉の前に立った。そして室内の様子を窺ってみると、かすかな、だが確かに物音が聞こえた。

ルオーは勢いよく扉を開けた。すると真っ暗な室内に、鋭く息を呑む音が響き——闇よりも黒い人影がさっと動いた。

「何者だ!」

ルオーが室内に飛び込むと同時に、バタンと扉の閉まるような音が聞こえた。背後の扉が閉められたと思ったが、その音は書斎の中から聞こえた。

（他に扉などなかったはずだ）

灯を持ってくるように頼むと、リンレイとホワ爺が書斎に入ってきた。

「何か、扉の閉まるような音が聞こえましたけれど」

リンレイが蠟燭を掲げたが、室内に扉などない。身を隠せるような場所もないのに、人影は見えない。

「逃げたにしても、どうやって逃げたんじゃ？」

ホワ爺はギョロギョロと大きな目を動かしている。

さては窓から逃げたのだろうか。それにしては音が違うようだが。ルオーは書斎の窓に駆け寄ったが、黒曜石の板を嵌め込んだような窓は開いていない。

「ルオー様、このタペストリーですけれど」

リンレイが壁に掛かっているタペストリーの前に移動していた。

「タペストリーが何か？」

「わずかですけれど、傾いていますわ。最初に入った時は、きちんとしていたのに」

そう言いながら、リンレイがタペストリーの端をめくると、そこにあったのは白い壁ではなかった。

「隠し扉だ」

ルオーは呻いた。先程聞こえた音は、この扉が閉まる音だったのだ。

「侵入者は、ここから出入りしたのか」

ルオーが扉を開けると、下に降りていく階段が見えた。だが、どのくらいの深さまで続いているのか、沈殿する闇のせいでわからない。

「待ってください、リンレイさん。わたしが先に行きますから」

躊躇いもなく下りようとするリンレイから蠟燭を受け取って、ルオーは階段を下りていった。リンレイとホワ爺が続く。

階段は十メートルほど続き、地下室に繋がっていた。明らかに自然の物ではない円い天井の高さは三メートル、広さは上の書斎の半分ほどか。その地下室に蠟燭をかざし、ルオーはため息を吐いた。

明かりを反射して、七色の光がさざめく。地下室には棚が並んでおり、そこにはぎっしりと宝物が置かれていた。黄金の壺や水差し、七宝と象牙で飾られた小箱、人の拳大ほどのダイヤモンド、金とルビーの首飾り、様々な宝石をちりばめた美しい短剣。金と銀で作られた笛、エメラルドの櫛、真珠のティアラ。棚の横には大きな箱も置かれており、中には金貨が詰まっているに違いない。

「神殿の宝物庫でしょうか？」

豪華な光を放つ宝石類に、リンレイが目をみはった。

「宝物庫なら、隠し扉や地下室は必要ありませんぞ。ったく、なんじゃい、これは。あの性悪巫女が貯め込んでおったのかいな」

宝物に目を奪われるというより、ホワ爺は呆れていた。

「場所を考えると、貯め込んでいたのは巫女に間違いありませんね。私的財産でしょう。お布施に賄賂、捧げ物、黙っていても巫女の元に金が集まる仕組みとはいえ、まさかこれほどとは」

これを見たら、善良な庶民はあくせくと働いているのが馬鹿らしくなるだろう。そんなことを考えながら、ルオーは地下室を歩いた。侵入者が物陰に潜んでいるかもしれないのだが、それらしい人影はない。

（他に逃げ込める場所はないはずだが）

だが目が慣れると、奥の暗がりにある別の階段に気がついた。おそらく外に通じているのだろう、そうでなければ書斎に入れるはずがない。

「リンレイさん、行ってみますか？」

「はい」

勿論とばかりにリンレイは頷いた。

注意しながら急な傾斜の階段を上っていく。二、三分ぐらいで階段が終わり、ルオーたちが出たのは木立の中だった。すでに空が白み始め、周囲の様子がわかる。

「いつもは板と枝で、入り口を隠していたようですね」

地下階段の入り口付近に、木製の板と不自然な量の枝が散乱していた。侵入者はよほど慌てたらしく、入り口を塞がずに逃げてしまったようだ。

「さて、ここはどこなのか」

「ルオー様、ここは《聖なる池》ですわ」

リンレイが呟き、ホワ爺が鼻をひくひく動かした。

「おお、大量の水の匂（にお）いがしますぞ。ほれ、こっちじゃ」

ホワ爺についていくと、生い茂る木立の間から、早朝の光に輝く水面が見えた。

四章　水脈

1

熱い砂の底で、それはゆっくりと動いていた。

それに名前はない。

それは帰るべき場所を探していた。

それが帰る場所は、砂の海ではない。乾いた砂の大地ではない。

水を、水を。

それは絶え間ない渇きに襲われていた。

遥か頭上の、白熱に燃える世界では一つの街が消え、また一つの街が砂の中に埋もれつつあった。

しかしそんなことは、それにはなんの関心もないことだった。

水を、水を。

それは砂の中を移動していた。渇きを癒やすために、帰るべき場所を探し求めて。


闇の中に白い色が点在している。白い花だ。

静寂に包まれた木立の中に、ルオーは影そのものとなって立っていた。頭上には銀砂を撒いたような夜空が広がっているが、絡み合う黒い枝葉に分割されている。足元には今朝見つけた地下階段の入り口があり、落ちないように板を置いてあった。

あの後、ルオーたち三人は地下を通って巫女の書斎に戻った。それから、地下階段の入り口のある場所が、《聖なる池》であることを確かめた。そのうえでルオーは、地下階段の入り口で侵入者を待ち受けることにしたのである。

（二人が部屋で、おとなしくしているといいんだが）

リンレイもホワ爺も一緒に行くと言ったが、侵入者の目的がわからないので危険だし、何かあった時に足手纏いになるからと、なんとか宥めすかしたのだ。

　ふいにかすかな物音が聞こえた。ルオーはさっと身体の向きを変えた。手はベルトに差した短剣に伸びていた。地下室にあった宝石をちりばめた短剣を借りてきたのだ。

　木立の間から、黒い人影が現れた。

「やはりあなたか、キーシャ」

　キーシャは顔の半分を黒いベールで隠し、黒いマントに身を包んでいた。共同住宅にあるルオーの部屋を訪ねてきた時と同じ格好だ。

「何故わかった？」

　怪訝そうな声だった。

「巫女が地下通路や隠し部屋のことを教える人物は、あなたしかいないと思って。それにあなたは、宮殿と《水の神殿》の内部に詳しそうだ。まさか神殿の正面から、この場所に入ったわけではないでしょう？」

　ルオーは言った。周囲に無視されている太守の異父妹でも、夜中に宮殿と神殿を堂々と往復しては人目を引く。おそらく、宮殿と神殿の間には、秘密の通路のようなものがあるに違いない。

「それで目的はなんです？　太守と巫女の、どちらの命令で？」

「巫女様だ」

「では、目的はリンレイさんの殺害ですか？　もしリンレイさんが消えれば、巫女が元の地位に戻ることができると思っているのなら、大間違いですよ」

　リンレイに何かあれば、真っ先に疑われるのは巫女だ。

「巫女様は、そのようなことは考えていない。それに用があるのはリンレイ様ではなく、おまえだ。どうしてもおまえに話したいことがあるそうなので、宮殿までご足労いただこうと」

　必要もないのに辺りを憚る小さな声に、ルオーは眉をひそめた。

「わたしに？」

監禁された巫女がキーシャを動かす理由が、ルオーを呼ぶためとは。何か企んでいることは間違いない。警戒しているルオーに、キーシャは思いがけないことを言った。

「セグド・シン様のオアシスが、〈砂漠の黄金の果実〉が滅んだ、本当の理由を話したいとのことだ」

闇の中でなければ、ルオーの顔色が変わったことを気づかれたかもしれない。

（罠だ！）

とっさにそう感じた。だが、直感に反して、ルオーはキーシャに案内を促していた。

「では、案内してください」

キーシャは頷き、木立の奥に向かって歩きだした。ルオーに背中を見せることで、敵意はないと強調しているらしい。それでも油断できない相手であることは、思い知らされている。ルオーは警戒しながら、後をついていった。

（〈砂漠の黄金の果実〉が滅んだ、本当の理由だって？）

水の枯渇はあまりに急で、原因を調べることはできなかったし、未だにわかっていない。それなのに、巫女は理由を知っているというのだ。気になるが、キーシャを問い詰めても無駄だろう。巫女が切り札を他人に教えるとは思えないし、仮に知っていたとしても、キーシャは口を割るような女ではない。

あるいは、ルオーを呼び出す口実にしただけで、実際は何も知らないのかもしれない。しかし、その話を持ち出すということは、ルオーが〈砂漠の黄金の果実〉の住人だったことを、巫女が知っているということだ。探られたところでルオーは特に困らないが、同じ〈砂漠の黄金の果実〉の出身者——セグド・シンとサーラ父子、バヤートやドリーガが巻き込まれる事態だけは避けたい。

そんなことを考えながら歩いていると、木立の奥にぽつんと記念碑が建っていた。黒曜石の台座はルオーの肩ぐらいまでの高さがあり、その上に白い大理石の胸像が安置されていた。

「《水の神殿》の初代巫女です」

キーシャが立ち止まり、台座の横に置いてある物——覆いをかけて、光が余計に洩れないようにしたランプを持ち上げた。覆いを外したランプの光が、台座の正面に嵌め込まれている石板の表面を照らした。そこには初代巫女の功績が刻まれていた。

（こんな場所に？）

《聖なる池》から離れた木立の奥に建てるような物ではないはずだ。ルオーが違和感を感じていると、キーシャは片手で石板を押した。すると石板が動いた。回転扉になっており、中に階段が見えた。

「ここから宮殿に続いているんですか？」

ルオーの問いかけに、キーシャは無言で頷いた。

ゆるやかな階段を下りていくと、石畳の広い通路になっていた。天井も高く、壁は漆喰で補強されていた。松明を置く場所もあり、人工の通路であることは間違いない。

大きな荷物も楽々と運べる地下通路をキーシャは猫のように、足音をたてずに歩いていく。広い通路は比較的、真っ直ぐに延びていたが、時々曲がり角があった。歩いている間、二人は無言だった。ルオーは何も訊かなかったし、キーシャも一切、説明しなかった。

地下通路の終わりは小さな階段だった。上りきれば出口らしい。いちばん下の段の端には蠟燭と燭台、火打ち石と火口が無造作に置かれていた。

階段を上がってようやく地下通路から出ると、そこは宮殿の部屋の中だった。腰板の一部が引き戸になっており、ルオーは身を屈めて這い出た。がらんとして、家具の類が見当たらないことからも、使用されていない部屋のようだ。

再びランプに覆いをかけたキーシャが部屋の外に出た。通路に出たルオーが何気なく扉に目をやると、わずかな光を反射した取っ手が見えた。銀色の蛇を模しており、なかなか洒落ている。取っ手にこだわるぐらいだから、かつては内装も凝っていたのだろう。

ルオーがそんなことを考えていると、キーシャはすぐ隣の部屋に入った。こちらの扉の取っ手は青銅色の蛇だ。やはり部屋の中には何も置かれておらず、壁全面に造り付けの棚があるだけだ。その棚にも、何も並んでいない。キーシャが棚の一部を押すと、四角く切り取ったような黒い入り口が現れた。

隠し扉から入ったのは、細い通路だった。長身のルオーは天井に何度も頭をぶつけそうになりながら、通路を進んだ。途中で狭い扉口をいくつもくぐったが、その間、見回りの兵士も明かりも見当たらなかった。抜け道を歩いていることは、ルオーにも推測できた。宮殿の中には、人目につかずに移動できる通路が多いようだ。

やがて冷たい風が吹きつけ、ルオーたちは外に出ていた。四方を高い壁で囲まれた、なんとも殺風景な場所だった。

草木もなく、石畳が敷き詰められているだけ。華美な宮殿の中にあるとは思えない、侘しい雰囲気の漂う場所に簡素な平屋が建っていた。

キーシャは平屋に向かって歩いた。巫女が監禁されている離れらしいが、見張りがいない。巫女かキーシャのどちらかが、鼻薬をかがせているらしい。

キーシャは離れの扉を開け、ルオーを先に通すために脇に身を寄せた。屋内に足を踏み入れたルオーは唇の端を上げた。

四隅に灯が置かれた室内には、安っぽい机と椅子が置かれている。奥には扉が一つあり、床にはすり切れた絨毯が敷かれていた。《水の神殿》の華美さ、宮殿の豪華さに比べて、巫女の監禁されている離れは悲しいほど粗末だった。

「よくおいでくださいました、ルオー様」

椅子に腰かけている巫女が微笑んだ。名前に「様」

がついただけでなく、声にも目つきにも媚びが滲んでいる。

「〈砂漠の黄金の果実〉が滅んだ本当の理由とやらを話したいそうですが。代価はなんです？」

扉の前に立ったまま、ルオーは訊いた。キーシャは室内に入ってこなかった。

「妾の身の安全です」

ルオーは疑わしげな視線で、巫女を見つめた。

「更迭監禁されているとはいえ、命までは狙われないのでは？」

「いいえ。このままでは、妾は殺されてしまいます。妾はゾティーノヴィス太守様の秘密を知りすぎているので」

苦々しく巫女が呟いた。

「どうやら、呼び出す相手を間違えたようですね。わたしにはなんの力も、権限もありません」

ルオーは素っ気なく言った。

「いいえ。あなたにはリンレイ様がいらっしゃるではありませんか。あなたからリンレイ様に頼んでくださればいいのです。妾の身の安全を、ゾティーノヴィス太守様に約束させてほしいと。リンレイ様は、あなたの言うことを聞くでしょう。そしてリンレイ様の言うことを、ゾティーノヴィス太守様は聞くのですから。太守様を動かすことができるのは、リンレイ様だけなのです」

語る巫女を、ルオーは陰鬱な気分で見ていた。必死になっていることはわかるが、とことんリンレイを利用しようとする姿に嫌悪感が増すばかりだ。

「命乞いは他の誰かに頼みなさい」

「〈砂漠の黄金の果実〉が滅んだ理由を知りたくないのですか？」

「知りたいからここに来たんです。でも、あなたと話しているうちに、どうでもいいことに思えてきました」

引き留めようとする巫女に、ルオーは言った。憑き物が落ちたとは、こんな感じだろうか。知りたくてたまらなかった〈砂漠の黄金の果実〉が滅んだ理由が、なんの意味もないことに思えてきた。今更、本当の理由を知ったところで、〈砂漠の黄金の果実〉は元には戻らない。失ったものは戻らないのだ。

「どうでもいいこと？　〈砂漠の黄金の果実〉が滅んだ原因の、その元凶がリンレイ様だとしても？」

　外に出ようとしたルオーの背中に、氷のような冷たい声が突き刺さった。振り返ると、巫女は酷薄な笑みを浮かべていた。

「リンレイさんが元凶とは、どういう意味です？」

　巫女は答えず、黙って隅に置かれている椅子を指した。ルオーは少しの間、巫女を睨んでいた。巫女の言葉は到底、信じられるものではない。命綱に等しいルオーを引き留めるための、苦し紛れの出任せではないか。

　だが結局、ルオーは部屋の隅から椅子を引っぱって、そこに腰を下ろした。巫女の前、やや距離を置いて。それから同じ質問を口にすると、しつこいぐらい念を押された。

「教える前に約束してください。リンレイ様に妾の口添えを頼むと」

　ルオーはわずかな憐れみと皮肉を覚えながら、約束した。口約束などという、あまりに頼りない期待にすがりつく姿は、かつての巫女からは想像もできない。零落とはこういうことなのだ。

「リンレイさんが、わたしの言葉を聞いてくれるかどうか、それは保証できません。ですが、巫女様の安全をゾティーノヴィス太守に頼んでほしいと、リンレイさんにお願いしてみましょう」

　ルオーが言うと、巫女の表情が安堵にほころんだ。

「お優しいリンレイ様なら、必ずや妾を助けてくださるはず」

　その声には皮肉が交じっていたが、ルオーは無視した。やがて巫女はルオーが促すまでもなく、話し始めた。

「ゾティーノヴィス太守様は、従兄(いとこ)のセグド・シン様を憎んでおられます。それがすべての発端(ほったん)でした」

巫女曰(いわ)く、ゾティーノヴィス太守は幼年期から、セグド・シンと比べられてきた。前太守――ゾティーノヴィス太守の父親は、我が子よりもセグド・シンの方を高く評価していたらしい。常に比較されることで劣等感だけが育ち、それは憎悪に変わった。

「ゾティーノヴィス太守様は常々、セグド・シン様に勝ちたい、優位に立ちたいと考えていました。そのためには、セグド・シン様の持っているものをすべて、自分のものにしたい。あるいは、セグド・シン様からすべてを奪ってやりたいと。つまり、〈砂漠の黄金の果実〉を滅ぼすか、支配するか、ということです」

しかし、年若く、経験も少ないゾティーノヴィス太守には、〈砂漠の黄金の果実〉を滅ぼすことも、支配することも無理だった。それどころか、下手にちょっかいを出せば、たちまち支配されてしまうだろう。あらゆる面で、セグド・シンの方が勝(まさ)っているのだから。

そのことはゾティーノヴィス太守にもわかっていた。それがまた、若い太守の苛立ちをかきたてた。

「では、ゾティーノヴィス太守が〈砂漠の黄金の果実〉を滅ぼしたと？　一夜にして水を涸(か)らすなど、人間にできることではありません。どうやって？」

ルオーが口をはさむと、巫女は遮(さえぎ)るように手を動かした。

「ゾティーノヴィス太守様は、妾に相談にこられました。誰にも気づかれることなく、〈砂漠の黄金の果実〉を滅ぼす方法はないかと。妾は即座にお断りしました」

そのような考えも行動も、太守にふさわしくない。セグド・シンに勝ちたいのなら、堂々と勝負することだ。巫女はそうゾティーノヴィス太守を諭(さと)した。

だが、ゾティーノヴィス太守は引き下がらなかった。

「太守の胸の内を聞いた以上、巫女も同罪だ。協力しないと言い張るのなら、妾だけでなく、《水の神殿》に仕える全員を処罰する――そう言われて、もう断ることはできませんでした。悩んだ末、妾は異国の物を使うことにしました」

「異国の物？」

ルオーは声を絞り出した。巫女が大きく頷いた。

「神殿に寄贈された物です。それは小さな木箱に入った、親指の爪ほどの青い珠でした。箱の蓋には異国の文字らしきものが書かれていましたが、妾には読めません。ですが、その青い珠の発する凄まじいばかりの力はわかりました。水に関わりのある力です。寄贈した商人が言うには、その品を手に入れてから毎晩のように、溺れる夢を見るのだとか。妾は木箱ごと、それをゾティーノヴィス太守様に渡したのです」

巫女は血の色をした瞳を、部屋の隅に置かれた灯に向けた。

「その際、妾はゾティーノヴィス太守様に言いました。『〈砂漠の黄金の果実〉に行き、この青い珠をどこでもいいから、水の中に落としてください。その結果、どのようなことが起こるのか、それはわかりません。ですが、〈砂漠の黄金の果実〉に大きな影響を与えることはできるはずです』と。太守様がオアシスにお戻りになられた数日後、〈砂漠の黄金の果実〉から水が涸れたという情報がもたらされました」

ルオーは膝の上に置いた手を、きつく握りしめていた。

水の涸れる三日前に、ゾティーノヴィス太守は〈砂漠の黄金の果実〉を訪れた。その夜のうちに青い珠を水の中に投げ入れ、木箱は純金の箱にしまい、来客専用の建物の井戸に落とした。小姓が純金の箱がなくなったと訴えたが、ゾティーノヴィス太守は小姓の勘違いとして処理し、翌日には〈砂漠の黄金の果実〉から逃げ去った。巫女の告白とサーラから聞いた話を纏めると、こういうことらしい。

「青い珠に恐ろしい力が秘められていることはわかっていましたが……まさか〈砂漠の黄金の果実〉の水を涸らすほどとは」

　痛みに耐えるかの如く、巫女の顔が歪んだ。その顔を見ながら、ルオーはライシェンの言葉を思い出していた。神獣の言葉に含まれていた嘲笑と軽蔑、冷たい悪意。そして、それに負けないほど不吉な言葉を、廃墟からオアシスに戻る途中、灼熱の砂漠でリンレイが言っていたことも。

「近い場所にある二つのオアシスから、続けて水が涸れるというのは、ただの偶然なのか？　その答えがやっと、わかりました。青い珠は〈砂漠の黄金の果実〉を滅ぼしただけでなく、このオアシスも滅ぼそうとしているのだと。青い珠の力は、あなたや太守の想像を超えたものだったのですね」

　ルオーは目を細めた。視線の先にある白い顔から表情が消えていたが、ルオーはかまわずに話を続けた。

「青い珠は〈砂漠の黄金の果実〉の水だけでなく、そこから近いこのオアシスの水も涸らそうとしている。霊力のあったあなたは、そう気がついたはずです。だが、あなたはそのことをゾティーノヴィス太守に黙っていた。責任を追及されたくないからだ」

　ゾティーノヴィス太守が滅ぼしたかったのは〈砂漠の黄金の果実〉であって、自身の支配するオアシスではない。そもそもは太守が巫女に持ちかけた話が始まりだとしても、それとオアシスの危機は別の問題だ。そう非難されることは、巫女にもわかっていた。

「更迭と監禁ですんでいるということは、ゾティーノヴィス太守は、まだそのことに気がついていない。だが阿呆な太守でも、いずれは気がつくでしょう。そうなれば、あなたの命はない。すべての責任を押しつけられ、オアシス最大の悪人として処刑されるでしょうね」

「妾はゾティーノヴィス太守様に命令されて、仕方なく青い珠を渡しただけです。使用したのはゾティーノヴィス太守様で、妾ではありません。それに、青い珠はリンレイ様の持ち物ではありませんか」

巫女の瞳が鬼火（おにび）のように燃えている。

「責任転嫁（てんか）は、おやめなさい。〈砂漠の黄金の果実〉を滅ぼしたのは、ゾティーノヴィス太守とあなただ。リンレイさんは関係ありません」

胸のむかつきを感じながら、ルオーは言葉を吐いた。地面に唾を吐くように。

「けれど、リンレイ様はそう考えないのではありませんか？　ご自身の捜し物が一つのオアシスを滅ぼし、今またこのオアシスを滅ぼそうとしているのですから。そのことを知れば、お優しいリンレイ様なら平静ではいられないはず。そのうえでゾティーノヴィス太守様に懇願（こんがん）されたのなら――オアシスと住人を助けてほしい、そう涙ながらに頼まれたとしたら、リンレイ様だとて、竜の力を使うしかないと思うのではありませんか？」

巫女の顔に傲慢（ごうまん）な笑みが浮かんだ。善良な娘の罪悪感に付け込んで、超常の力を利用するつもりなのだ。

「残念ながら、リンレイさんにそんな力はありません。青い珠すら見つけ出せないんですからね」

木箱は井戸の底から発見したが、水の中に投じられた青い珠は廃墟から見つからなかった。

ルオーは椅子から立ち上がった。すると、巫女も椅子から立ち上がり、素早くルオーの前方に回り込んだ。

「躊躇（ためら）いが、リンレイ様の竜の力を抑え込んでいるのです。本気になれば、リンレイ様にできないことはありません。神獣の血筋なのですから。青い珠を見つけ出すことも、その力を抑え込むことも容易（たやす）いはず。知恵や知識では、青い珠の力に太刀打（たちう）ちできません。超常の力で起きてしまったことは、超常の力で収めなくては。リンレイ様が竜の力を使って青い珠を回収し、それから水を呼べば、すべてが丸く収まるのです」

「あなたが得をするだけだ」

　斬りつける鋭さでルオーは言った。もしもリンレイにオアシスの水を回復させることができたなら、巫女は得々として自分の手柄だと主張するだろう。素晴らしい力を持つリンレイを、最初に発見したのは巫女なのだから。

「妾だけでなく、大勢の人が助かるのですよ」

　そう言うと、巫女のつけていた衣服がするりと脱げて、床に落ちた。完璧といってもいい白い肢体が目の前に現れた。ルオーは黙って見ていたが、それは石や木を見ているのと同じだった。

「なんのつもりです？」

　ルオーは抑揚のない声で言った。

「妾は世間知らずではありませんよ。頼み事には報酬を要求されるものでしょう？　地下の財宝、そして妾。あなたには色々と頼み事をしていますから」

　甘い声で囁き、白い肢体をくねらせる。

（これが、わたしだけを呼び出した理由か）

　ルオーの口元が皮肉に歪んだ。

「わたしは報酬など必要としていないし、欲しくもないものを押しつけられるのは迷惑です」

　押し売りを追い払うのと同じ口調で、ルオーは言った。毒蛇のような女に手を出すなど、自惚れの強い愚か者か、命知らずの馬鹿者だけだ。

　巫女の顔が憎悪に歪んだ。若い男なら涎を垂らして飛びつくと、そしてその欲望を利用して言いなりにできるものと、信じて疑わなかったようだ。

「女に恥をかかせて、それですむと思っているのですか！　妾が悲鳴をあげて人を呼べば、おまえは捕らえられるのですよ！」

「本性が出ましたね、巫女様。いいですよ、やってごらんなさい。でも、困るのは巫女様ですよ」

「なんですって？」

　巫女の眉が吊り上がる。

「ゾティーノヴィス太守様はリンレイさんの機嫌を

損ねたくないから、どんなことがあっても、わたしを処罰したりしません。違いますか？」

巫女は氷の彫像のようになった。自分の立場の弱さを思い知らされたのだろう。一瞬身を震わせ、

「木箱さえ燃えていれば、こんなことにはならなかったのに」

歪んだ紫色の唇から、手負いの獣じみた唸り声を洩らした。

「ゾティーノヴィス太守は、どうして木箱を燃やさなかったんです？　井戸に捨てるより簡単なはずなのに」

そこがどうしてもわからない。扉の取っ手に手をかけたまま、ルオーが訊くと、吐き捨てるような答えが戻ってきた。

「妾も木箱を燃やすように、ゾティーノヴィス太守様に言いました。ところが木箱は燃えなかったと。暖炉に放り込んだのに燃えなくて、それで怖くなって井戸に捨てたのだと。重しになるように純金の箱に入れて、鎖で巻いて井戸に沈めてしまえば、見つかるはずがないと思ったそうですよ。なんて馬鹿な太守！　もっと見つけにくい、別の場所に捨てればいいものを。妾がそう言ったら、ゾティーノヴィス太守様は逆上して！」

ルオーたちが廃墟から戻った夜、木箱を見て逃げ出したゾティーノヴィス太守を巫女は訪ねた。そして問うたのだ、何故あの木箱を燃やさなかったのかと。

「そのうえ今頃になって、〈砂漠の黄金の果実〉を滅ぼしたことを、セグド・シン様に知られることを恐れるなんて。だからといって、セグド・シン様を殺すほどの度胸もなく、代わりに妾の口を封じようとしているのです」

秘密が洩れる前なら口封じに、洩れてしまった場合はすべての責任を負わせて、重罪人として処刑される。どちらにしても、近いうちに殺される運命だ。それを回避するにはリンレイの口添えが必要なのだ

と、巫女は言った。

「どうして妾がこんな目に。妾は太守に命令されて、仕方なく青い珠を渡しただけなのに」

鬱屈したものをぶちまける巫女に目もくれず、ルオーは外を出た。扉から少し離れた場所にいたキーシャが近付いてきた。

「途中まで案内します」

それだけ言うと、キーシャは先を歩きだした。中の会話は聞こえていたはずだが、何も言わなかった。ただ大きな瞳には、深い悲しみと苦悩があった。

ルオーも何も言わず、黙ってついていった。危害を加えられるという心配は感じなかった。

建物の中に入る前、ルオーは空を見上げた。空では朝を告げる白と金の光が、群青の夜を焼いていた。

2

シェン家の《家宝》は青い珠で、水にまつわる恐ろしい力が秘められていた――帰りを待ち構えていたリンレイとホワ爺に、ルオーは巫女から聞いたことを包み隠さず話した。巫女に全裸で迫られたという箇所だけは省いたが。

「まさか、《家宝》がそんな恐ろしい物だったなんて」

リンレイは強い衝撃を受けたようだ。涙ぐむリンレイを、ルオーはただ見ているしかなかった。

「わしは信じないぞ！　そんな物騒な物を、《竜の姫君》が人界に持ってくるはずがないわい！」

落ち着きなく室内を歩き回っているホワ爺が、不快そうに声をあげた。

「全部デタラメじゃ、性悪巫女が嘘をついているに決まっとる！」

「自分の命がかかっていますから、嘘はついていないと思います。それに、巫女の話は筋が通っていますよ」

拳固を振り回すホワ爺に、ルオーは言った。

「性悪巫女にまんまと騙されておるぞ、若造！」

「ホワ爺さんだって、《家宝》には良からぬ秘密が隠されているような気がすると言っていたじゃありませんか。それは水を涸らす力だったんですよ。だから《竜の姫君》は《家宝》が何か、誰にも教えなかったんでしょう」

ルオーの指摘に、ホワ爺は目を白黒させた。口をパクパク動かしているが、声の出ない状態らしい。

「人の世に災いをもたらすようなものを、何故《竜の姫君》は持っておられたのでしょう？」

リンレイの声は少し掠れていた。

「確かに気になりますね」

ルオーは頷いた。危険極まりないので、《家宝》ということにして、人に触れさせなかったことは理解できるとしても、そんな物を人界に持ってきたことが、どうにも解しがたい。人間の男を愛し、人の世で生きることを決意した《竜の姫君》が持っていたことに違和感を感じる。荒野に水を呼んで、集落を造ったという話を聞いていただけに、釈然としないのだ。ライシェンが持っているのなら、すんなり納得できるのだが。

気になることは他にもある。巫女の言葉を信じるのなら、巫女は《家宝》の青い珠から、「水に関わりのある、凄まじいばかりの力」を感じ取っていた。だが、リンレイの方はまったく気がついていなかった。

(何故だ？　リンレイさんより巫女の方が霊力が強かったということなのか？　リンレイさんも、《家宝》の気配は感じていたのに)

もしかしたら些細なことなのかもしれないが、何か引っかかる。だが、その理由をはっきりとらえることができない。

「色々と気になることはありますが、わたしがいちばん心配なのは、《家宝》の青い珠を見つければ、すべてが元どおりになるのかということです」

ルオーは問いかけるように、リンレイに目を向けた。

「おそらく、無理ですわ。《家宝》の力が水を涸らすことなら、反対のことはできないはずです。ですから、取り戻したからといって、水は元どおりにはなりません」

　深い悲しみをたたえた黒い瞳でルオーを見上げ、リンレイは静かに言った。《家宝》の回収とオアシスに水を戻すことは、別の問題らしい。

「そうですか」

　ルオーは重いため息を吐(つ)き、目を細めた。射し込む朝の光を反射する部屋の白さが、寝不足の目に突き刺さる。

「わたくしに水を呼ぶ力があれば……生まれて初めて、自分に《竜の姫君》ほどの力があればと思いました」

　リンレイの呟きには苦悩が滲んでいた。一貫して超常の力に頼らないという姿勢だったが、その信念が揺らぐほど、傷ついているのだろう。

「リンレイお嬢様ならできますぞ。なんといっても、《印》を持っておるのじゃから」

　大きく息を吐き出してから、ホワ爺は力強く言った。何度も聞かされ、右から左に流してきた言葉に、リンレイはすがるような表情を浮かべた。

「どうすればできるのですか、ホワ爺？　わたくしは何をすればいいのです？」

「えーと、それはわしにもわかりませんのじゃ」

　ホワ爺は口をすぼめた。つまり方法もわからないのに、できるできると騒いでいたらしい。ホワ爺の言うことは、いつも肝心(かんじん)なところが抜けている。

「ライシェン様ならご存じかもしれませんよ。《家宝》の力もご存じだったようですし」

　薄目を開けたルオーが皮肉交じりに言うと、ホワ爺は顔を真っ赤にして唸った。

「若造っ、何を言うんじゃ」

「リンレイさんは、ライシェン様のことを知っていますよ。わたしがしゃべってしまいましたから」

「口の軽い奴め」

ホワ爺は非難がましく鼻を鳴らし、それからリンレイを見やった。《印》を持つ華奢な娘は穏やかな表情で頷き、手提げ袋の中から木箱を取り出した。

「ライシェン様は《家宝》が危険なものであることを、ご存じだったのでしょうか？」

「わたしはそう思います」

ルオーは確信していた。

リンレイは複雑な表情で、木箱を撫でている。竜たちは《家宝》の危険性を知りながら、人間たちには黙っていた。そのことをどう受け止めるべきか、困惑しているようだ。

しばらく沈黙が続いたあと、リンレイを見ていてふと思い出したというように、ホワ爺が口を開いた。

「ゾティーノヴィス太守は木箱が燃えなかったと言ったそうじゃが、本当かいな？」

「本当でしょう。いくら阿呆な太守でも、嘘ならもっとましなことを言うはずです」

ルオーの意見に、ホワ爺は「なるほど」と納得したようだ。

「わたくしもゾティーノヴィス太守様のおっしゃったことは、事実だと思います。ただの木箱とはいえ、長い間《家宝》を収めていました。燃えなかったのも、木箱から《家宝》の気配がしたのも、不思議ではありません」

リンレイの声を聞いているうちに、一気に疲労と睡魔が押し寄せ、ルオーは少し休むことにした。

「何かあったら、起こしてください」

そう言って広間を出た。そして控えの間に入って寝台の中に潜り込むと、たちまち眠りに引き込まれた。

ルオーが起こされたのは、寝台に横たわって二、三時間後のことだった。

「出かけるぞ、若造」

ルオーの肩を揺さぶっていたのは、ホワ爺だった。

「出かける？」

眉間に皺を寄せて、ルオーは呻いた。

「街に行くんじゃ」

「街に？」

ルオーは自分が聞き違いしたのかと思ったが、ホワ爺は「これから街に行く」と繰り返した。

「神殿から出られるはずがありませんよ」

ルオーは寝台から飛び起きた。巫女の代理とその仲間として、神殿に閉じ込められている身なのだ。

抜け道はあるが、宮殿直通だ。

「もう馬車も用意されておるぞ。神殿の馬車だそうじゃ」

あっさりと言ったホワ爺を、ルオーは唖然と見つめた。自分が眠っている間に、何が起きたのか。

「だから、さっさと支度せんかい」

急かされて、ルオーが身支度を整えている間、ホワ爺は簡潔に説明してくれた。

「リンレイお嬢様が街の様子が気になると言うので、紐を引っぱって、人を呼んだんじゃ。そしてやってきた準巫女に外に出たいと伝えると、馬車を用意してくれてのｃ。外出の名目は、街の視察じゃ」

「誰にも制止されなかったんですか？」

「今のところ、誰にも止められておらん」

「そんな馬鹿な」

「いいから、さっさとしろ。いつまでリンレイお嬢様を待たせるつもりじゃ」

ホワ爺に脛を蹴飛ばされた。支度を整え、ルオーは控えの間を出た。そして広間に入ると、リンレイと準巫女らしい娘がいた。

「起こしてしまって、申し訳ありません。こんなに早く馬車を用意していただけるなんて、思っていなかったものですから」

リンレイが申し訳なさそうに目を伏せた。三人が揃ったので、準巫女は「こちらです」と案内してくれた。

（本当に馬車が用意されているのか？　何かの罠じ

ゃないのか？）

半信半疑で準巫女についていくと、途中で他の準巫女や侍女たちとすれ違った。巫女代理のリンレイに軽く会釈するものの、行き先を尋ねられることはなかった。礼儀というより、無関心なのだろう。

建物の外に出て、細い柱の並んだ小径を進むと鉄製の門が見えた。神殿関係者が日常的に使用しているようだ。装飾性のない両開きの門の前に、馬車が駐まっていた。

「注文どおり、目立たない馬車じゃな。結構、結構」

ホワ爺は満足げに頷きながら、馬車に近付いた。警戒心などまるでない。躊躇しているルオーに、案内の準巫女が「どうぞ」と馬車を指した。

「行ってらっしゃいませ」

追い立てられるように、ルオーたちは馬車に乗り込んだ。

「リンレイさん、目的地は？」

ルオーはリンレイに訊いた。御者に行き先を告げなくてはならない。

「特にありません。ただ、あの場所があまりに静かで」

確かに《水の神殿》は静かすぎる。街の喧騒が恋しくなる気持ちは、ルオーにもよくわかった。

「わしも特に行きたい場所はないぞ」

リンレイもホワ爺も神殿から出られるなら、どこでもいいらしい。そこでルオーはドリーガの店に行くことにした。行き先を告げると、馬車は鉄製の門を出た。

「まさか、こんなに簡単に神殿の外に出られるとは」

やや拍子抜けした気分で、ルオーは呟いた。とはいえ、もしかしたら尾行されているかもしれない。窓から馬車の周囲を見たが、それらしい影はなかった。

「見張られてもいませんよ。このまま、オアシスから逃げ出せそうですね」

「いいえ。《家宝》を取り戻すまで、わたくしは東の国に帰れません。我が家の《家宝》の恐ろしさを知ってしまった以上、なんとしても取り戻さなくてはなりません」

　リンレイの表情は硬く、そこから強い決意と使命感を感じ取ることができた。

「以前、リンレイさんは、近くに《家宝》があると言っていました。別の気配になっていて、見つけにくいとも言いましたが。今はどうです？」

　窓の外を眺めながらルオーが訊くと、リンレイは肩を少し落とした。

「今はもう、かすかにしか感じられません」

「《家宝》が遠方にあるということですか？　このオアシスに影響を与えているのなら、近くにあるはずでは？」

「遠くにあるのか、近くにあるのか、それすらもわからないのです」

　リンレイは憂い顔で呟いた。

　馬車は壮麗な《水の神殿》から遠離り、邸宅の建ち並ぶ区画を抜けた。陽射しは強くなっており、外にいるのは使用人だけだ。働く必要のない優雅な人々は、邸宅の中で涼んでいる。

「ドリーガというのは、古着屋の主人じゃな。なんでまた、古着屋に？」

　ホワ爺に訊かれ、ルオーはニヤリと笑った。

「もし何かあっても、たとえば後日、神殿と太守の両方から、わたしたちが店に立ち寄った理由を訊かれたとしても、ドリーガならなんとかできるからですよ」

「迷惑をかけても平気な相手ということかいな」

「そうとも言えます」

　あっさりと頷いたルオーを、リンレイが呆れた顔で見ていた。

　馬車が進むにつれて、周囲の様子が変わってきた。雑然とした街並み、騒々しい話し声や家畜の鳴き声。窓から、大勢の人間と荷物が通りを移動する様子が見える。

「長旅から戻ったような気分です」

ルオーは自分でも驚くほど、ホッとしていた。

「ええ、本当に」

リンレイも嬉しそうだ。不自由なく生活していたとはいえ、閉じ込められていたことに変わりない。みすぼらしい平屋と神殿という違いはあるが、監禁されている巫女と同じだ。

ルオーたちは大通りで馬車を降りて、ドリーガの古着屋に向かった。道が細くて、馬車が入れないのだ。ルオーはリンレイたちに馬車の中にいるようにと言ったが、当然頷くはずもない。

仕方なく三人で古着屋の中に入り、薄暗い室内にぶら下がっている古着をかき分けるように奥に向かった。すると、いつも居眠りしている店主が起きていて、ルオーを見るや驚きと安堵の入り交じった表情を浮かべた。

「ルオー、ちょうどよかった」

「何かあったんですか?」

ドリーガの様子に、ルオーは嫌な予感を覚えた。

「ああ、バヤート様がいなくなった」

ルオーほど頻繁(ひんぱん)ではなかったが、ドリーガも時々、元上司の様子を見にいっていたらしい。育ちが良く、明るく気前のいいバヤートは、部下たちに人気があったのだ。

「いつのことです?」

「今朝だ。昼前に俺が金を持っていくと、部屋にバヤート様がいなくてな。で、宿の人間に訊くと、出ていったと」

「どこに行ったんです?」

「宿の奴らの話では、バヤート様は故郷に帰ると呟いていたそうだ」

バヤートの言葉に、ルオーは鋭く息を呑んだ。

「まさか」

「俺もまさかとは思ったよ。だが、念のため、あの辺りで話を聞いたら、バヤート様らしき人間が馬を買っていた」

ドリーガが渋面になった。

「ルオー、バヤート様は〈砂漠の黄金の果実〉に戻るつもりだ」

「無茶です。バヤート様の身体は酒と麻薬でボロボロですよ。〈砂漠の黄金の果実〉まで移動できるはずがない。すぐに追いかけて、連れ戻します。今朝の出発なら、まだ追いつけるはずです」

外に出ようとしたルオーの腕を、ドリーガが摑んだ。

「よせ、ルオー。バヤート様のことは、もう放っておいてやれ。〈砂漠の黄金の果実〉に戻るというのなら、好きにさせてやれ」

「そういうわけにはいきません」

ルオーはドリーガの手を振り払った。

「ルオー様、バヤート様に何かあったのですか？」

落ち着かない様子で口をはさんだのは、リンレイだった。ルオーとドリーガの会話は砂漠の言葉だったので、リンレイたちに内容は伝わっていない。だが、バヤートの名前は聞き取ることができたし、ただならぬ雰囲気は伝わっていた。

「わたしは砂漠に行きます、リンレイさんたちはここにいてください。ドリーガ、二人を頼みます」

前半は東の国の言葉で、後半は砂漠の言葉で言い、ルオーは店を飛び出した。

3

恐ろしいほど鮮やかな群青色が広がる空に、昼の名残の金と朱色がたなびいている。夕暮れ迫る砂漠のどこかから、馬のいななきが聞こえた。

ルオーの乗っている馬が、仲間の声に応える。再び鳴き声が聞こえ、その方向にルオーは馬首を巡らせた。〈砂漠の黄金の果実〉のある南の方角ではないが、バヤートがいるかもしれない。

〈動けなくなったか、あるいは落馬したかもしれない〉

ルオーは唇を噛んだ。気力だけで、〈砂漠の黄金の果実〉に辿り着けるはずがない。無謀にも程がある。

すでに風は冷たくなり、凍えるような夜の到来は間もなくだ。急いだ方がいいと、ルオーは馬の腹を軽く蹴った。

ドリーガの店を出たルオーは、市場で純金の小箱を売り払い、馬と食料等の必要な物を揃え、南門に向かった。

「西から来た商人が、城壁のすぐ近くで魚の化け物を見たそうだ」

「ラクダが食われたって聞いたぜ」

「このオアシス、大丈夫なのかね？　さっさと商談を切り上げて、出発しちまった方がいいかもしれねぇぞ」

門の付近で、商隊や旅人たちが声を潜めてそんな話をしていた。それが事実なのか、無責任な噂なのか、ルオーにはわからない。

ただ、その話がオアシスに暗い影を落としているのだと気がついた。久しぶりに街に戻り、何も変わっていないと思ったのは、大きな間違いだった。

通りを行き交う人や荷物は以前よりも少なく、市場では露店数と品数が減っていた。特に目立って減っていたのが、異国の品々だ。日用品から高級品まで、かつて山のように積まれていた異国の品々がほとんどない。その意味するところは明白だ。オアシスから、異国の商隊の足が遠のいていることに他ならない。

当然、街の人々もそのことに気がついているはずだ。商隊路から外れた砂漠のオアシスは滅びるしかない、ということに。街の騒々しさは以前のような活気ではなく、不安の裏返しなのかもしれない。

そんなことを頭の片隅で考えながら、ルオーは馬を走らせていた。

ふと目を凝らすと、薄明かりの中にぼんやりと立つ馬の影が見えた。乗り手はいないが、荷物を括り付けられ、手綱もついている。仲間と人間が恋しいのか、持ち主のいない馬が寄ってきた。

ルオーは乗り手のいない馬の手綱を掴み、やってきた方向に進んだ。もし、この先にバヤートがいなければ、見つけることができなければ、《照妖珠》を使うしかない。

（リンレイさんには申し訳ないが）

その点は、さほど心配していなかった。仮にルオーが戻らなかったとしても、ドリーガがいる。見かけよりずっと頭の回転が早く、世慣れた男だ。事情を察して、リンレイたちの力になってくれるだろう。

（女性には親切な男だし。わたしよりも、ずっと頼りになるはずだ）

数百メートルも進んだ辺りで、黒い塊を見つけた。近付くと、それが倒れている人間であると知り、鼓動が大きくなった。

馬から下りたルオーは、うつ伏せに倒れている人間に近付いた。風に飛ばされたのか、最初から身につけていなかったのか、陽射し除けと防寒に必需なマントもない。

横に屈み、肩に手をかけて、顔を覗き込んだ。酒と麻薬に蝕まれたやつれた顔、小さく口を開き、何も映さない目で夜の闇を見つめている。

「バヤート様……」

豊かなオアシスの名門の家に生まれ、何不自由なく育った青年だった。曲がったことが嫌いで、一途だった。子供の頃は我が儘で甘ったれだったが、〈砂漠の黄金の果実〉に流れ着くまで名前がなかった元奴隷の少年に、大昔の英雄の名前をつけてくれた。そして兄弟ができたと喜んでくれた。

「なんて愚かなんだ、あなたは！」

ルオーは叫んだ。

「〈砂漠の黄金の果実〉は消えた、廃墟だ。誰もいない、何も残っていない！　そんな場所に行って、なんになるんだ！　あなたが求めているのは、幻でしかない！　大切なものを失った者は大勢いる、あなただけじゃない！」

　弱さを責めることはできないと、セグド・シンは言った。ルオーも理解していた、いや、理解しているつもりだった。

「現実から逃げて、過去の美しい思い出にすがりついて！　あなたは自分の気持ちばかりで、残される人間のことを考えてくれなかった！」

　ルオーの肩が上下に揺れ、頬は涙で濡れていた。様々な思いが脳裏に去来する。

　闊達な少年のバヤートとその両親の姿、〈砂漠の黄金の果実〉の美しい風景。満ち足りた生活の中での仲間たちと笑い声。無残な廃墟となった〈砂漠の黄金の果実〉、痩せ衰えたバヤート。

　雪の如く、舞い散る落葉の如く、思い出が降り積もっていく。

　ルオーはバヤートの目を閉じてやった。

　バヤートは優しい青年だった。多くの人々に信頼され、輝かしい未来と名誉を手にするはずだった。〈砂漠の黄金の果実〉が、砂漠から消えさえしなければ。

　焦がれた故郷に辿り着くことができず、途中で力尽きたバヤートを馬の背に載せ、ルオーは馬に跨がった。バヤートのためにできることは、一つしかなかった。


　この季節には珍しい砂嵐によって、オアシスは琥珀色のベールに包まれた。すぐに通り過ぎたものの、街の至る所に砂が積もった。のみならず、細かな砂は建物の中に入ってきた。

　風が収まったので、リンレイはドリーガの古着屋を出た。そして外で服や髪から砂を払いながら、空を仰いだ。

（やはり、聞こえる）

　砂嵐の間中、風の音に交じってあの声が聞こえていた。錆びた鉄同士をこすり合わせたような不快な声、そして水晶が震えるような物悲しい声――ルオーたちには空耳だと言ったが、リンレイには確かにその二つの声が聞こえるのだ。

（それなのに意味がわからないなんて）

まったくわからない二種類の言葉を、同時に聞かされているような感じだ。その声が次第に大きくなっているのだが、これはどういう意味なのだろうか。

大きく息を吸い込んで、リンレイは水路に目をやった。

（また、水が減っている……）

宮殿や《水の神殿》にいた時はよくわからなかったが、オアシスの水は刻々と減り続けており、もはや気のせいで誤魔化せる域を超えていることは、誰の目にも明らかだ。

「どうしました、リンレイお嬢様」

水差しを持ったホワ爺が、欠伸をしながら水路の階段を下りてきた。

「見て、ホワ爺。水がこんなに減っています」

リンレイが水路を指すと、ホワ爺は目をしょぼしょぼさせた。砂嵐の間、ドリーガと一緒に酒を飲んでいたのだ。

「朝の水汲みに来た時より、水位が下がっておりますな」

「ええ」

暗い表情でリンレイは頷いた。オアシスを潤している《聖なる池》のことが気になった。以前見た時も水面がずいぶん低かったが、現在はどうなっているのか。

「若造が戻ってきたらオアシスが消えていた、なんてことにならなきゃいいんだが」

水を汲みながら呟いたホワ爺を、リンレイが軽く睨んだ。

「ホワ爺」

「冗談、冗談ですじゃ」

「笑えない冗談はやめてください。ドリーガ様にも言わないように。ルオー様もドリーガ様も、辛い思いをしたのですから」

ルオーがオアシスを出て五日、置き去りにされたリンレイとホワ爺は、ドリーガの世話になっていた。最初は事情もわからず困惑していたが、ルオーがバヤートを連れ戻すために〈砂漠の黄金の果実〉に向かったと教えられ、ドリーガの店で帰りを待つことにした。互いに言葉は通じないのだが、身ぶり手ぶりと表情で、なんとか意志の疎通ができている。リンレイが思うに、ドリーガの表情が豊かで、観察力や洞察力が鋭いおかげだろう。

「面白くもなんともないあの若造と違って、実に楽しい男じゃ」

毎晩ドリーガと一緒に酒盛りして、ホワ爺は上機嫌だ。確かにドリーガは陽気で気さくで、一緒にいて楽しい人間だ。頭の回転も速く、どこに行ってもやっていける要領の良さと器用さがある。過去に囚われているバヤートや、どこか身の置き所がないようなルオーとは違う。

そんなドリーガは、リンレイたちに「気にしないで、のんびりして」と言ってくれるが、やはり世話になっているだけでは心苦しい。何かできることがあればと思い、リンレイは古着の整理を手伝うことにした。持ち込まれた古着をそのまま即販売という店もあるようだが、ドリーガは陰干ししたり、ほつれたり破れた箇所は縫っているそうだ。

ところがドリーガも裁縫は苦手らしく、何度も針で指を突いていた。そこでリンレイが古着の繕い物をすることにしたのである。

ほぼ一日中、薄暗い店内にいて気がついたのは、意外に人の出入りが多いということだ。

古着を買い求めにきた客の他に、〈砂漠の黄金の果実〉から移住した人たちがよくやってくる。元同僚やその家族、古くからの知り合い、または移住してから顔見知りになった人々が、ドリーガに悩みを相談し、愚痴をこぼしていた。習慣の違い、金の悩み、今後の生活、不安や心配は尽きないようだ。

ドリーガは彼らの話を聞いて相づちを打ったり、

慰(なぐさ)めていた。すべて砂漠の言葉だが、覚えた単語と声の調子から、そういうことだろうとリンレイは察した。

　最近になって、移住した人々の相談が深刻になってきたと、ドリーガがぼやいていた。水が減っているのは移住した連中のせいだと責められ、嫌がらせをされることもあるそうだ。さらに目撃の増えている魚の化け物についても、〈砂漠の黄金の果実〉から移住した人たちが呼び寄せた、災いをもたらしているなどと、噂されているとか。

　サーラの心配していたことが、現実になってしまったのだ。

　宮殿内部での囁きが市井(しせい)に噂となって広がったのか、あるいは太守や巫女に対する不満をそらすために、故意に噂を流したのか、それはわからない。しかし、根も葉もない噂を信じるということは、それだけ人心が不安定になっている証拠でもある。

　水は目に見えて減り続け、オアシスの近くで魚の化け物が目撃されている。いつ水が涸れるのか、いつ魚の化け物が街の中に入ってくるのか、皆が恐々(きょうきょう)としているのだ。

（水が減っているのは、我が家の《家宝》のせいだわ）

　いたたまれない気持ちで、リンレイは水路を離れ、店に戻った。

　まだ酒臭い店内では、ドリーガが奥で居眠りしていた。ホワ爺がドリーガの肩を叩き、水差しを差し出す。薄目を開けたドリーガが水差しを受け取り、美味(おい)しそうに水を飲んだ。

　その間にリンレイは店の窓を開けて回った。砂嵐で閉ざしていたのだが、早く酒の匂いを消してしまいたかった。匂いだけで酔うほど弱くないはずだが、もし竜に変化してしまったら、ドリーガの店は全壊だ。

　戻ったリンレイに、ドリーガが「ありがとう」と言った。「どういたしまして」とリンレイは砂漠の言葉でたどたどしく言った。

「通じる、綺麗な発音、素晴らしい」

ドリーガが誉めてくれた。

ルオーがいなくなったことで、これまでいかに通訳に助けられていたか、また頼りきっていたか、リンレイは痛感した。いつまでもルオーに甘えていてはいけない、リンレイは砂漠の言葉を覚える努力をしていた。

そのことに気づくと、ドリーガは簡単な挨拶や単語を丁寧に教えてくれた。

「ルオー様は、いつ戻ってくるかしら」

繕い物の用意をしながら、リンレイは呟いた。

「魚の化け物に食われてなけりゃ、戻ってくるでしょう」

憎まれ口はホワ爺だ。

(魚の化け物といえば)

リンレイは魚の化け物を見ていない。だが、ルオーにも言ったが、その魚の化け物を知っているような気がするのだ。見たわけでもなく、誰かに訊いた覚えもない。それなのに、何故、知っていると思うのか。

懸命に記憶を探っていると、突然、リンレイの視界は青く塗りつぶされた。

透き通って揺れている青、空の青、冷たい水の青。

驚いてまばたきすると、青い世界は消えた。

(今のは何?)

リンレイが戸惑っていると、店の外が騒々しくなった。ドリーガが顔を向けると、数人の男たちが店の中に入ってきた。

そしてリンレイを見て、一人が「見つけた」と呟いた。立ち上がったドリーガが男たちに何か言ったが、早口でリンレイには聞き取れなかった。男たちはドリーガを無視して、片言の東の国の言葉で、

「ゾティーノヴィス太守の命令で迎えにきた」と言った。

「ゾティーノヴィス太守の命令じゃと?」

ホワ爺が片方の眉を吊り上げた。

ようやくリンレイたちが《水の神殿》にいないことに気がついて、慌てて捜し出したようだ。

太守の命令に従えない、リンレイたちを渡せない、そんなことをドリーガがまくしたてると、男たちの表情が険しくなった。

「ドリーガ様」

なおも男たちに食ってかかろうとしたドリーガを、リンレイが押しとどめた。男たちの手が下げてある剣に伸びている。どんなことをしてもリンレイを連れてこいと、命令されているに違いない。

兵士だったドリーガの腕を疑うわけではないが、ゾティーノヴィス太守の命令に逆らえば厄介なことになる。これ以上、迷惑をかけるわけにはいかない。

リンレイは木箱の入った手提げ袋を掴み、

「迎えがきたので一緒にまいります。今までお世話になりました、ありがとうございました」

片言の砂漠の言葉でドリーガに礼を言い、ホワ爺と一緒に古着屋を出た。ドリーガが追ってこなかったのは、リンレイの気持ちを察し、戻ってきたルオーにこのことを教えるためだろう。

迎えの馬車は大通りに用意されていた。リンレイとホワ爺が乗り込むと、馬車は見覚えのある通りを進んだ。

「リンレイお嬢様、このままじゃ、宮殿だか神殿に連れ戻されてしまいますぞ。逃げんでいいんですか？」

隣に座っているホワ爺が、こそっと耳打ちした。

「いいのです」

オアシスから逃げるつもりはない。それなら、宮殿もドリーガの店も同じだ。

やがて、尖塔に囲まれた宮殿が見えてきた。馬車は巨大な門の中に吸い込まれ、通路を進んでいく。

宮殿に着いたリンレイたちが案内されたのは、西の国を強く意識した部屋だった。床には不思議な模様の絨毯が敷かれ、磨かれたテーブルと椅子が置かれている。大きな鏡が嵌め込まれた壁や見たことのない装飾が施された暖炉。しかし、最も目を引くのは、天井からぶら下がっているシャンデリアだろう。

使用されておらず、ただの飾りになっているが、燭台の灯(ひ)がシャンデリアのクリスタルに反射して輝く光は、七色の虹のようだ。

(まあ、綺麗)

リンレイはため息を吐いた。

「リンレイ殿、無事で何よりだ」

待ち構えていたように、ゾティーノヴィス太守が、暖炉前に置かれた赤い天鵞絨(ビロード)張りの椅子から立ち上がった。

おやっとリンレイは思った。ホワ爺も気がついたようだ。安堵の表情を浮かべたゾティーノヴィス太守の横に立ち、通訳しているのは、見たことのない若い男だった。気になって、リンレイは訊いてみた。

「キーシャ様は、どうなされたのですか?」

「具合が悪くて、寝込んでいるらしい」

詳しく言いたくないというように、ゾティーノヴィス太守が渋面になった。そして座るようにと、向かい側の長椅子を指した。

しつこく訊いて、機嫌を損ねては面倒だ。リンレイは黙って指定された長椅子に座り、ホワ爺もそうした。

「ところでリンレイ殿、そちらの通訳はどうしたのだ?」

そういえばもう一人いたというような表情で、ゾティーノヴィス太守が言った。

「お迎えがいらした時、ルオー様は用があって出かけていました」

リンレイはとっさに嘘をついた。事実を告げる必要もないし、リンレイに木箱のことを訊かれたくない太守としては、〈砂漠の黄金の果実〉の名が出ただけで、不機嫌になりかねない。

「では、あとで迎えに行かせよう」

少し考えてから、ゾティーノヴィス太守は独り言のように言った。ルオーがオアシスの外に出ているとは思っていないようだ。

「それにしても、神殿の連中には呆れて物が言えん。巫女代理のリンレイ殿が馬車で外出し、馬車だけが戻ってきたというのに、誰も気にしないとは」

　ゾティーノヴィス太守が《水の神殿》に使いを出し、そこでリンレイたちの不在が発覚したらしい。

「馬車は、わたくしが帰してしまったのです」

　ドリーガの店でルオーを待つつもりだったので、神殿の馬車は早々に帰したのだ。リンレイの釈明に、ゾティーノヴィス太守は怒りに顔を歪めた。

「だからといって、数日間も迎えに行かないのは、怠慢だ。代理とはいえ、リンレイ殿は余の決めた巫女なのだ。その巫女代理が神殿を留守にしているのに迎えにも行かず、余にはなんの報告もなかった。リンレイ殿を蔑ろにするということは、太守である余を蔑ろにするということだ」

　蔑ろにしているのではないとリンレイは思った。リンレイを巫女代理と認めないことで、《水の神殿》はゾティーノヴィス太守に抗議しているのだ。

「現在、《水の神殿》にいる輩は全員、巫女の後を追わせてやる」

　太守の声は、冷たい怒りをはらんでいた。

「巫女様はどこかに行かれたのですか？」

　監禁されているはずだが、逃げ出したのだろうか。それとも別の場所に移動したのか。リンレイが訊くと、ゾティーノヴィス太守は頭を振った。

「そうではない、巫女は自害したのだ。余の不興を買ったことを苦にして」

　思いがけないことを聞かされ、リンレイとホワ爺は言葉を失った。

4

　冷たい空気が澱んでいる部屋に、きつい香が薫かれていた。

ガランとした部屋の中央に、大理石の台が置かれていた。その上には、白い石像のような巫女が横たわっていた。目は閉じられていたが、少し開いている口が何かを訴えているように見える。左胸から下が赤く染まっており、まるで赤い服を着ているようだ。

リンレイもホワ爺も黙って、動かなくなった巫女を見つめていた。

ゾティーノヴィス太守の説明によると、巫女が発見されたのは今朝だった。監禁されている平屋に朝食を運んだ侍女が、血まみれで倒れている巫女を発見した。短剣で左胸を突き、すでに絶命していたそうだ。

見張りによれば侵入者はなく、室内にはゾティーノヴィス太守に宛(あ)てた遺書が残されていた。以上のことから、巫女は自死と断定された。

「自害だなんて」

リンレイは声を絞り出した。ゾティーノヴィス太守に頼んで会わせてもらったのだが、亡骸(なきがら)を見てもまだ信じられない。リンレイの印象では、巫女は自殺をするような人間ではない。どんなことをしても、生きようとしていた女性だった。

「この性悪巫女は、自殺するような女じゃありませんぞ。他人を騙(だま)して、押しのけてでも、生き延びようとする人間じゃ」

ホワ爺も同じ意見のようだ。

「でも、自害でなければ、巫女様は何者かに殺されたということになります」

隅に控えている案内の侍女を気にして、リンレイは声を落とした。

「遺書があり、侵入者もいなかったのに」

「そんなもの、いくらでも誤魔化(ごまか)せますわい」

ホワ爺がふんと鼻を鳴らした。

「では、誰が誤魔化したのでしょう?」

「さて。地位的にも性格的にも、敵の多そうな女ですからなぁ」

リンレイは巫女の亡骸を注意深く観察した。殺されたのであれば、抵抗した痕跡が残っているかもしれない。亡骸をもっと詳しく調べたいところだが、侍女がいるので、触れることも動かすこともできない。

「もし、殺されたのであれば、抵抗した跡があるはずです。わかりますか、ホワ爺？」

「うんにゃ、わしにはなんにも」

リンレイたちがひそひそと話していると、侍女が「外に出てください」と言いながら、手を動かした。時間切れらしい。リンレイとホワ爺が渋々、大理石の台から離れると、侍女は巫女の亡骸に白い布をかぶせた。

そして追い立てられるように部屋を出て、再び西の国風の部屋に連れていかれた。戻ってきたリンレイを見て、ゾティーノヴィス太守は椅子から身を乗り出した。

「巫女との別れはすんだかな、リンレイ殿」

「はい、ありがとうございます」

リンレイが礼を述べると、太守は軽く頷いた。そしてリンレイとホワ爺が長椅子に腰を下ろすと、ゾティーノヴィス太守は大きく息を吐き出した。

「さぞや驚かれたことであろう。余も驚いた。巫女の更迭や監禁は、あくまで一時的な処置であったのに。臣下たちの中に、噂の責任を巫女にとらせるべきという意見が高まっていたのでな。すべてが解決したあと、改めて巫女として《水の神殿》を束ねてもらうつもりだったのだ。だが、余の言葉が足りなかったのだろう。巫女は余の不興を買ったと思い込み、あのようなことを……」

目を閉じ、辛そうに端整な顔を歪める。しかしリンレイは、下手な芝居を見せられているような、空々しさを感じていた。

（ゾティーノヴィス太守様に、巫女様が何者かに殺害された可能性について訊いてみるつもりだったけれど）

何か隠しているのなら、下手に追及するのは危険だ。リンレイたちが巫女の自害に疑いを持っていることを、ゾティーノヴィス太守に知られない方がいい。

「ゾティーノヴィス太守様、キーシャ様は巫女様のことが原因で、寝込んでしまわれたのですか？」

　別のことを訊くと、ゾティーノヴィス太守は椅子の背にもたれかかった。

「そのようだ。自分が目を離した隙に巫女に自害されてしまったと、泣いていた」

　その言葉に引っかかるものを感じたが、リンレイは黙っていた。

「オアシスの水が涸れる原因もわからず、巫女は自害。このようなことが外部に洩れたら、人心は麻の如く乱れるであろう。そのようなことになる前に、早急に手を打たねばならん。とはいえ、水が涸れる原因を探るのは、簡単なことではない。余にできることは、次の巫女を決めることだけだ。そこでだ、リンレイ殿。代理ではなく、《水の神殿》の新しい巫女になってくれまいか」

　リンレイは懸命に、驚きを表情に出さないようにした。ゾティーノヴィス太守が《水の神殿》に使いを出したのは、巫女の死を告げるためだけではなかったのだ。

「ゾティーノヴィス太守様、せっかくのお言葉ですが」

「神殿にいる者は替える、全員を入れ替える。《竜の神殿》が完成するまでの間、リンレイ殿に《水の神殿》の新しい巫女を務めてもらおう」

　これでこの話は終わりだというように、ゾティーノヴィス太守は椅子から立ち上がった。

「待たれい、リンレイお嬢様は《水の神殿》の巫女になどならんぞ！」

　ホワ爺の抗議を通訳は無視した。ゾティーノヴィス太守も何も聞こえていないように、扉の方に向かっている。

「おいっ、人の話を聞かんかい！」

「ホワ爺、何を言っても無駄(むだ)です」

　立ち上がって抗議するホワ爺を、リンレイは止めた。ゾティーノヴィス太守の中では決定していることで、リンレイの答えなど必要ないのだ。ただの通告でしかない。

「おお、そうだ。しばらくは宮殿でゆっくりするがよい。《水の神殿》をリンレイ殿に居心地の良い場所にしてから、巫女として戻ってもらう」

　ゾティーノヴィス太守は振り向きもせずにそう言い、若い男が通訳している間に、さっさと部屋を出ていった。

「そっちの都合でわしらを《水の神殿》に移動させておいて、今度は宮殿でゆっくりしろじゃと？　ったく、勝手な奴じゃな」

　細長い口髭を引っぱりながら、ホワ爺は口を曲げた。

「ルオー様が戻るまで、おとなしくしていましょう」

　通訳も出ていき、閉まった扉を見ながらリンレイは言った。

　凍えるような夜風がオアシスを吹き抜けていた。路地を陣取っている露店も、今夜は早々(はやばや)と店仕舞い(みせじまい)だ。開いている店も少しはあるが、砂の調味料をまぶした料理を珍味と言える人間は多くない。つまり、閑古鳥(かんこどり)が鳴いている有り様だった。

　灯の少ない通りを、ルオーはたとえようもない疲労を覚えながら歩いていた。引いている二頭の馬も疲れていて、時折、地面を強く叩く。

「もう少ししたら、休ませてやるから」

　ひび割れたような声でルオーは宥めた。

　門が閉まる直前になんとか街中に入り、それから馬たちに新鮮な水と食べ物を与え、ルオーもパンを水で流し込んだ。それから束の間の休憩(きゅうけい)をとり、リンレイたちの待つドリーガの店に向かっているのだが、ルオーの足取りも気持ちも重い。古着屋までの道程（みちのり）が、果てしなく遠く感じられる。

足を引きずるように歩き続け、なんとか古着屋に辿り着いた。荷車用の柵を見つけ、そこに二頭の馬の手綱を縛り付けた。何をするのも億劫（おっくう）でたまらなかったが、馬を放っておくことはできない。荷物を下ろし、中から毛布を取り出して馬にかぶせていると、声もかけていないのに店の戸が開いた。

「ルオーか？」

出てきたのはドリーガだった。

「帰りが遅くなりました。リンレイさんたちはどうしていますか？」

ルオーの問いに答えず、ドリーガは無言で店の方を顎（あご）で指した。元同僚の様子に、ルオーは嫌なものを感じた。

警戒しながら古着の吊るされた店内に入ると、奥に二人の見知らぬ男が待ち構えていた。平服だが、身のこなしから兵士だとわかった。

「従業員を雇えるほど、この店が繁盛（はんじょう）していると
は知りませんでしたよ」

「俺もさ。この強面（こわもて）の臨時従業員のせいで、店の売り上げはさんざんだ」

ルオーの軽口に、ドリーガが肩をすくめた。

「可愛（かわい）くて針仕事のできる娘さんと爺さんが宮殿に連れていかれた夜、この強面二人が来やがったのさ。おまえさんの迎えだと。仕事が忙しいから、いつ帰ってくるのかわからないと言ったら、戻ってくるまで待つとほざいて、そのまま居座りやがった。丸二日も狭い店に男三人なんて、最低だぞ」

ドリーガが早口に文句を言った。それが終わると、否（いな）とは言わせない雰囲気を纏（まと）い、兵士の一人が口を開いた。

「我々と一緒に来てもらおう」

「わかりました」

ルオーは素直（すなお）に従うことにした。

左右を兵士に挟まれて店を出るルオーに、ドリーガは何も訊かなかった。戻ってきたのがルオーだけ

であり、帰りが遅かったことから、すべてを察したのだろう。

　古着屋を出ると大通りに行き、そこに駐めてある馬車に押し込められた。リンレイの居場所が突き止められ、連れ戻されることは予想していた。だが、《水の神殿》ではなく、宮殿に連れていかれるとは思っていなかった。

（リンレイさんを宮殿から追い払った太守が、どうして急に迎えに？）

　リンレイに木箱やその中身のことを訊かれても、うまく丸め込める理由を見つけたのだろうか。あるいは特別な理由があって、宮殿に迎えたのか。

　気になるが、疲れていたし、兵士に訊いたところで教えてくれないだろうと思い、ルオーは宮殿に着くまで黙っていた。

　夜の帳にあかあかと輝く宮殿に入ると、ルオーが連れていかれたのは風呂だった。見苦しいから身支度を整えろと命令された。実際、一週間も髭を剃らず、衣類は砂まみれだ。幸い風呂嫌いではなかったので、おとなしく入浴した。

　さっぱりしたところで、ようやくリンレイたちと対面できた。

「ルオー様、ご無事で」

　リンレイが椅子から立ち上がった。新緑を映したようなドレスと、流れる黒髪が動きに合わせて揺れる。手には木箱の入った手提げ袋があった。

「遅かったではないか、若造」

　甘い菓子を頬張っているホワ爺が、口をもごもごさせて不明瞭な声で言った。

「バヤート様を埋葬するために、〈砂漠の黄金の果実〉まで行っていたので」

　苦い笑みでルオーが言うと、リンレイの眉間にかすかな皺が寄った。ルオーは椅子を二人の近くに引っぱって、そこに腰を下ろした。

「砂漠で見つけた時、すでに息絶えていました。だから〈砂漠の黄金の果実〉まで運び、邸宅のあった場所に埋葬してきました。バヤート様は、ずっと帰りたがっていたので」

リンレイもホワ爺も黙っている。

「わたしの話はこれだけです。リンレイさんたちの話を聞かせてください」

感傷を振り切るようにルオーが言うと、リンレイが頷いた。そしてルオーがオアシス不在中の出来事を、細い声で語ってくれた。どれも驚くものだったが、やはりいちばん衝撃を受けたのは、巫女の死だった。

「巫女が自害したなんて、あり得ませんよ」

ルオーは即座に否定した。そもそも、本当に死んだのかという疑問さえ浮かんだが、リンレイやホワ爺が亡骸を見て確かめたと言うのだから、それは間違いないようだ。

「巫女は殺されたのでしょう」

ルオーは抑えた声で言った。

「やっぱり、おぬしもそう思うか？」

ホワ爺が菓子をつまむ手を止めた。

「自害など考えもしない人間ですよ、巫女は。第一、監禁する部屋に短剣など置いてあるはずがないし、遺書も見張りの証言も嘘でしょう」

ルオーは手真似(てまね)で声を落とすように指示した。どこに人の耳があるかわからないのだ、用心した方がいい。

「じゃが、誰が巫女を殺害したんじゃ？」

「勿論(もちろん)、ゾティーノヴィス太守です。直接手を下したとは思えませんから、誰かに命じて、巫女を殺害させたのでしょう。太守にしてみれば、巫女を消したい理由などいくつもあります。なんといっても、巫女は後ろ暗い秘密の共有者ですからね。もし巫女が、オアシスの水が涸れてきたのは太守に命じられたせいだと言えば……。〈砂漠の黄金の果実〉を滅ぼした力が、近くにあるこのオアシスまで広がったと言えば、ゾティーノヴィス太守は間違いなく破滅です。そうなる前に先手を打ったということでしょう。更迭も監禁も、怪しまれずに殺害するための口実だったんでしょうね」

「でも、ルオー様。巫女様の亡骸に、抵抗したような様子はありませんでした。隅々まで見たわけではありませんけれど、殴られたり、手を摑まれたような跡は見えませんでした」

　リンレイの言いたいことはわかる。巫女は抵抗もせず、正面からおとなしく刺されるような女ではない。たとえ複数の人間に襲われ、身体の自由を奪われたうえで刺されたのだとしても、その際に抵抗したはずだ。

「キーシャが実行犯かもしれません」

　やや間を置いてルオーが言うと、リンレイの瞳が大きく見開かれた。

「キーシャ様が、そんな！」

　大きな声を出したリンレイが、慌てて口を押さえた。

「巫女は、呼び出したわたしに、自分は殺されてしまうと訴えました。暗殺も危惧していたはずです。そんな巫女を正面から刺せるのは、キーシャしかいないと思います。キーシャは太守の異父妹でありながら、巫女に信頼され、最も身近にいた人間ですから。そしてキーシャが巫女を殺害したのであれば、すでに口封じされてしまったかもしれません」

　聞いていたリンレイは辛そうに顔を歪め、うなだれてしまった。

「リンレイさん、大丈夫ですか？」

　お嬢様育ちのリンレイには、刺激の強い話だったかもしれない。ルオーが心配して声をかけると、リンレイは顔を上げ、無理に笑顔を作った。だが、その笑みはすぐに崩れてしまった。

「申し訳なくて……。我が家の《家宝》のせいで、大勢の人たちが人生を狂わされ、バヤート様や巫女様は亡くなりました。《家宝》は、あまりにも危険です。人の世に災いをもたらすだけですわ。そのような物を、何故《竜の姫君》は持っていらしたのか。

何故、処分してくださらなかったのか」

　涙ぐむリンレイを見て、ホワ爺はしょんぼりと肩を落とした。

「リンレイさんが責任を感じる必要はありませんよ。災いなど、世の中にはいくらでも転がっています。巻き込まれたのは不運ですが、それからどうするかは、自分の決めることです。そう理解しているつもりでも、なかなか割り切れませんね。こういう時、わたしもリンレイさんも酒でも飲めれば、気が紛れるんでしょうが」

　ルオーは自虐的に唇を歪めた。悲しみが深すぎて、好きでもない酒を呷る気力はなかった。「酒なんてとんでもない」と言いたげに、ホワ爺がルオーを上目遣いに見ている。

「起きてしまったことを悔やんでも仕方ありません。どんな災いが起きたとしても、それが理不尽で残酷であったとしても、人間はそれを受け入れるしかないんです」

　部屋の隅を見つめながら、ルオーは言った。

「その、《家宝》のことなんじゃが」

　ホワ爺が何か言いかけた時、突然、勢いよく扉が開いて、見たことのない若い男が入ってきた。

「ゾティーノヴィス太守様の通訳の方です」

　誰だという表情をしたルオーに、そっとリンレイが呟いた。急いで来たらしく、キーシャの代わりの通訳は息を切らしている。

「どうかなさったのですか？」

　リンレイが訊くと、通訳は大きく頷いた。

「至急お越しいただくようにと、ゾティーノヴィス太守の命令です」

　ただならぬ事態が起きたのだと、ルオーたちにもわかった。

5

　そこには、懐かしいような家具と装飾品が並んでいた。朱塗りのテーブルと椅子、大きな衝立、螺鈿の施された棚には青磁や陶器の皿が飾られていた。凝った造形の燭台、大きな水盆も置かれ、赤や金の魚がひらひらと泳いでいる。ゾティーノヴィス太守の好みなのか、代々の太守の趣味なのか、宮殿には色々な国の様式を取り入れた部屋があるらしい。

　足音も荒々しく、苛々と室内を歩き回っていたゾティーノヴィス太守は蒼白な顔に絶望的な表情を浮かべ、入ってきたルオーたちを見た。

「大変なことが起きたのだ」

　これがゾティーノヴィス太守の第一声だった。ルオーたちを迎えに行かされ、休む暇もなく通訳して、若い男の声はやや掠れていた。

「大変なこととは、なんです？」

　ルオーは言った。リンレイやホワ爺は不安げな表情で、ゾティーノヴィス太守を見つめている。

「魚の化け物が、城壁のすぐ近くまで現れたのだ」

　朱塗りのテーブルに着き、ゾティーノヴィス太守が呻いた。これまでも魚の化け物は多々目撃されているが、いずれも城壁から離れた場所だった。最も近くて二、三百メートル、遠くは数キロ先だ。

「最初に魚の化け物が目撃されてから、ずっと見張りを立てていた。報告によると、今夜になって、魚の化け物が城壁ぎりぎりまで近付いてきたらしい。のみならず、城壁の外を回遊しているというのだ」

　ゾティーノヴィス太守は落ち着かなげに、両手をこすり合わせている。

　リンレイとホワ爺の視線が、ルオーに向けられた。ルオーは小さく頭を振った。〈砂漠の黄金の果実〉からオアシスに戻ってきたばかりだが、魚の化け物など見なかった。

「それで、わたしたちにどうしろと？」

　答えの想像はつくが、一応ルオーは訊いた。

「魚の化け物は街の中に入ろうとしているのではないかと、見張りどもはそう言っている。もしそれが事実なら、このオアシスは終わりだ。そんなことになる前に、新しい巫女となったリンレイ殿に、化け物を退治してほしいのだ」

「化け物退治などできません」

ルオーは即座に断った。リンレイに答えを訊くまでもない。

「何故だ⁉　竜の血を引くリンレイ殿なら、できるはずだ！」

「水を呼べ、神殿の巫女になれ、魚の化け物を退治しろ。リンレイさんを、なんだと思っているんですか。勝手なことばかり言わないでいただきたい」

「勝手だと⁉　このオアシスと人々のために頼むのが、勝手だと言うのか！」

「リンレイさんはオアシスの住人ではありません」

「だが、神獣の血を引いている！　リンレイ殿なら、水を呼ぶことも化け物退治もできるはずだ！　このオアシスと人々のためなのだから、リンレイ殿は必ず引き受けてくれる！　もし、もしも断るというのなら、おまえがリンレイ殿を説得するのだ！　すべてはオアシスと人々のため、おまえはオアシスを救った英雄になれるのだぞ！」

「英雄になど、なりたくありません」

大袈裟(おおげさ)な身ぶりで訴える太守に、ルオーは冷たい声で言い捨てた。

「では、オアシスと人々を見殺しにするというのか⁉　無辜(むこ)の人々を見殺しにするなど、おまえには良心というものがないのか⁉」

ゾティーノヴィス太守の勝手極まる非難に、ルオーはカッとなって言い返した。

「あなたに良心がないと非難されるのは、心外(しんがい)だ。くだらない嫉妬心(しっとしん)で、〈砂漠の黄金の果実〉を滅ぼしたゾティーノヴィス太守！」

たちまち若い太守の顔から表情が消え、血の気も失せていた。

「……なんと申した」

ぞっとするような声が、ゾティーノヴィス太守の口から洩れた。ルオーは怯(ひる)むことなく、暗く挑むような太守の視線を受け止めた。

「〈砂漠の黄金の果実〉を滅ぼしたのは、あなただ、ゾティーノヴィス太守。わたしは巫女にすべて聞いたんですよ。巫女は太守に頼まれて、〈砂漠の黄金の果実〉を滅ぼす手伝いをしたとね」

「戯れ言だ！」

ゾティーノヴィス太守が甲高い声で叫んだ。

「戯れ言でも、巷に流れたら色々と困るんじゃありませんか？」

ルオーの脅しに、ゾティーノヴィス太守は蒼白になった。

「違う！　誤解だ、すべて誤解なのだ！　余が巫女に頼んだなど、とんでもない誤解だ！　巫女が余を唆したのだ！　〈砂漠の黄金の果実〉の財宝を欲しくないかと、セグド・シンの泣きっ面を見たくないかと！　〈砂漠の黄金の果実〉を滅ぼす方法があると持ちかけてきたのは、巫女だ！」

すべては巫女の企みで、自分は利用されただけだ。被害者は自分なのだ、そういった弁解をルオーは無視した。ゾティーノヴィス太守と巫女のどちらが〈砂漠の黄金の果実〉を滅ぼそうと言いだしたのかなど、どうでもいいことだ。二人が共謀していたことは間違いないのだから。

「このオアシスから水が減っているのは、〈砂漠の黄金の果実〉を滅ぼした報いですよ。〈砂漠の黄金の果実〉から水を奪った力が、このオアシスまで広がったんです。あなたが〈砂漠の黄金の果実〉に青い珠を落とした時から、このオアシスも滅亡の道を進むことになったんです」

冷たく灼けたようなルオーの怒りに、ゾティーノヴィス太守は殴られたように、勢いよく椅子の背に倒れ込んだ。

「違う、余のせいではない。すべては巫女の独断だ。余はこんなことは望んでいなかった、余は何も悪くない」

この期に及んで、まだ自分は悪くないと言い張る太守は、悪戯を見咎められた子供のようだった。ルオーと太守のやりとりを通訳していた男は、とんでもないことを聞かされ、瘧のように震えている。

「魚の化け物が街の中に入ろうが入るまいが、オアシスの終焉は間近です。化け物に破壊されるのが先か、水が涸れるのが先か」

　ルオーの静かすぎる声にゾティーノヴィス太守は呻き、両手で顔を覆った。

「行きましょう、わたしたちにできることは何もありません」

　ルオーがリンレイとホワ爺を促し、部屋を出ようとした時、ゾティーノヴィス太守が突然、椅子から立ち上がった。

「誰か、衛兵！」

　外に控えている兵士が五人、部屋に飛び込んできた。

「この三人を部屋から出すな！　なんとしても、余の言うとおりにしてもらうぞ！」

　ルオーたちは剣を持った兵士に囲まれた。泣き落としの次は脅迫だ。

「いくら脅されても、できないものはできません」

聞き分けの悪い子供に言い聞かせるように、ルオーは言った。

「おまえ如きの意見など訊いておらん！　余はリンレイ殿の答えが聞きたいのだ！　リンレイ殿なら、余の願いを叶えてくれような⁉」

　気を利かせたのか、兵士の一人がリンレイの腕を摑んだ。ゾティーノヴィス太守の方に引っぱっていくつもりらしい。

　とっさにルオーは、兵士の反対側の腕を摑んで引き寄せ、鳩尾に膝蹴りを食らわせた。そして身体を折り曲げ、床の上に倒れた兵士から剣を奪い取った。

「逃がすな！」

　ゾティーノヴィス太守が叫び、ほぼ同時にリンレイが片手を振り上げた。

　すると、水盆から水が噴き上げ、鎖となって兵士たちに巻き付いた。

　一本のロープに括られたように数珠繋ぎになった兵士たちは驚愕し、目と口を大きく開けている。上半身を椅子に縛り付けられたゾティーノヴィス太守は、声を発することもできない様子だ。リンレイが水を操れることを、すっかり忘れていたらしい。通訳の男は気絶しており、水で縛る必要もない。

「リンレイさん、今のうちに逃げましょう」

　成り行きとはいえ、こんなことになってしまった以上、逃げるしかない。ルオーはホワ爺を背負い、リンレイを連れて部屋を飛び出した。

　夜の廊下には一定の間隔をおいて灯が設置されており、意外に明るい。

「リンレイさん、どれぐらいの時間、太守たちをあのままの状態にしていられますか？」

　廊下を走りながらルオーが囁き声で訊くと、リンレイは「お望みなら、何日でも」と笑った。

「でも、通訳の方が気づけば、人を呼ぶはずですわ」

「では、その前に宮殿から逃げましょう」

　何回も出入りしているので、宮殿の出入り口はわかっている。複雑な抜け道は別にして、この建物は〈砂漠の黄金の果実〉の宮殿と構造が似ているようだ。さらに携えた剣を隠しているとはいえ、三人で廊下を走っていても誰にも呼び止められないのは、太守の客人扱いになっているからだろう。これなら案外、簡単に宮殿の外に出ることができそうだ。

「宮殿の外に出たら、旅支度を調えてオアシスを出ます。わたしも一緒に行きますから」

　ルオーが言うと、背中にいるホワ爺は驚いたようだ。その気配を察して、ルオーは小さく笑った。

「このオアシスにとどまる理由がなくなったんですよ。別のオアシスに行き、そこを拠点に《家宝》を捜してはどうです？」

「ええ」

　頷いたものの、リンレイは浮かない顔だ。

「太守の言うことは気にしないでください。オアシスと人々のことは、リンレイさんが背負うことではありません」

ルオーの言葉に、ホワ爺が「そのとおりじゃ」と大きく頷いた。

「でも」

「魚の化け物にしても、あんなものを退治する義理はありませんよ」

走りながら、ルオーは周囲を気にしていた。ゾティーノヴィス太守を閉じ込めた部屋からだいぶ遠離ったが、まだ出口は見つけられない。宮殿内は静かだが、すでに追っ手が迫っているような気がするのは、追われる者の切迫した心理なのか。

「ルオー様」

リンレイが急に立ち止まった。

「なんです?」

立ち止まって振り返ると、リンレイは息を整えていた。そして何か決意した表情で、ルオーを見上げた。

「わたくしはやはり、このオアシスを出ません。出ることはできません」

「何を言っているんですか、リンレイさん」

咎める口調になりかけ、ルオーはそれを抑えた。

「若造の言うように、オアシスを出るべきじゃ。このまま残れば、馬鹿太守に利用されるだけですぞ」

ルオーの肩を叩きながら、ホワ爺が言った。

「それでも、出られません」

そう言い張るリンレイは、悲壮感すら漂わせていた。ルオーもホワ爺も、オアシスから出られないと言い張る理由を訊きたいのだが、廊下でする話ではないし、のんびりしている場合ではない。

静寂に支配されていた宮殿内に、物音が聞こえるようになっていた。押し殺したような囁き、衣擦れの音、複数の足音と気配——それらが近付いてくることに気づいたルオーは、隠れる場所を探した。

だが、身を隠せそうな場所は柱の陰ぐらいしかなく、すぐに見つかってしまうだろう。並んでいる扉の中に逃げ込んでも、そこが空き部屋とは限らない。剣はあるが、リンレイやホワ爺を連れていて、複数の相手と戦うのは厳しい。

　焦りながら周囲を見回すと、何やら見覚えのある物が目の端に引っかかった。

（あの扉、もしや）

　訝しみながら、ルオーはその扉の前に立った。銀色の蛇を模した取っ手だ。隣部屋の扉の取っ手は青銅色の蛇。

（地下通路のある部屋だ）

　どうやら無意識のうちに、知っている場所に向かっていたらしい。ルオーが銀色の蛇を模した取っ手を摑むと、幸いなことに鍵がかかっていなかった。

　ルオーは扉を開けると、リンレイを先に入れた。すぐさま自分も部屋の中に滑り込み、音をたてないように扉を閉めた。

　暗闇だった。灯が欲しいところだが、使用されていない部屋に蠟燭やランプが用意されているとも思えないし、つまずいたり物音をたててしまいそうで、探すこともできない。

「ここは、なんじゃ？」

　背中から下ろしたホワ爺が呟いた。

「《水の神殿》に繫がる地下通路の出入り口です。監禁されていた巫女に呼ばれた時、キーシャに案内されてここを通ったんですよ」

　ホワ爺に剣を渡し、記憶を頼りに腰板を探っていると、一部が動いた。二人についてくるように言い、ルオーは引き戸をくぐった。階段を下りた場所に蠟燭や燭台が置かれていたはずだ。

　下に着くと、ルオーは手探りで蠟燭等を見つけ出し、火を灯そうとした。決して不器用ではないが、暗闇の中ではさすがに手間取り、リンレイやホワ爺が下りてきても、まだ蠟燭の芯に点火できなかった。

　蠟燭に火が灯り、ようやく暗闇から解放されると、三人とも安堵の息を吐いた。

「ここから、《水の神殿》に繫がっているのですか?」

　リンレイが周囲を見回した。ルオーがそうだったように、地下通路の大きさと広さに驚いている。

「この石畳の通路を進むと、《聖なる池》の近くに出ます。木立の奥にある記念碑が、出入り口になっているんです」

　ホワ爺から返してもらった剣と燭台を持って、ルオーは通路を奥に進んだ。

「まったく、宮殿や神殿というのは地下通路ばっかりあるんじゃな」

　ホワ爺が呆れたように呟いた。こうした地下通路を使って、歴代の巫女と太守たちは連絡を取り合っていたのだろう。

「ここにいれば、誰にも見つからないでしょう。いざとなったら、《水の神殿》に逃げ込んで、そこで荷物や乗り物を借りて街の外に……。リンレイさん、何故オアシスから出られないんですか?」

　ルオーの問いかけに、リンレイは表情を硬くした。

「わたくし、やっとわかりました。魚のような化け物は、シェン家の《家宝》だったのです」

　リンレイは囁くように言った。

　衝撃的な告白だった。ルオーは危うく燭台と剣の両方を落としそうになり、ホワ爺は驚きが大声となって飛び出さないように、両手で口を塞いでいる。

「魚の化け物がリンレイさんの捜していた《家宝》? たしか《家宝》は青い珠だったはずですが。あの化け物では木箱の中に入りませんよ」

「どういうことじゃ、リンレイお嬢様? 何かの間違いではないのか?」

　ルオーとホワ爺が競うように質問すると、リンレイはかすかに眉をひそめた。

「《家宝》は最初から化け物だったのではありません。木箱に入っていた小さな青い珠が、化け物に変わってしまったのです」

「どうやってです?」

　ルオーは驚いて、リンレイを見返した。

「それはわかりません。でも、わたくしが《家宝》の気配を正しく感じられなかったのは、化け物に変わっていたからです。ようやく感じ取れるようになったのは、竜に変化したあとです。木箱に残っていた《家宝》の気配、そして二つの声。錆びた鉄同士をこすり合わせたような声と、水晶が震えるような物悲しい声です」

「空耳だろうと言っていたやつですか？」

思い出しながらルオーが言うと、リンレイは頷いた。

「声といっても、はっきりした言葉ではなく、漠然とした感情のようですけれど。二種類の声は、《家宝》のものでした。正しくは純粋な《家宝》だった時の声と、化け物に変わってしまった声です」

ルオーは口に出す言葉が見つけられず、蠟燭の揺れる炎を見つめていた。

「わしゃ、頭が混乱してきましたぞ。リンレイお嬢様の言葉を疑うわけではないが、《家宝》が化け物になったうえ、二つの声がするなんて」

ホワ爺の声はうわずっていた。

「だから、《家宝》は苦しんでいます。一つの身体の中に二つの意識なんて、辛いはずです。元に戻してあげなくては」

リンレイは木箱の入った手提げ袋を握りしめた。

「どうすれば、化け物が元に戻るんです？　何か方法があるんですか？」

ルオーは声を絞り出した。

「わかりません。でも、元の姿に戻さなくては、水を奪う力も消えないのではないでしょうか？　ルオー様、わたくしには気になっていることがあります。〈砂漠の黄金の果実〉から広がった水を奪う力は、どこで終わるのかということです。このオアシスを涸らして終わるのでしょうか？」

リンレイの疑問は、ルオーに強い恐怖を与えた。

もし、このオアシスの水を涸らしても終わらないとしたら、あといくつのオアシスが消えることになるのか。あるいは、砂漠だけでなく、さらに広がるのか。どこまで広がり続けるのか。

　重苦しい沈黙が広がった。しばらく、三人とも口を開かなかった。ルオーは疲労を覚え、地下通路の壁に寄りかかった。

「じゃが、なんだって化け物は今になって、街に入ろうとしているんじゃろうな。街に入って、何をするつもりなのかの」

　ホワ爺がぼそっと呟いた。

「どうして今なのかはわかりませんが、水を涸らすことが目的なら、行き先は」

　ルオーは言葉を切った。このオアシスを支えている水源は、《聖なる池》だ。

「ルオー様、《聖なる池》に行きましょう」

　リンレイも察したようだ。

　この地下通路を進めば、誰にも邪魔されずに《聖なる池》に辿り着ける。行ったとして、何もできることはないかもしれない。だが、ルオーたちはそうせずにはいられなかった。

6

　外に出ると、頭上に緑の天蓋（てんがい）が広がっていた。木々の枝葉が宝石のように輝き、小鳥の囀り（さえずり）と羽音（はおと）が聞こえる。まだ日が昇ったばかりで、空気はかすかな湿り気を帯びていた。

「もう夜が明けていたんですね」

　ルオーは燭台の火を吹き消し、記念碑の前に置いた。

「こんな場所に出入り口とは」

　ホワ爺は目をしょぼしょぼさせている。ずっと暗い場所にいたので、木立の中でも眩しいようだ。

「池はこっちです」

　ルオーがその方向に足を向けた時、突然、地面が震動した。鳥たちがやかましく鳴きながら、木立から飛び立った。

「なんじゃ？」

ホワ爺が唸り、ルオーは周囲を見回した。枝葉が揺れている。

「《家宝》ですわ！」

地鳴りの続く中、リンレイは木立の中を足早に進んだ。ルオーとホワ爺が慌てて、後を追いかける。

途中、枝葉の間から濛々と上がる砂煙が見えた。

「どうやら化け物は、建物や道を破壊しながら、《水の神殿》に近付いているようです」

荷馬車や荷台が走っているぐらいでは、あれほど大量の砂煙が上がるはずがない。そして砂煙の様子から、魚の化け物が近くまで迫っていることは間違いなかった。

「魚の化け物が現れたとなれば、街は大騒ぎじゃな」

息を切らしながらホワ爺が言った。

地鳴りと震動はいよいよ大きくなり、木々が揺れ、枝葉がしなる。ルオーたちがよろけながら進んでいくと、巨大な物が壊れるような轟音と悲鳴まで聞こえてきた。化け物となった《家宝》が、《水の神殿》の敷地内に入ってきたようだ。

なんとか木立を抜け出ると、開けた前方に《聖なる池》があった。かつては空の青と木々の緑を映した、美しい鏡のような池だったが、今はわずかな水が残っているだけだ。

「これは……あと数日で干上がりそうだな」

変わり果てた《聖なる池》の畔に立ち、ルオーは喉の奥で呻いた。

「《家宝》が来ます」

池の正面にある木立を見つめ、リンレイがきつく唇を噛んだ。

地鳴りや震動とともに、木立の向こうに砂煙を纏った小山が現れた。木々をなぎ倒しながら、《聖なる池》に近付いてくる。

（池の中に入るのか？）

ルオーの予想は外れた。

小山は《聖なる池》の畔で止まった。地鳴りと震動が収まり、濛々たる砂煙が風に流されていく。ルオーたちが見守る中、それが姿を現した。

巨大な青銅色の魚だった。鱗の一枚一枚が岩のようで、ごつごつしている。多すぎるヒレは刃物のように光っており、尾など巨大な鉈のようだ。全身に散らばっているオパール色の半円は、目だろうか。トンボを思わせる複眼だ。

(まさに化け物だ)

かつてルオーが《照妖珠》で見た姿に間違いない。だが、《照妖珠》がとらえた時よりも、大きくなっている。全長二十メートル、高さは五メートルもあろうか。

「ああ、なんて変わり果てた姿に」

魚の化け物を見上げ、リンレイは言葉を詰まらせた。ホワ爺は苦いものを口の中に押し込められたような表情で、醜悪としか言いようのない《家宝》を見ている。

ルオーはこの化け物が暴れだすのではないかと、気が気ではなかった。もしそんなことになったら、兵士から奪った剣で太刀打ちできるはずもない。

「苦しいのでしょう? 可哀相に」

池を挟んで向かい合っている化け物に、リンレイが声をかけた。すると、錆びた鉄同士をこすり合わせたような声が聞こえた。

『水ガホシイ』

それは声ではなかった。意識が、言葉が、頭の中に直接伝わってくるのだ。《家宝》の言葉が伝わったのは、ルオーだけでなかった。ホワ爺は、目と口を真ん円にしている。

『モット水ガホシイ』

化け物が口を開いた。真っ黒な洞窟のような口の中には、ノコギリみたいな歯がびっしりと生えている。

反射的に剣を構えたルオーだが、リンレイに身ぶりで止められてしまった。武器など意味を成さないとわかっていても、持っていると、つい使おうとし

てしまう。ルオーはため息を吐き、剣を地面に突き立てた。

「何故そんなに水が欲しいのです?」

対岸にいる《家宝》に、落ち着いた様子でリンレイは話しかけた。

『自分ガイル場所ハ、砂ノ海デハナイ。青イ水ノ世界ダ。ダガ、戻レナイ。ダカラ渇キガ癒(イ)エナイ』

リンレイの言っていた「化け物に変わってしまった意識」だ。

『ワタシハ、青ク静カナ世界ニ帰リタイ』

別の声が聞こえた。水晶が震えるような、美しく儚(はかな)げな声――「純粋な《家宝》だった時の声」だろう。

『自分ハ、コンナ姿デハナカッタ。人間タチガ自分ヲコンナ姿ニ変エテシマッタ。自分ヲ盗ミ出シタ男、砂漠マデ運ンダ人間。ソシテ、白イ女ノ底シレヌ欲望、自分ヲ水ノ中ニ落トシタ若イ男ノ嫉妬ヤ憎シミガ、自分ヲコンナ姿ニシタノダ』

ルオーは眉間に皺を寄せた。「白い女」と「《家宝》を水の中に落とした若い男」が誰なのか、訊くまでもない。

『ワタシハ、小サナ青イ珠ダッタ。水ノ支配者ノ許(モト)デ、眠リ続ケル物ダッタ。ソレナノニ、起コサレテシマッタ』

震える声は弱々しい。

『自分ハ苦シイ。コノ姿ガ苦シイ』

『ワタシハ悲シイ。本当ノ姿ヲ失ッテシマッタコトガ、悲シイ』

二つの意識が、苦しみと悲しみを訴える。

「憐れなことじゃ」

ホワ爺が、子供のように鼻を啜(すす)っている。望まぬ姿になってしまった《家宝》に、同情しているようだ。ルオーですら、憐れみを覚えた。

(しかし、同情や憐れみに浸っている場合ではない)

巨大な化け物に変わってしまった《家宝》を、どうすれば元の青い珠に戻すことができるのか。

リンレイを見ると、手提げ袋の口を開けていた。

（化け物相手に木箱が役に立つのか？）

怪訝に思っているルオーの耳に、荒々しい足音と金属のぶつかる音が飛び込んだ。

「なんじゃ、この音は」

驚いたホワ爺が頭を動かした。

それらの音は、二方向から聞こえてきた。《家宝》が侵入してきた方角と、《聖なる池》の唯一の出入り口がある建物の方角だ。

「きさまら、何をしている！」

出し抜けに落雷のような声が響いた。ルオーたちが顔を向けると、建物から武装した兵士たちが続々と吐き出されていた。陽光を反射して、剣や槍が冷たく光っている。

「こいつらはなんじゃ？」

物々しい雰囲気に、ホワ爺が喉を大きく動かした。リンレイも戸惑っているようだ。

「兵士ですね。太守の命令で、軍が動いたのでしょう」

《聖なる池》の縁に集まった百人ほどの武装した兵士たちを見ながら、ルオーは言った。少し遅れて兵器が運び込まれてきた。

「あれはなんじゃ？」

ホワ爺が兵器を指さした。

「バリスタといって、巨大な矢や石弾を発射するための装置です。大きな弓を用いる物と、紐のねじれの反発力を利用した物の、二種類あります」

〈砂漠の黄金の果実〉にバリスタはなかったが、文献で見たことがある。大型から小型まであるのだが、持ち込まれたのは小型のようだ。建物の中を通って運び込むため、そうならざるを得なかったのだろう。

対岸の《家宝》に向けて、二種類の小型のバリスタが並べられた。二十五台はあるだろう。恐ろしい兵器に、リンレイが身震いした。

「阿呆太守は、これっぽちの人数と兵器で、あの《家宝》をどうにかできると思っているのかいな？」

「まさか。おそらく、大軍が神殿を囲んでいるはずです。ここに入ってきたのは、言ってしまえば決死隊ですね。《家宝》の背後にも同じような決死隊がいて、兵器を構えているはずです。挟み撃ちというところですか」

　説明しながら、ルオーは兵士たちに少し同情した。覚悟していたとはいえ、兵士たちは対岸の化け物を見て、表情を強ばらせている。

「さっさと出ていけ、ここは市民のいる場所ではない！」

　大声の主は中年の男で、服装から指揮官だとわかった。場の雰囲気から、なんとなく通じているだろうとは思ったが、念のためルオーはリンレイに通訳しようとした。

「わたくしは、ここにいます」

　通訳を待たずにリンレイの口から出たのは、砂漠の国の言葉だった。ルオーとは別の意味で、指揮官や兵士たちが驚いた顔になった。

「武器で、あれ、倒すこと、できません」

たどたどしい砂漠の言葉で、リンレイは指揮官たちに告げた。

「何を言うか！　我々は精鋭だ、必ず化け物を倒す！」

　威嚇するように指揮官が怒鳴ったが、リンレイは怯まなかった。黙って指揮官を見つめるその姿には、威厳すら備わっていた。なおも怒鳴りつけようとしていた指揮官だが、異国の華奢な娘に気圧されたのか、口を一文字に引き結んだ。

「リンレイさん、何か方法があるんですか？　どうするつもりですか？」

　いつの間に砂漠の言葉を覚えたのかという質問はさておき、ルオーは訊いた。だが、その言葉は途中で遮られた。

「《聖なる池》に兵士や武器が入るなんて！　神殿と神に対する冒瀆です！」

　切り裂くような叫び声だった。兵士たちがやってきた建物から、数人の準巫女たちが走り出てきた。《聖なる池》に向かう兵士たちを止めようとして追い払われ、それでも追いかけてきたのだろう。

「我らに不満があるなら、神殿があの化け物を退治すればよかろう！」

またかといった表情で、中年の指揮官が声を張りあげた。それまで池の対岸など目に入っていなかった準巫女たちは、不吉な化け物の姿に悲鳴をあげた。

「おおっ、なんということ！」

「巫女様がおられれば、こんなことにはならなかったのに」

悲鳴は啜り泣きに変わった。士気を下げる啜り泣きに、指揮官が眉を吊り上げた。すると、

『苦シイ、ココニハ恐怖ガ渦巻イテイル』

化け物に変わってしまった方の、苛立たしげな声が響いた。

突然、頭の中に響いた声に、兵士たちは驚いた顔で頭を押さえたり、周囲を見回している。怯えた準巫女たちは、泣きながら水の神に助けを求めた。

『大勢ノ人間ガ、マタ自分ヲ変エヨウトシテイル』

人間たちの激しい動揺に触発されたのか、纏わりつく何かを払おうとするように、それまでおとなしかった《家宝》が身をよじった。刃物のようなヒレが動き、周囲の木々を切断し、地面をえぐった。巨大な尾が大きく左右に揺れ、飛び散る大きな木片や金属片が見えた。

ルオーは渋面になった。《家宝》の後方にいる部隊が、大きな被害を受けたことは間違いない。

「化け物め！」

指揮官がバリスタの発射を命じた。

だがこちら側より、対岸にいる部隊の攻撃の方が早かった。《家宝》の後方から、遠目にも巨大とわかる矢が数本、銀色の線を描いて飛んだ。陰になっていて見えないが、バリスタによるものだろう。建物内部を通る必要があった部隊と違い、《家宝》の通った跡を追ってきた部隊なら、大型のバリスタを

用意できたはずだ。

大型のバリスタの巨大な矢は、岩のような鱗にはね返された。続けて普通の矢が次々と放たれたが、小枝よりも簡単に折れてしまった。

こちら側の小型バリスタからも、次々と火のついた矢が放たれた。しかし結果は同じで、《家宝》には傷一つなく、オパール色の複眼が空の色を映して輝いている。

「大型バリスタも火も効果なしですね」

半ばうんざりしながらルオーは呟いた。

「だから、リンレイお嬢様がそう言っとるじゃろうが」

ホワ爺は顎を突き出し、長い口髭を引っぱった。

『ワタシハ、モウ変ワリタクナイ。青ク静カナ世界ニ帰リタイ』

水晶が震えるような声が響き、《家宝》が口を開いた。真っ黒な洞窟のような口の中に、残り少なくなっている《聖なる池》の水が吸い込まれる。

準巫女たちから悲鳴じみた声があがった。

「こうなったら、突撃あるのみだ」

中年の指揮官の顔が苦渋に歪んだ。

「いけません！」

叫んだリンレイが両手を振り上げた。

同時に《聖なる池》に残っている水が噴き上がり、巨大な水柱が出現した。一瞬だが、その場にいた兵士たちの注意が、《家宝》からそれた。

噴き上がった水柱は透明な竜となって、小山のような《家宝》に巻き付いた。

どよめきが起きた。兵士たちは驚愕の表情で、水の竜に縛された《家宝》を凝視している。ルオーやホワ爺にはリンレイの力だとわかっているが、何も知らない兵士たちは度肝を抜かれたに違いない。

（しかし、水で化け物になった《家宝》を止めていられるのか？）

《家宝》が暴れたら、水の竜など壊れてしまうのではないか。ルオーはひやひやしていたが、《家宝》

は口を閉じて水を吸い込むこともやめ、おとなしくしている。

「どうなっているんだ？」

動揺している中年の指揮官の横を通り、リンレイは池の縁ぎりぎりに立ち、《家宝》に話しかけた。

「砂漠を彷徨（さまよ）い続けて、疲れたでしょう。元の姿に戻りなさい」

『戻レナイ。二度トアノ姿ニハ戻レナイ』

軋（きし）むような声が応えた。

「いいえ、戻れます。《竜の姫君》の子孫で、正当な持ち主であるわたくしが、そう願っているのですから。信じなさい、美しい珠に戻れると」

巻き付いていた透明な竜が水に戻り、《家宝》を池の中に押し流した。ほとんど水のない《聖なる池》の中に《家宝》が滑り落ちると、その振動で並べられていたバリスタがカタカタと音をたてた。指揮官も兵士たちも動揺していたが、悲鳴をあげたり、逃げ出す者はいなかった。

「戻りなさい。そして、眠りなさい。もう渇くことはありません。青い世界で眠るのです」

語りかけながら、リンレイが木箱の蓋を開けた。すると、《家宝》の複眼が一斉に動いた。明らかに木箱に反応している。

「元の姿に戻り、この中で眠りなさい」

リンレイの言葉に《家宝》が大きく身震いし——ゆっくりと溶け始めた。まず尾やヒレが溶け、無色透明の水となって青銅色の身体を流れ伝う。その様子は、水音をたてて山肌を流れ落ちる滝のようだ。

水は池に広がり、乾いた岩肌を覆い隠していく。魚の化け物としか言いようのない《家宝》は、今や強い陽射しを浴びる氷の塊だった。巨大な身体が溶けて小さくなるにつれて、《聖なる池》の水嵩（みずかさ）が増える。

兵士たちはただ呆然と、目の前で起きている光景を見つめていた。華奢な異国の娘は水を操り、武器も使わずに、化け物を水に変えてしまったのだ。己の目で見なければ、到底、信じられなかっただろう。

(語りかけただけで、溶けるとは)

ルオーにしても、簡単すぎて拍子抜けしたぐらいだ。だがこれは、リンレイだからできたことなのだ。《竜の姫君》の子孫で、正当な持ち主であるリンレイが心から願ったからこそ、《家宝》の呪縛が解けたのだ。

《家宝》が消えると、水は《聖なる池》を満たし、ついに溢れ出した。

「水が!」

勢いよく広がる水に足を洗われ、兵士たちが子供のように騒いだ。小型バリスタが倒れ、火矢のために用意された火も消えた。

「うわわっ」

濡れたくないホワ爺が、ルオーにしがみついた。

水はルオーの膝下にまで来て、《聖なる池》の周辺を覆ったが、それも一時的なものだった。すぐに地面に吸い込まれ、残ったのは満々と水をたたえた《聖なる池》だけだ。

「ルオー様、ホワ爺。これが本来の《家宝》の姿ですわ」

足元に流れてきた青い珠を、リンレイが拾い上げた。掌の上で艶やかな宝石のように輝いている。

「こんなちっこくて美しい物が、あんなに醜く、巨大になってしまうとは」

ルオーから離れ、ホワ爺がやれやれと頭を振った。

「《家宝》も言っていましたが、美しい珠を化け物に変えてしまったのは、手にした人たちです。我が家から持ち出され、人の手を転々としているうちに、《家宝》は変わっていったのです」

リンレイは青い珠を木箱の中に収めた。

「最も強い影響を《家宝》に与えたのは、霊力のある巫女とゾティーノヴィス太守ですね」

ルオーが言うと、リンレイの唇がかすかに歪んだ。

シェン家から盗み出され、砂漠に運ばれるまでの間に大勢の人間の影響を受けていたとしても、《家宝》はまだ化け物ではなかった。それが巫女の手に渡り、ゾティーノヴィス太守が〈砂漠の黄金の果実〉の水の中に落とした時から、《家宝》は変容した。巫女の底知れぬ欲望と太守の嫉妬や憎しみ、そして大量の水が《家宝》をあんな姿に変えてしまったのだ。

「巫女様、ありがとうございます！」

「なんて素晴らしい力でしょう」

「水の神に選ばれた御方です」

称賛と崇拝に顔を輝かせて、準巫女たちがリンレイに駆け寄ってきた。感極まって涙ぐむ者やひざまずく者までいた。彼女たちには、リンレイが水の神の化身に見えているのかもしれない。

（少し前まで、リンレイさんを露骨に無視していたくせに）

ルオーが呆れていると、兵士の一人がリンレイに武人の敬礼を捧げた。気づいた他の兵士たちも倣い、指揮官は渋面になったが、止めようとはしなかった。

ただ口の中で「信じられん」と繰り返し呟いていたが。

立ち並ぶ兵士たちの敬礼に、リンレイはびっくりしている。

「リンレイさんに感謝しているんです」

ルオーが微笑みながら言った。ホワ爺が当然というように、大きく頷いた。

五章　願いと祈りの代価

1

　街中に鐘の音が鳴り響いたのは、太陽が中天にかかる頃――それは刻を告げるものではなく、城壁を破り、街中に侵入した魚の化け物が倒された知らせだった。

「《家宝》は、どうして今頃になって《聖なる池》にやってきたんでしょうね？」

　着替えをすませたルオーは、絹の絨毯の上に足を組んで座った。

《家宝》が元の姿に戻ると、ルオーとリンレイ、ホワ爺の三人は《水の神殿》から宮殿に移動させられた。逃げようにも周囲は兵士だらけ、しかもリンレイは注目の的だ。準巫女たちは「巫女は神殿にいるもの」とリンレイを引き留めようとして、兵士たちと押し問答を繰り返したが、最終的には太守の命令に逆らうことはできなかった。

　三人が恭しく押し込められたのは、様々な花を描いた壁画に飾られた、華やかな部屋だった。調度品から細々とした物にまで、金や銀、エメラルドやルビーといった多くの宝石が、惜しげもなく使われている。

「目的が水であることは、わかりますが。最初に目撃されてから半月あまり、これまでオアシスの近くに出現するだけで、街中に入ろうとはしなかった。それが何故、急に入ってきたんでしょうか？」

　声を落とし、ルオーは窓の外に目をやった。

　贅を凝らした部屋から見えるのは、四方を細い柱で囲まれた中庭だ。手入れの行き届いた緑と花、池に集まる鳥たちの鮮やかな羽の色は、楽園さながらだ。だが、贅沢な部屋の外にも、中庭の目立たない場所にも兵士たちが潜んでいて、ルオーたちが逃げ出さないように監視しているのだ。

「理由は二つあります」

　珍しく髪を纏めたリンレイが、ルオーの向かいのクッションの上に座った。ホワ爺は窓際の長椅子に横になって、欠伸ばかりしている。

「一つは巫女様の霊力と《水の神殿》が、オアシスを守っていたからです。だから、すぐには水が涸れなかったのですわ。けれど巫女様が霊力を失われたことで姿を現し、亡くなられ神殿の守りが弱まったので、街に入ったのでしょう」

　思いに耽っているような表情で、リンレイが呟いた。

「もう一つの理由はなんです？」

「木箱があったからですわ。《家宝》にとって、木箱は巣に等しいものです。ずっと、その中で眠っていたのですから」

「それなら、木箱が井戸の底にあった時に、戻ればいいのでは？」

　ルオーの疑問に、リンレイは苦笑いを浮かべた。

「わたくしが持っていることで木箱の影響力が強くなり、青い珠だった意識が帰ろうとしたのでしょう。街の外にいた時も、二つの意識が葛藤していたのだと思います。変わりたくない、木箱に戻りたい意識と、水を求めながらも木箱に閉じ込められたくない意識が、絶えずぶつかっていたのでしょう。苦しかったに違いありません」

　リンレイは横に置いた木箱に触れた。白い指がそっと表面を撫でる。

《家宝》にとって、木箱はただの容れ物ではなく、揺りかごになっているのかもしれない。安息地であり、もっとも安心できる場所に。

「リンレイお嬢様、水はどうなったんじゃろうか？地面に吸い込まれてしまったようじゃが」

　油断すると、すぐに落ちてしまう瞼をなんとか開けながら、ホワ爺が言った。

「水は、すべて地下です。このオアシスの水は、以前より豊かになったはずです」

「〈砂漠の黄金の果実〉から奪った水もあるからですか?」

木箱を撫でている白い指を見ながら、ルオーは訊いた。

「……はい」

リンレイは木箱を撫でている指を止めた。

「その水を元の場所に、〈砂漠の黄金の果実〉に戻せないのですか?」

そう言いかけて、ルオーはやめた。口にする必要もない愚かな質問であることは、リンレイの表情でわかる。

（〈砂漠の黄金の果実〉は、もうないのだ）

決別するように顔を上げ、ルオーは壁画を見つめた。描かれている多くの種類の花々が、バヤート宅の庭園を思い出させた。

「ともあれ、無事に《家宝》を取り戻したわけですが、東の国に帰るのは、ますます大変になりましたね」

ルオーは銀の盆に置かれた杯に手を伸ばした。冷たい飲み物と菓子が用意されていた。

「ええ、困りましたわ」

リンレイは途方に暮れた子供の顔になった。

リンレイをオアシスに縛り付けようとしているのは、ゾティーノヴィス太守だけではない。《水の神殿》の準巫女たちまで、リンレイを引き留めようとしているのだ。太守と神殿の両方からでは、街を出るのも簡単ではないだろう。

「竜になって、飛んでいくしかないのかもしれません」

やや投げやりにリンレイが言った。

「その際は、宮殿と神殿を破壊してください。追ってこられないように」

冗談めかしてルオーが言うと、リンレイはクスクスと笑った。

「おお、その時はわしと一緒に酒を飲みましょう」

睡魔と闘っているホワ爺が大欠伸をした。

「オアシスを出たら、ルオー様も東の国に来てくださいますか？」

少し躊躇ったあと、リンレイが言った。

「リンレイさんたちを送り届けるという意味でしたら」

ルオーの婉曲な答えに、リンレイが少し不満げに唇を尖らせた。

「そのあと、ルオー様はどうなさるつもりです？　まさか、このオアシスに戻るつもりですか？」

「このオアシスに戻りたいと思いませんが、先のことは何も考えていません。行きたい場所もありませんし。とりあえず身体は丈夫なので、ふらふらしながら、なんとかします」

正直に言うと、失望されたようだ。ルオーは肩をすくめた。

「わたしは、もともといい加減な男なんですよ」

「そんなことはありません。ルオー様は責任感の強い、立派な方です。ルオー様、東の国で」

リンレイが身を乗り出した時、扉を叩く音が聞こえた。

そこは黄金の装飾が眩い大広間だった。

一段高い席に着いているのはゾティーノヴィス太守、長テーブルに並んでいるのは太守を支える重臣たち、そしてセグド・シンの顔も見えた。さすがに酒は入っていないようだが、渋面で目を閉じている。二日酔いで気分がすぐれないという様子だ。

亡国の元太守が、別のオアシスの重臣たちの中にいることに、ルオーは違和感を覚えた。だが、功労者という名目で呼ばれたとはいえ、ルオーたちの方がセグド・シンよりも違和感のある存在だろう。

（場違いとしか言いようがないな）

用意された椅子に座ったルオーたちに、厳めしい表情の重臣たちが胡乱な目つきを向けている。リンレイは落ち着いているが、ホワ爺は渋面で髭を引っぱっていた。

（さて、労いだけですむかどうか）

見たところ、ゾティーノヴィス太守の機嫌は良さそうだが、安心はできない。水のロープで椅子に縛り付けたことや、《水の神殿》に移動していたことを、若い太守が忘れているはずがない。

扉の前と四隅に立っている護衛兵を見ながら、ルオーがそんなことを考えていると、武装した男が大広間に入ってきた。《聖なる池》で決死隊を率いていた、大声の指揮官だ。

指揮官は、見るからに緊張した面持ちでゾティーノヴィス太守の前に立った。ルオーたちに気がつき、視線をちらっと動かしたが、すぐに太守の方に戻して、「ご報告します」と話し始めた。

指揮官の報告に、重臣たちは黙って耳を傾けていた。ルオーたちも、おとなしく聞いていた。

意外にも誇張のない、淡々とした報告を受けて、リンレイに向けられる視線に変化があった。称賛、畏怖、疑惑——リンレイが水を操り、竜になって建物の屋根を破壊したことは知っていても、それとこれは別なのだろう。

「さすが《竜の巫女》！」

称賛の声は、ゾティーノヴィス太守だった。

「余は事前に報告を受けていたが、詳細までは知らなんだ。こうして詳しい報告を受け、改めてリンレイ殿の偉大さに感じ入るばかりだ。街に侵入し、《水の神殿》に入り込んだ化け物を、新しい巫女は水と言葉だけで消し去ったのだ！　しかも、涸れかけた水路や井戸に水が戻っているとのこと。リンレイ殿は、まさに我がオアシスの守り神にふさわしい！」

上機嫌なゾティーノヴィス太守の言葉を、ルオーは通訳した。嫌味の一つも言われるに違いないと覚悟していたが、過去の所行はもはや取るに足らないことらしい。

「過分なお褒めです」

　リンレイは浮かない表情で答えた。

「前任者と違い、余の決めた新しい巫女は謙虚だ。余の目に狂いはなかった」

　リンレイの活躍は、太守である自分の手柄と言わんばかりだ。実際、そう主張するために黄金色に輝く大広間に重臣たちやセグド・シンまで集め、ルオーたちを――正確にはリンレイを呼びつけたのだろう。ルオーは通訳のため、ホワ爺はリンレイの付属品だ。

（先代からの重臣たちに、威光を示さんとしているわけか）

　古狸どもに頭を押さえつけられ、軽んじられている若い太守の考えそうなことだ。

「前任者といえば、白い巫女が亡くなったと聞きましたが」

　重臣の一人が口を開いた。浮かれ調子のゾティーノヴィス太守と違い、重臣たちはあくまで冷静だった。

「いかにも。オアシスを救えない責任を感じて、自害したのだ」

　ゾティーノヴィス太守が頷き、戸惑うような呟きが聞こえた。死因を知らなかった重臣もいるらしい。

「前任の巫女の死には、余も衝撃を受けている。余はこれまで、前任の巫女に寛大であった。水が減っているという噂があっても糾弾せず、不安を訴える臣下たちを宥め、巫女を護ってきたのだ。その結果が自死である。余の心遣いは巫女を追い詰めただけであった」

　悼むような様子を見せるゾティーノヴィス太守だが、真相を知っているルオーには空々しいだけだ。そもそも巫女が自死かどうか、それすら疑わしいのだ。

「前任の巫女の死は痛ましいことだが、我がオアシスには新しい巫女がいる。新しい巫女がいれば、我がオアシスは安泰である！　いや、砂漠を支配することもできよう！　近隣のオアシスを支配し、砂漠の一大帝国を造り上げることも、もはや夢物語ではない！　必ずや実現できる！」

突然立ち上がり、ゾティーノヴィス太守が演説を始めた。頬を紅潮させ、まるで熱に浮かされているような太守の姿に、重臣たちは困惑の表情を浮かべた。セグド・シンは無感動な眼差しを従弟に向けている。

「余とともに大帝国を築き上げようではないか！　どうだ、皆の者！」

賛同の意見を期待して、ゾティーノヴィス太守は重臣たちを見た。

「太守の意見には賛成しかねますな。現在、オアシス間の争いはほとんどなく、平和な時間が続いています。それを、わざわざ壊す必要はないでしょう」

「いかにも。争いによって得られるものは、ごくわずかですぞ」

「このオアシスより、財力と武力の備わったオアシスもあります。一大帝国など無謀な夢ですな」

重臣たちに次々と反対意見を述べられ、ゾティーノヴィス太守は癇癪を起こした。よもや、反対意見ばかりとは想像もしていなかったらしい。

「年寄りどもが平和惚けしたのか！　それとも耳が遠くて、余の言葉が聞こえなかったのか！　余には、神獣の血を引き、水を操る巫女がいるのだ！　この巫女がいる限り、不可能などない！」

「お言葉ですが、リンレイさんは新しい巫女ではありません。巫女になるつもりもありません」

ルオーが水を差すと、ゾティーノヴィス太守の顔が引きつった。

「何を言うか！」

「以前にも同じようなことを言いましたが、リンレイさんは砂漠の人間ではありません。用があってオアシスに立ち寄った、ただの旅人です。故郷に帰る人です」

「それを説得するのが、おまえの役目だ！」

「お断りです」

きっぱりとルオーは言った。

怒りにゾティーノヴィス太守の顔が真っ赤に染まった。眉を吊り上げ、身を強ばらせている。

「無礼者！　よくも、よくも余に、そのようなことを言えたものだな！」

「他にも言いたいことはありますが、それを皆様の前で口にしてもよろしいでしょうか？」

抑えた声でルオーが脅すと、ゾティーノヴィス太守は張り裂けんばかりに目をみはり、胸を喘がせた。

「この、この無礼者が」

歯軋りして、それ以上のことを言うまいと堪えているのがわかる。自身の発言一つで、ルオーが真相を暴露することを警戒しているのだ。

「ルオー様」

リンレイが心配そうにルオーを見上げた。ルオーの他に通訳がいないので、詳細はわからないはずだ。だが、対決しているルオーと太守の、険悪な危うさは見てとれたようだ。ホワ爺も、わけがわからないという表情で、ゾティーノヴィス太守とルオーを交互に見ている。

「大丈夫です」

ルオーは口の片端を上げた。

「お若いの。おまえの言いたいことは、どんなことかな？」

それまで沈黙していた眼光の鋭い重臣が、探るように言った。

「わしも興味がある。おまえの話を聞かせてもらえんかな？」

別の重臣には穏やかな声で促された。ゾティーノヴィス太守の様子から、ルオーの握っている秘密には価値ありと判断し、それをもって誇大妄想な若い太守の首根っこを押さえるつもりらしい。

だが、ルオーが巫女から聞いたことをすべてぶちまければ、その程度ではすまないだろう。若い太守と死んだ白い巫女は、オアシ人を滅亡させるところだったのだから。意図していなかったとはいえ、これは大罪(たいざい)だ。高い地位にあり、社会的に影響力のある人物だけに、その責任は重い。ゾティーノヴィスは太守の地位ばかりでなく、命すら失うことになるかもしれない。

ゾティーノヴィス太守にも、そのことはわかっているだろう。脂汗(あぶらあせ)を浮かべ、哀願するようにリンレイを見た。ルオー本人より、リンレイにすがった方が効果があるからだ。

(真相を暴露すれば、オアシスから逃げられるだろうか)

ゾティーノヴィス太守がどうなろうと一向に構わないが、彼がいなくなったとしても、もっと質(たち)の悪い奴らがリンレイを利用しようとするかもしれない。ここはゾティーノヴィス太守に恩(おん)を売っておくべきだろうか。ルオーが迷っていると、恐怖に引きつった声が響いた。

「ゾティーノヴィス太守様!」

叫んだのは、大広間から出る時宜(じぎ)を失って、困っていた指揮官だった。

ルオーは、石のような硬い表情で太守を凝視(ぎょうし)した。リンレイやホワ爺、重臣たちや護衛兵たちも青ざめた顔で、ゾティーノヴィス太守を見つめている。

「何かあったのか?」

怪訝そうに呟いたゾティーノヴィス太守の全身が、赤く染まっていた。頭から赤い染料を浴びたように見えるが、そうではない。口や目、耳や鼻から——いや、全身の毛穴から血が流れ出ているのだ。

ルオーはリンレイの肩に手を回し、血まみれの太守から遠ざけた。

「なんだ、これは?」

緊迫した静寂(せいじゃく)と、向けられている恐怖の視線に、ゾティーノヴィス太守はようやく我が身の異変に気がついたらしい。呆然と、赤く濡れた手を見ている。血は流れ続け、太守の足元に血溜まりができた。

「これは、なんだ? どうなっているのだ?」

ゾティーノヴィス太守は泣きだしそうな顔で、両手を服にこすりつけている。血溜まりは生き物のように大きくなり、一段高い席から下まで流れ広がった。

「誰か、誰か、どうにかしてくれ！」

ゾティーノヴィス太守の悲鳴に、セグド・シンが立ち上がった。

「誰か助けてくれ！」

叫んだ直後、ゾティーノヴィス太守の身体が硬直した。そして前方に頽（くずお）れ、血溜まりの中に倒れた。

悲鳴があがった。セグド・シンが駆け寄り、ゾティーノヴィス太守の横に屈（かが）み、無言で頭を振った。脈を確かめたり、医師を呼ぶ必要もないことは、遠目にも明らかだ。

血溜まりは広がり続け——ふいに膨（ふく）れ上がり、人の形になった。血の人形、赤い裸形（らぎょう）の女だ。

「ルオー様、あれは……」

リンレイがかすれた声を洩（も）らした。ホワ爺は大きな目をさらに大きく見開いている。

（巫女だ！）

そう叫びそうになるのを、ルオーはこらえた。死んだはずの巫女が蘇（よみがえ）ったのか。

いちばん近い場所にいるセグド・シンが長剣を閃（ひらめ）かせ、赤い女めがけて斬りつけた。だが、血の人形を消すことはできなかった。

呪縛が解けたように、護衛兵たちが動いた。突進し、次々と赤い女に斬りつけたが、やはり崩すことも消すこともできなかった。剣先についた血が飛沫（ひまつ）となって、大広間の床や壁に赤い模様を描くだけだ。

「それは剣では倒せない！」

叫んだルオーに顔を向け、赤い女はニッと笑った。全身を汚泥（おでい）に浸（ひた）したような悪寒（おかん）が走り、ルオーは顔を歪（ゆが）めた。

「死んだはずの巫女だ、間違いない。巫女の呪（のろ）いなのか⁉」

誰かの恐怖の呻（うめ）き声に、護衛兵たちが浮き足立った。だらりと剣を下げ、赤い女から遠離(とおざか)る。

「己(おのれ)の任務を思い出せ！」

ずんと腹に響く声はセグド・シンだった。ただの飲んだくれと思っていた元太守の、冷静な態度に、護衛兵たちは落ち着きを取り戻した。

「呪いか、術でも使ったのか。どちらにしても、おとなしく死ぬような女ではなかったようじゃな」

嫌悪を面(おもて)に浮かべ、ホワ爺が唸(うな)った。

巫女の死は自殺ではないと、ルオーは確信した。死してなお、滅びを受け入れず、共犯者であるゾティーノヴィス太守を殺害した凄まじい執念。絶望して、自ら命を絶った人間のすることではない。

赤い女は大広間をゆっくりと見回した。重臣たちは扉の前に移動し、護衛兵たちが盾(たて)になって守っている。

「武器の通じない相手を、どうやって倒せばいいものか」

独(ひと)りごちたルオーに、リンレイが向き直った。

「もしかしたら……水のように、血も操れるかもしれませんわ」

囁(ささや)きを聞きつけたのか、赤い洞窟のような目が、リンレイの上で止まった。赤い目の中で、殺意が炎となって燃えている。

躊躇(ためら)っている暇はないと、リンレイが片手を振り上げた。水を動かす時によくやる動作だ。

刹那(せつな)、大量の水をぶちまけるような音がして、赤い女の姿が崩れた。夥(おびただ)しい血が床に広がった。

(リンレイさんは血も操れるのか)

驚くルオーに、ホワ爺は至極当然というように頷いた。

「液体じゃからな」

扉の前では、重臣たちと護衛兵たちが唖然としていた。目の前で起きたことが信じられないという面持ちだ。赤い女が崩れた理由を理解していたのは、リンレイが水を操る現場を見ていた指揮官と、東の国の言葉がわかるセグド・シンだけだろう。

(とにかく、これで巫女は完全に消えた)

ルオーはそう思った。しかし。

床に広がった血が泡立ち、そこから一筋の血が噴き上がった。それは赤い矢となって、リンレイの眉間をめがけて飛んできた。

「リンレイさん!」

ルオーはとっさに、リンレイの前に左手を突き出した。硬い《照妖珠》なら、血の矢を止めることができるかもしれないと思ったからだ。あるいは、《照妖珠》の力なら、巫女の執念を消し去ることができるかもしれないと。《照妖珠》は《照妖鏡》の小さき物——古来より、鏡には魔力があると伝えられているのだから。

血の矢は左の掌にぶつかり、蒸発した。突き刺さらなかったが、鋭い痛みと衝撃があった。

左手を見ると、手袋が破れていた。そして黒い痣のような《照妖珠》に、白い亀裂が入っていた。割れたということなのだろうか。

「ルオー様、お怪我はありませんか」

リンレイが、心配そうにルオーを見上げた。

「わたしは平気ですが、《照妖珠》が」

このとおりですと、左手を見せようとした時だった。ルオーは突然、激痛に襲われた。左胸がキリキリと痛み、息もできない。喘ぐルオーの耳の奥底に、廃墟の夢の中で聞いた冷厳な宣告が甦った。

——警告シテヤロウ。次ニ《照妖珠》ヲ使ッタ時、オマエノ命ハ消エル。

《照妖珠》の正しい使い方とはいえないが、使ったことは間違いない。

(そうか、ここで終わりか)

少し予定と違うが、それも仕方ない。ルオーの視界は真っ暗な闇に閉ざされた。

2

寝台横のテーブルには、水差しと銀の盆が置かれていた。盆に水差しの水を注ぐと、表面に蠟燭の光が揺れる。リンレイはそこに清潔な布を浸し、固く絞ってルオーの顔を拭いた。

「ルオー様」

時々、呼びかけるが、返事はない。寝台に横たわっているルオーの顔は青ざめ、やつれている。

ルオーが突然倒れてから、すでに三日が過ぎていた。護衛兵たちの手を借りて、ルオーは大広間から寝台のある部屋に運ばれた。そしてセグド・シンの呼んでくれた医者がルオーを診て、昏睡状態に陥っていると告げた。しかし、その理由はわからないとのことだった。

（どうしてこんなことに？）

布を盆の横に置き、リンレイは寝台前に並べた椅子に座った。もう一脚には、木箱の入った手提げ袋が置いてある。

リンレイはルオーの左手に触れた。手袋を外した左手――その掌から《照妖珠》は消えており、代わりに火傷のような赤い傷痕があった。

リンレイを狙った血の矢を、ルオーの左手が止めてくれた。そのことが昏睡の原因ではないかと思うのだが、確証はない。

「ルオー様、目を開けてくださいな」

ルオーの左手を握り、リンレイは祈る気持ちで話しかけた。

言葉の通じない異国で、ルオーの存在は心強いものだった。だが、リンレイにとって、ルオーは頼れる相手というだけではなかった。出会って間もないのに、ルオーといると心からくつろぐことができた。家族や一族といても、常に疎外感を感じていたリンレイには、ありのままの自分でいられる初めての相手だった。

（それなのに）

このまま目を覚まさなければ、ルオーは衰弱して死ぬと、医者に宣告されたのだ。

（ルオー様が死ぬなんて！）

考えただけで、恐怖に身体と心が凍りつきそうだ。ルオーは優しかった。リンレイが竜の血を引いていると知っても、畏れたり、媚びたりしなかった。水を操ることを強制せず、金儲けや野心に利用しようとしなかった。

　ルオーを死の淵から呼び戻したい、空の色を映した目を覗き込みたい。だが、どうすればいいのか、リンレイにはわからない。

　無力さに打ち拉がれていると、扉を軽く叩く音がした。リンレイが「どうぞ」と答えると、部屋の中に籠を持ったサーラが入ってきた。サフラン色のあっさりしたドレスに、髪はリボンで複雑な形に編んである。

「ルオーの様子は、どう？」

　サーラの視線を感じたリンレイは慌ててルオーの手を離し、椅子から立ち上がった。

「相変わらずですわ。隣にいるホワ爺を呼んできます」

「休んでいるのなら、そのままでいいわ。それより、あなたはちゃんと休んでいるの？」

「はい」

　リンレイは頷いたが、嘘だと見抜かれているに違いない。だが、サーラはそのことには触れず、籠をテーブルに置いた。

「食べ物を持ってきたの。他に必要な物があったら、言ってちょうだいね」

「ありがとうございます。セグド・シン様もサーラ姫様もお忙しいでしょうに、気にかけていただいて」

　リンレイは頭を下げた。

　化け物騒動の後始末や街の復旧、さらに太守の急逝で、宮殿内は大騒ぎになっている。昼夜を問わず人が行き交い、連日の会議だ。そんなわけで、ルオーのことはどうしても忘れられがちになっているのだが、セグド・シンが自身の代わりに、娘のサーラをよこしてくれたのだ。

「父は、何故か忙しくなったようだけど、わたしは暇よ。特にすることもないから、今のうちに新しい婚約者を見つけようかしら」

　サーラが悪戯っぽく笑った。同調していいのかわからず、リンレイが黙っていると、サーラは真顔になった。

「ごめんなさい、無神経な軽口だったわね。ただ、ゾティーノヴィス太守の死に様が、あまりに衝撃的だったものだから」

　若い太守の急逝は、オアシスの人々に衝撃を与えた。ただし、それは太守の死によって起こるかもしれない政治的、経済的な混乱を危惧するものではなく、ましてやその死を悼むものでもなかった。太守の地位に就いて四年、ゾティーノヴィスにはたいした功績もなく、何より人望がなかった。

　取り沙汰されたのは、ゾティーノヴィス太守の不可解な死に様だ。外部に洩らすなと厳命されたにもかかわらず、その異常ともいえる死に様の詳細は、あっという間にオアシス中に広まってしまった。

「わたしも巫女は知っていたけれど、まさか死後にゾティーノヴィス太守を……。更迭された恨みだと言われているけど、恐ろしい執念だわ」

　闊達なサーラの表情が曇る。

　血の人形の笑みを思い出し、リンレイの肌は粟立った。

　自死か他殺かはさておき、巫女は死の直前に、ゾティーノヴィス太守を呪ったのだ。あるいは、前もってそういう呪いをかけておいたのか。真相は不明だが、巫女のゾティーノヴィス太守に対する怒りの凄まじさはわかる。

「巫女様はゾティーノヴィス太守様だけでなく、わたくしも殺そうとしました。ルオー様が助けてくださらなければ……ルオー様がこんなことになってしまったのは、わたくしのせいですわ」

「あなたのせいではないわ」

　サーラの声には、いたわりがあった。

「それにルオーは、あなたを助けたことを後悔していないでしょう。大丈夫、あなたのルオーは強運の持ち主だと父が言っていたわ。わたしも同感よ」

「ルオー様は、わたくしのものではありませんわ」

頬を染めながらリンレイが言うと、サーラの瞳が楽しそうに煌めいた。

「わたしにはそう見えるけれど。ルオーはあなたのもので、あなたはルオーのものだわ」

率直で嫌味のない物言いに、リンレイはますます頬を赤くした。

「ルオーにはあなたがいる、だからきっと大丈夫よ」

サーラは部屋を出た。小さなつむじ風のような少女を見送り、リンレイは椅子に腰を下ろした。

（サーラ姫様、わたくしには何もできません）

このまま、ルオーが死ぬのを見ているしかないのか。

「ルオー様を助けることができないなんて！」

こらえていた涙が溢れ出た。人の生死を前にして、神獣の血などなんの役にも立たない。

「落ち着きなされ、リンレイお嬢様」

ホワ爺の声だった。リンレイが顔を向けると、ホワ爺が続き部屋から出てきた。

「どうして落ち着いていられましょう。このままでは、ルオー様が死んでしまうのに。ホワ爺は平気なのですか？　あんなにルオー様のお世話になったのに」

知らず、咎める口調になっていた。

ホワ爺は人差し指で鼻の頭をこすりながら、巨眼をルオーに向けた。

「リンレイお嬢様、ライシェン様をお呼びなされ。ライシェン様なら、若造を助けられるはずじゃ」

「ライシェン様をお呼びする？　どうやってです？」

考えもしなかったことだ。リンレイはびっくりして、ホワ爺を見つめた。

「水鏡を使うのです。ほれ、ちょうどいい銀の盆がありますぞ」

「その方法で、ライシェン様を呼ぶことができるのですか？」

「はいな。昔、《竜の姫君》のお孫様が――シェン家の三代目の当主が、水鏡を使ってライシェン様をお呼びしたことがありますのじゃ。三代目の当主以外、これまでライシェン様を呼べた方はおられなんだが、リンレイお嬢様ならできるはずじゃ」

「わかりました、やってみます」

リンレイは涙を拭い、銀の盆を置いたテーブルの前に立った。疑問や不安を持たないといえば嘘になるが、わずかでも可能性があるのなら、それにすがりたかった。

使用した水を捨て、新しい水を銀の盆に注ぎ入れる。かすかな波紋の残る水面を覗き込み、強く祈りながらリンレイは語りかけた。

「ライシェン様、お願いです。ルオー様を助けてください」

するると、盆の中の水が白く輝き、光の波紋が暗い室内に広がった。

金波銀波、さざめくような光の波。暗さに慣れた目にはあまりに眩しく、リンレイは思わず目を閉じた。

「妹の血を引く者たちの中で、我を呼び出せたのはそなたが二人目だな」

耳に快い声が聞こえた。

リンレイが目を開けると、光に満たされた室内に、古風で雅な衣服を身につけた美貌の青年が立っていた。背が高く、豊かな髪は青く、同じ色の瞳は冷厳な光をたたえている。装身具の類は身につけていないが、ベルトの左腰に長剣を下げていた。精緻な装飾の施された鞘、柄には様々な色の珠が嵌め込まれていた。

（この方が、ライシェン様）

初めて会う親戚に、鷹揚なリンレイもたじろいだ。華麗な長剣を携えた青年の神秘的なまでの美しさ、冒しがたい気品と威圧感は、人ならざるものだ。緊張のあまりだろう、ホワ爺の細長い口髭がうねうねと動いている。

「お願いです、ライシェン様。ルオー様を助けてください」

我に返り、リンレイは頼んだ。だが、ライシェンは首を横に振った。

「それはできぬ。その男は命数尽きて死ぬ運命だ。その男が《闇鬼市》で《照妖珠》と交換したのは、己の命なのだから」

リンレイは鋭く息を呑んだ。

「そんな……!」

「その男は何十年分かの命を、つまり、寿命と《照妖珠》を交換したのだ」

声も出せずに震えているリンレイを一瞥し、ライシェンはつまらなそうに言った。

「ライシェン様。若造の寿命を取り戻すことはできんのですか?」

リンレイに代わって、ホワ爺が問うた。リンレイは衝撃が強すぎて、全身の震えが止まらない。

「答えは否だ、ホワ爺。《闇鬼市》での取引は正当なもの。正当な取引を覆すことは、何人といえども許されぬ。たとえ、天帝であってもだ。我々は人間と違って、決め事や約束は厳重に守るのでな」

ライシェンの表情と声は厳しかった。

「では、ルオー様を助けることはできないのですね。わたくしはずっと、ルオー様に助けられていたのに」

声を絞り出し、リンレイはうなだれた。

このまま、かけがえのない人を失ってしまうのか。どうすることもできない自分がもどかしく、胸が引き裂かれそうだった。

「妹の血を引く娘よ。そなたが、その男に恩義を感じる必要はない。その男がそなたたちを助けていたのは、我がそう命じたからにすぎぬ。裏切ったり、そなたの身が危険にさらされた時は、おまえの心臓が破れることになる、とな」

ライシェンは少し意地悪く微笑んだ。ルオーの行動は親切や好意からではないのだと、皮肉とも忠告ともとれる笑みだ。

「本来であれば、その男はもう死んでおる。だが、我が与えた使命——そなたを守れという命令が、辛うじてその男を生者の世界に引き留めているようだ。それも長い時間ではないが」

「ライシェン様、若造は《家宝》を取り戻すために尽力しました。そのおかげで、無事に《家宝》を取り戻すことができたのです。若造の功績は認めて、助けてやってくださりませんか？」

おそるおそる、ホワ爺が言った。しつこいと一喝されかねない懇願だと、わかっているのだ。それでもなお、ルオーのために懇願してくれるホワ爺に、リンレイは感謝した。

「なんと言われようと、その男を助けることはできぬ」

「どうしてもですか？」

ライシェンは眉をつと上げた。


「いかにも」

食い下がるホワ爺に対して、ライシェンの声には軽い苛立ちがあった。爆発する危うさを秘めた危険を感じ、リンレイはホワ爺を止めようとした。しかしホワ爺は引き下がらなかった。

「ライシェン様、若造は《家宝》のせいで、故郷や親しい人間を失いました。それは若造だけではありません。大勢の人間が、《家宝》のせいで苦しんでおります。そのようなことを、天帝がお許しになるはずがありません」

「何が言いたいのだ、ホワ爺？」

ライシェンの声が低くなり、室内を照らしている光が強くなった。カタカタと椅子やテーブルが揺れ、銀盆の中の水が渦を巻き始めていた。

（ホワ爺？）

ホワ爺が何を言おうとしているのか、リンレイにもよくわからない。まるで、《家宝》の起こした騒動の責任がライシェンにある、とでも言いたげなのだが。

「ライシェン様には、あの恐ろしい物を人界に落とした責任がおありじゃ。水を涸らし、化け物になってしまうような珠を、《竜の姫君》に渡されたのは、ライシェン様なのですから」

　恐ろしいばかりの圧迫感の中で、額に汗を浮かべながらホワ爺は言った。

　リンレイはハッとして、ライシェンの下げている美々しい長剣を見た。柄に嵌め込まれた、様々な色の珠。

「伊達に年はとっておらぬようだの、ホワ爺。いかにも、そなたたちが《家宝》と呼んでいる青い珠は、降嫁する妹に我が祝いとして渡した物だ」

　美麗な顔に苦々しいものを浮かべ、ライシェンは認めた。

「やはり、そうでしたか。あのような珠を、《竜の姫君》が人界に持ってこられるはずがないと思っておりました。じゃが、兄君から結婚祝いの名目で贈られた物であれば、置いていくわけにも、捨てるわけにもいきませんからの」

　ホワ爺の声には皮肉があった。

「何故ですの？　ライシェン様は何故、そのような物を、《竜の姫君》にお渡しになられたのですか？」

　信じかねる思いでリンレイは訊いた。ライシェンは煩わしげに、軽く手を動かした。

「何故と訊くのか、妹の血を引く娘よ。我は人間が嫌いなのだ。だから、青い珠を妹に渡した。もし人間どもが妹に害意を持った時は、そして妹が人界に嫌気がさした時は、その珠を使って人間どもを滅ぼしてしまうようにと言い含めてな」

「人間を滅ぼす」

　リンレイは鸚鵡のように繰り返した。

「我は妹に、こうも言った。妹が自ら滅ぼす価値もないと判断した時は、我に珠を返すがよいと。その場合、妹に代わって我が人間どもを滅ぼしてやるとな」

だから、《竜の姫君》は青い珠を《家宝》として、蔵の奥深くにしまったのだ。兄に返すこともできず、捨てることもできない以上、そうするしかなかったのだろう。

ただ、シェン家の当主と竜の血を濃く継いだ者だけ、木箱に触れることができたのは、その存在を忘れないようにするためだ。危険であるからこそ、存在を忘れてはならないのだ。

「ホワ爺は、我に責任があると言うが、珠を忌むべき物にしたのは、人間どもの責任だ。珠は持っている者の影響を強く受ける。持つ者が平和を願うのであれば、平和をもたらす。破壊や混乱を願えば、破壊と混乱をもたらす。持つ者によっては化け物にも、このうえなく美しい物にもなるのだ」

まさにその過程を、リンレイたちは目の当たりにしたのだ。

〈《家宝》などなければ、〈砂漠の黄金の果実〉は滅びなかったのに。ルオー様が傷つくこともなかった〉

リンレイは、椅子の上に置いてある手提げ袋を見た。セグド・シンやバヤートのことが思い出され、リンレイはいたたまれなくなった。

〈《家宝》だって、苦しまずにすんだのに〉

圧倒的な美しさと強さを備えたライシェンには、小さき生き物に対する配慮も、温かみもない。だからこその神獣なのかもしれないが、人の身としては受け入れがたい。

ライシェンに何か言ってやりたかったが、ぎょろりとしたホワ爺の目に浮かんだ強い警告に気がついて、リンレイは口をつぐんだ。

「ライシェン様。わしもライシェン様と同じく、人間が嫌いでした。あっという間に死んでいく人間など、塵芥も同然と思うておりました。じゃが、最近になって、少しだけ《竜の姫君》のお気持ちがわかるようになったのですじゃ。《竜の姫君》は短い生を懸命に生きる人間が、この世界の生き物すべてが愛おしいとおっしゃっていました」

言葉を切り、ホワ爺は床に両手をついた。

「どうか、若造を助けてやってください。死してしまえば、いかなライシェン様とて、どうすることもできますまい。じゃが、若造はまだ生きております。ライシェン様の命令だったとはいえ、若造はよくやってくれました。こやつがおらねば、リンレイ様もわしも砂漠で途方に暮れていたでしょう」

額ずくホワ爺を、ライシェンは冷たく光る目で見つめている。

「ライシェン様、どうか、どうかルオー様を助けてください。ルオー様が助かるのでしたら、わたくしの命と引き替えにしてもかまいません」

リンレイも床に膝をついた。

「この人間に、それほどの価値があるのか？　この男がそなたたちを助けていたのは、我の命令があったからだ」

「それでもわたくしは、わたくしもホワ爺も、ルオー様を助けたいのです」

リンレイは真っ直ぐライシェンを見た。強い意志を秘めた黒い瞳が、深く冷たい青い瞳とぶつかった。見つめているうちに、リンレイは海の底に沈んでいくような錯覚を覚えたが、先に視線をそらしたのは、ライシェンだった。

「妹によく似ておる」

ライシェンは腕組みをして、ため息を吐いた。

「愚かな」と言いたげに。

「その男が助かる方法が、一つだけある」

少しの沈黙のあと、渋々という様子でライシェンが口を開いた。

「方法を教えてくださいませ！」

リンレイは勢いよく頭を上げた。

「正当な取引で、男の寿命を取り戻すのだ」

感情のない声でライシェンが言った。

3

漆黒の夜だった。

視界を満たすのは黒一色、聞こえるのは冷たく乾いた風の音と、砂や小石を踏む音だけ。

空と大地の区別がつかない場所を、リンレイは一人で歩いていた。かぶっている薄絹のショールが風になぶられ、黒い髪がなびく。

(ここが狭間?)

リンレイはショールが飛ばされないように押さえた。

最初はオアシス近くの砂漠かと思ったが、何か違う。闇がねっとりと濃く、空気や風が重苦しい。

(よくわからないけれど、別の国――いいえ、別の世界にいるような)

ライシェンは水鏡を使って、リンレイを《闇鬼市》が開かれる場所に送ってくれた。沈黙の市は東の国だけではなく、様々な場所で開かれているものらしい。

「今宵は狭間で《闇鬼市》が開かれる。どうやら、男の運は尽きていないらしい。だが、男の寿命を取り戻せるかどうか、それはそなたの運と覚悟にかかっている」

一緒に行くと言ったホワ爺を一睨みで黙らせ、ライシェンはリンレイにそう告げた。

「そなたに忠告しておこう。《闇鬼市》の取引は正当でなくてはならない。不当な取引があれば、必ず是正される。いかなる犠牲を払ってでもだ。よって、交渉が決裂した場合でも、不当な手段で手に入れようなどとは思わぬことだ。《闇鬼市》では、我の威光も意味のないもの。我の助けを、あてにするでない」

必要なものは運と覚悟――リンレイは誰の手も借りずに、《闇鬼市》でルオーと取引した相手を見つけ出し、なおかつルオーの寿命を取り戻さなくてはならないのだ。それも、ライシェンの力がルオーの命を引き留めている間に。

（ああ。お願いだから、《闇鬼市》に辿り着けますように。そして、ルオー様と取引した相手がいますように）

不安を抱きながら、リンレイは歩き続けた。東の国を出発してから、今ほど心細かったことはない。

漆黒の闇の中を歩きながら、リンレイは《闇鬼市》を探した。わずかな気配も物音も見逃すまいと、全神経を張り詰めていた。しかし、行けども行けども、広がるのは虚空だけ。《闇鬼市》どころか、動く物一つ見えない。

焦りが広がっていく。早く《闇鬼市》を見つけなくては、ルオーを助けることができなくなってしまう。

（どうして見つけられないの）

血が滲むほどきつく唇を噛んだ時、前方に白い人影が見えた。

そこにだけ淡い光が当たっているような、あるいは燐光を纏っているような人影は、痩せた少年だった。薄い上着と穴の開いたズボンで、白い息を吐きながら走っている。

（ルオー様？）

リンレイは目を瞬かせた。垢と泥で汚れているが、その顔はルオーに間違いない。

（待って、ルオー様！）

どうしてこんな場所に少年のルオーがいるのか、リンレイにはわからない。焦る心が作り出した幻覚かもしれない、見間違いかもしれない。それでもリンレイは少年のルオーを追って走った。途中でショールが飛ばされたが、どうでもよかった。

（ルオー様、待ってください！）

見失ったら、宮殿にいるルオーまで闇の中に溶けてしまうのではないか――そんな恐怖に突き動かされて、リンレイは走り続けた。

どれほど走っただろうか。ふいに、つんとする何種類もの香辛料と獣の臭いがして、闇の中で蠢く密やかな気配を感じた。風の音が消え、代わりに砂を踏む音、足音や衣擦れの音が聞こえ――リンレイは《闇鬼市》の中にいることに気がついた。

（ルオー様は？）

少年の姿を捜したが、見えなかった。見えるのは蠢く複数の黒い人影や、地面に点々と敷かれた絨毯とその上に置かれた雑多な品物。売り買いされているようだが、話し声はまったく聞こえない。無言の交渉が行われているのだ。

（ルオー様が案内してくれたのだわ）

スッと不安が消えた。リンレイは自分の為すべきことを思い出し、香辛料と獣の臭いが強く漂っている闇の中を泳ぐように歩いていた。

（ルオー様と取引した相手がいますように。見つけられますように）

やがて暗闇の中に、ぼんやりと青光る物が見えた。リンレイは引き寄せられるように、その方向に足を向けた。

すり切れた羊毛の絨毯の上に、店主が座っていた。黒い影のように、顔も身体も見えない。それなのに、肘から先だけがはっきりと見える。死体のような青白い肌、黒く長い鉤爪。

（見つけたわ！）

リンレイは思わず声に出しそうになり、片手で口を押さえた。

その姿はルオーから聞いたとおりだった。どう見ても人間ではない。おそらく、魑魅魍魎の類だろう。しかし、見つけた喜びで、リンレイは影そのもののような店主を恐ろしいと思わなかった。

店主の前には、品物がいくつか並んでいた。鈍く光る黄金髑髏の杯、血の滴のような赤い宝石、絹のような金髪で編まれたレース、青白く輝く水晶の瓶、細かく砕いた骨を入れた砂時計――どれも恐ろしく、奇怪で、痛々しいばかりに美しい。

それらの品々の中で、リンレイの目を釘付けにしたのは水晶の瓶だった。瓶の中で、青白い炎が燃えている。それを見つめていたリンレイは確信した。

（これがルオー様の命だわ）

理屈ではない。直感がそう告げている。

リンレイは青白く輝く水晶の瓶を指さした。

（わたくしと、この水晶の瓶を交換してください）

声は出せないが、心の中でそう言った。

リンレイはルオーの寿命と交換する物を持ってこなかった。ホワ爺には「なんでもいいから、宮殿にある高価な物を持っていきなされ」と言われたが、ライシェンに無駄だと嗤われた。

「人間の寿命を欲しがるような者が、ありふれた宝を欲しがるとは思えんな」

リンレイも同感だった。金銀財宝を山のように積んでも、決して交換に応じてくれないだろう。それは絨毯の上に並べられた品を見てもわかる。リンレイが持っている物で、交換できそうな物といえば、《家宝》ぐらいだろうか。

しかし、ルオーのためとはいえ、《家宝》を交換材料にすることはできない。人間であろうと、人間以外のモノであろうと、渡すのはあまりにも危険な代物だ。

（わたくしが交換できる物は、わたくし自身だけ）

寿命でもいい、目でも腕でもいい。ルオーの命と交換してくれるのなら、リンレイはなんでも差し出すつもりだった。

だが、交換を申し出たリンレイに、店主は駄目だというように、両手を振った。

リンレイは、よろけた。絶望の中で、リンレイは水晶の瓶を奪って逃げることを考えた。交渉相手は人間ではないが、竜になれば逃げ切ることができるのではないか。

だが、すぐにその考えを打ち消した。リンレイは一人で、取引をしなくてはならないのだ。

（でも、どうすればいいの。このままではルオー様が死んでしまう）

何か交換できる物はないか。リンレイは狂おしく考え、探した。だが、どれほど探したところで、結論は同じだ。

（ルオー様！）

失ってしまうのだ、大切な人を。ルオーの笑顔が脳裏に浮かび、激しい感情が涙となって溢れた。

と、店主が音もなく立ち上がり、青白い腕がリンレイの方に伸びた。恐ろしい黒い爪が目の前にあったが、リンレイは身じろぎもしなかった。目をえぐられようと、喉をかき切られようと、構わなかった。それでルオーを助けられるのなら。

ひやりとした黒い爪が、リンレイの頬に触れた。そして流れる涙を、黒い爪がすくい上げた。すると、涙は数粒の透明な宝石となって、店主の掌で光った。

少しの間、店主は掌の上で、満足げに涙だった宝石を転がしていた。それから水晶の瓶を指さし、リンレイに持っていけというように、手を動かした。

交渉は成立した。リンレイは水晶の瓶を抱きかかえ、足早に歩きだした。あとは一刻も早く、ルオーの許（もと）に帰るだけだ。

そして《闇鬼市》から出たと感じた時、リンレイの前にはライシェンがいた。

「よくぞ取り戻せたものだ」

青白い光に包まれたライシェンは、リンレイの抱えている水晶の瓶を見て、目を細めた。

「ルオー様が……少年のルオー様が、闇の中で迷っているわたくしを、《闇鬼市》まで案内してくださったのです」

水晶の瓶をそっと撫でながらリンレイが言うと、ライシェンは困惑したような表情を浮かべた。

「ここは生と死の狭間であるから、そういうこともあるのかもしれぬ。人間は時々、我にもできないようなことをする」

その呟きに、かすかな畏敬（いけい）が含まれていると感じたのは、リンレイの錯覚だろうか。

「ライシェン様、わたくしをルオー様の許に帰してくださいませ」

リンレイの頼みに、ライシェンは小さく頷いた。


深い闇の底、深すぎる眠りから、無理やり呼び覚まされたようだった。急激に浮上した意識に動悸が高まり、全身が緊張していた。同時に激しい頭痛に襲われ、ルオーは呻き声を洩らした。

「ルオー様」

すぐ近くからリンレイの声が聞こえた。

苦労して重い瞼を開けると、リンレイの笑顔が目の前にあった。

「リンレイさん？」

呟いたルオーだが、自分がどこにいるのか、一瞬わからなかった。すぐに思い出し、周囲に視線を巡らすと、そこは大広間ではなかった。

「具合はいかがですか、ルオー様？　ご気分は悪くありませんか？」

「大丈夫です。それよりもリンレイさん、わたしは何故、寝台に横になっているんです？　死んだはずなのに」

「感謝しろよ、若造。リンレイお嬢様は、おぬしの寿命を取り戻すために《闇鬼市》に行ったんじゃ」

そう言ったのは、部屋の中を歩き回っているホワ爺だった。よほど暇なのか、落ち着かないのか、あるいは運動不足解消のつもりなのか。

「《闇鬼市》に⁉」

驚いて身体を起こしたルオーの肩を、リンレイが優しく押さえた。

「いけません、急に動いては」

「しかし……」

寝台に逆戻りしたルオーは戸惑っていた。いや、混乱していた。

「どうやって《闇鬼市》に？　砂漠でも市が開かれているんですか？　わたしの寿命を取り戻すって、売り主はいたんですか？　一体何と交換したんですか？」

「質問の多い男じゃな。リンレイお嬢様はライシェン様を呼んで、狭間の《闇鬼市》に連れていってもらったんじゃ」

　窓の前で立ち止まったホワ爺が、ふんと鼻を鳴らした。

「ライシェン様？　狭間の《闇鬼市》？」

　ルオーはいよいよ混乱していた。頭痛のせいなのか、状況がまるで呑み込めない。

「……リンレイさん、何があったんですか？」

　ルオーが説明を乞うと、リンレイは手短に説明してくれた。

　ライシェンの命令がルオーの命を引き留め、昏睡状態にあったこと。ホワ爺の助言で、ライシェンを呼び出したこと。狭間の《闇鬼市》で、水晶の瓶に閉じ込められたルオーの寿命を見つけ、リンレイの涙と交換したこと。

「宮殿の部屋に戻ってから、わたくしは水晶の瓶をルオー様にかざしました。すると瓶が割れて、破片と一緒に青白い炎がゆっくりとルオー様に吸い込まれました」

　その直後にルオーは意識を取り戻したらしいが、ライシェンは消えていた。用はすんだとばかりに、挨拶もなしに去ったらしい。それとも、人間如きに高貴な姿を見せたくなかったのか。

「はー、やれやれ。おぬしのせいで、ライシェン様をお呼びするような事態になってしまったわい。ったく、あの方のご勘気をこうむり、わしの寿命は縮んだぞ」

　悪態をつくホワ爺を、リンレイが窘めるように軽く睨んだ。ホワ爺は黙って肩をすくめると、部屋の隅に行き、置かれた長椅子に倒れ込んだ。歩き回っていたので、疲れたらしい。

「《照妖珠》が割れた時、わたしは死んだはずでした。それが契約だったので」

　ルオーは手袋をしていない左手を見た。掌には白い亀裂が入った黒い痣のような《照妖珠》も、火傷のような痕もなかった。

「《照妖珠》は消えてしまったようですわね」

リンレイに言われ、ルオーは頷いた。

「消えてよかったんです」

少年の日に渇望して手に入れた宝だったが、その力を知ってからは、持て余す代物になっていた。

街中や人の多い場所で、人間の中に交じっている魔物を見つけてしまう恐怖——神秘的、超自然的なことに興味のある人間ならともかく、ルオーには厭わしく、恐ろしいだけだった。黒い手袋をはめるようになったのも、そうしたことを防ぐためだ。

「稀に探し物を見つけ出せたり、役に立つこともありましたが。魔物や妖怪の正体を明らかにする《照妖珠》は、わたしのような人間には宝の持ち腐れでしたよ」

長い間背負っていた、重い荷を下ろしたような安堵があった。そしてにわかに、現実のことが気になった。

「リンレイさん、オアシスはどうなっているんです？　あの後、ゾティーノヴィス太守が死んだことで、大騒ぎになったはずでしょう？」

「ええ、しばらくは大変でした。でも、皆様の努力でたいした混乱もなく、今は平穏を取り戻していますわ。だから、ルオー様が心配することはありません。オアシスのことより、自分の身体のことを心配してください」

リンレイは微笑み、寝台横のテーブルに移動した。置いてある銀の盆に水差しの水を注ぎ、布を濡らす。

ルオーはその様子を見ていた。意識を失っている間も、リンレイは献身的に看護をしてくれたのだろう。

（介護などしたことのない、良家の子女が）

そう考えると、いっそうありがたく、嬉しく、照れくさくもあった。

「おお、そうじゃ。言い忘れていたことがあった、《家宝》のことじゃがな。あれはライシェン様の物だったそうじゃ」

長椅子に横たわっているホワ爺が、思い出したように口を開いた。《家宝》についての真相を聞かされ、ルオーは半ば呆れた。以前、《水の神殿》でルオーとホワ爺は、《家宝》には重大な秘密、良からぬ謎が隠されているような気がすると、語ったことがある。気のせいではなく、まさにそのとおりだったのだ。

「さすが神獣、嫌がらせも壮大だ。それにしても、ライシェン様は本当に人間がお嫌いなんですね」

「ええ」

リンレイは困り顔で、ルオーの額の汗を拭いてくれた。

「リンレイさん」

ルオーは礼を言おうとしたのだが、知らずのうちに、布を持っているリンレイの手を摑んでいた。リンレイが驚いたように、大きく目をみはった。

「ルオー様、動けるようになったら、一緒に東の国に来てくださいませんか？　送り届けるという意味ではなくて」

さっとリンレイの頰が染まる。

「東の国に行きます」

ルオーは摑んでいた手を離し、桜色に染まったリンレイの頰に触れた。

「こりゃ、何しとるか！」

ホワ爺が長椅子から跳ね起きた。怒鳴り声で我に返り、ルオーは慌てて手を離した。

「わたくし、水差しに水を入れてきます」

リンレイは真っ赤な顔で、水差しを持って部屋の外に出た。

「……若造」

「説教は後にしてください。わたしは死にかけていた人間ですから」

非難する気満々でベッドに向かってくるホワ爺に、ルオーは背を向けた。

（もしホワ爺に怒鳴られなかったら、自分は何をし

ていただろう）
　そう考え、ルオーは頭から毛布をかぶった。
「まったく。死にかけていたくせに、起きたとたん、ろくでもないことを。これだから、人間の男は油断ならんのじゃ。《竜の姫君》の夫になった男も、おとなしそうな顔をしていたが」
　ホワ爺のくどくどしい文句を聞きながら、ルオーは目を閉じた。癪だが、ドリーガに頭を下げることになりそうだ。

4

　遠くに見えるのは、オアシスを囲む城壁とかすむ熱砂の砂漠。城壁の内側、西側と東側には街並みが広がり、その間を銀色の水路が走っている。南を見れば、ポプラやタマリスクなどの樹木が茂る緑の区画、畑地だ。北正面にはモザイク模様の大広場、その先に正門がある。

　それらは宮殿を囲むように建っている尖塔――物見の塔からの、朝の眺めだった。

　石造りの尖塔の高さはおよそ二十メートル、オアシスでいちばん高い建物だ。その塔の最上階の部屋から、四方の風景が見渡せるようになっていた。四面の壁に窓があるのだ。

「おお、オアシス全体がよく見えるの」

　ホワ爺は東の窓に張り付いて、子供のようにはしゃいでいる。

「普通は、こんな場所に入れてもらえませんよ」

　ルオーはぐるりと、四つの窓に目をやった。窓の大きさに比べて部屋は狭く、ルオーたち三人が入ると息苦しささえ覚える。天井も低く、ルオーが手を伸ばせば触れられるほどだ。

「家も道も、ほとんど修復されているようですわ」

　手提げ袋を落とさないように注意しながら、西側の窓から街並みを眺めているリンレイが、安堵したように呟いた。

魚の化け物となった《家宝》が城壁を破り、街中に侵入し、《水の神殿》まで移動した際、道や民家が破壊された。奇跡的に死傷者はなかったが、街の様子を心配したリンレイのために、重臣たちが特別に物見の塔に入る許可をくれたのだ。化け物を倒したことを考慮してのことらしいが、セグド・シンの口添えもあったに違いない。

「こうして見ると、何事もなかったようですね。平和そのものだ」

　四つの窓から見えるものは、ありふれた日常の風景だった。街もそうだが、宮殿も外から見た限り変化はない。竜に変化したリンレイが建物に開けた大穴も、いつの間にか修復されている。

「阿呆（あほう）とはいえ、太守が死んだのになぁ」

　皮肉とも憐れみともつかない呟きを洩らし、ホワ爺が窓から離れた。

「仕方ありません、死んだゾティーノヴィス太守はお飾りですからね」

　ルオーは軽く肩をすくめた。

化け物騒動の後始末や街の復旧作業、太守の急逝で、宮殿内が大騒ぎになっていたことは事実だ。だが、政情不安のような大混乱には陥っていない。オアシスを支配していたのがゾティーノヴィス太守ではなく、前太守の老獪（ろうかい）な家臣たちだからだ。

「次の太守様は、どうなるのでしょう?」

　窓の外に顔を向けたまま、リンレイが呟いた。

「さあ。ゾティーノヴィス太守は結婚していませんでしたからね。どこかに子供がいなければ、親戚筋から選ばれることになるんじゃないでしょうか」

「親戚というのなら、セグド・シンでもいいということじゃろ?」

「まさか。それは無理ですよ」

　ルオーは苦笑いをホワ爺に向けた。老獪な家臣たちの評価が高いにしても、セグド・シンが新太守の地位に就くなど、あり得ないことだ。血筋や能力ではなく、家臣たちの思惑やオアンスの住人たちの感情、〈砂漠の黄金の果実〉の移住者たちへの影響力等を考慮すれば、至極当然だろう。

「しかし、セグド・シン様は有能な方ですから、今後は色々と頼られるかもしれません。新しい太守が嫉妬深い人間でなければ」

　言葉を切り、ルオーはリンレイに視線を向けた。窓の外を眺めているだけなのに、その姿は清楚で美しかった。

　ルオーはリンレイの華奢な身体を抱きしめたいという衝動に駆られた。だが、そんなことはできるはずもなく、代わりに軽口で気を紛らわせた。

「水の心配もなくなりましたから、オアシスは富み栄えるでしょう。どうです、リンレイさん。今からでも、《水の神殿》の巫女になる話を引き受けてみては？　前の巫女などより贅沢ができますよ？」

　軽口に反応したのは、ホワ爺だった。茹でたタコのように真っ赤になって、ルオーを睨みつけた。

「まだ寝惚けておるのか、この若造は！　《水の神殿》の巫女など、とんでもない！　リンレイお嬢様は東の国に帰るんじゃ！」

　それは《水の神殿》だけではなく、家臣たちからの要望でもあった。素晴らしい力を持つリンレイに、新しい《水の神殿》の巫女になってほしいと。

「ホワ爺の言うとおりですわ。いくら頼まれても、わたくしは巫女にはなりません」

　手提げ袋を握りしめ、リンレイは微笑を浮かべた。

「そうなると、巫女の座はしばらく空いたままかもしれません」

　リンレイを口説きに日参していた準巫女たちを思い出しながら、ルオーは言った。彼女たちの熱意がわからないでもない。霊力のある白い巫女の後任となれば、それでなくても難しいところに、水を操って化け物を退治をした異国の娘が現れた。リンレイの印象が強烈に焼き付いたのは、当然のことだろう。

「《水の神殿》の新しい巫女には、神秘の力とは無縁の、けれど思慮深く、人間と人生を愛する女性が選ばれなくてはなりません」

リンレイの言葉には、そうあってほしいという願いがこもっているようだった。

「そろそろ、下に戻りましょう」

ルオーはリンレイに背を向け、部屋の外に出た。

所々に明かり取りの細長い窓があるが、螺旋（らせん）階段は薄暗い。足を滑らせないように気をつけながら、ルオーたちは階段を下りた。靴音（くつおと）が壁に反響し、暗い塔の内部に響いた。

物見の塔から出ると、強くなった陽射しの下に漆黒の人影が立っていた。黒いドレスに黒いベールをかぶっていたので、すぐにキーシャだとわからなかった。

「あなたたちがオアシスを出ると聞いたので」

喪服（もふく）のキーシャが言った。ルオーたちが出発する前に一言、挨拶をしようと待っていたらしい。ベールのせいで顔はよく見えないが、声や態度に以前の居丈高（いたけだか）さはない。

「キーシャ様、わたくしたちに何か訊きたいことがあるのですね？」

日陰に移動しながらリンレイが訊くと、ついてきたキーシャは素直（すなお）に頷いた。

「死んだ巫女様がゾティーノヴィス太守を殺したというのは、本当なのだろうか？　色々な噂は耳にするが、どれが真実かわからない。あなたたちはその場にいたし、何より、本当のことを教えてくれるはずだ」

「巫女様がゾティーノヴィス太守様を殺したというのは、事実ですわ」

詳細を知りたがるキーシャのために、リンレイは見たままを淡々と語った。横からホワ爺が「太守は大帝国を夢みていた」とか、「巫女は血の人形のようだった」などと余計な口をはさんだが、キーシャは黙って耳を傾けていた。

話し終えたリンレイに、キーシャは深く頭を下げた。

「キーシャ、わたしたちも知りたいことがあります。巫女を殺害したのは、あなたですね？」

ルオーの問いに、キーシャは頷いた。

「そうだ。ゾティーノヴィス太守に頼まれて、わたしが巫女様を殺害した」

　ゾティーノヴィス太守にとって、巫女は後ろ暗い秘密の共有者だった。つまり一蓮托生（いちれんたくしょう）なのだが、巫女は太守の弱味を握ったも同然と考えた。そして共犯者のなれなれしさで、太守に対しての態度が変化していく。厚かましく、図々しくなり――ゾティーノヴィス太守にしてみれば、面白いはずがない。

　巫女を疎（うと）み始めていたところに、リンレイが現れた。オアシスの水を増やせない巫女などより、竜の血を引く異国の娘の方が、はるかに利用価値があった。水に不自由せず、他のオアシスに対しての威嚇（いかく）にもなる。リンレイを味方につければ、野望を叶えることができるかもしれない。

　だが、そのためには巫女が邪魔だった。なんとか始末したいが、巫女は用心深い。そこでゾティーノヴィス太守は、キーシャに巫女を暗殺させることにした。故大守妃の隠し子は、異父兄であるゾティーノヴィス太守の命令で《水の神殿》に出入りし、巫女の行動を探り、報告していたのである。

「巫女様が監禁された日、ゾティーノヴィス太守がわたしの部屋を訪ねてきた。そして、わたしに助けてほしいと言った。巫女は太守の秘密を知っている、巫女が生きていれば自分は破滅させられてしまう、だから助けてほしいと。秘密が何か知らないが、ゾティーノヴィス太守に頼まれたら、嫌とは言えなかった」

　感情を表に出すことの少ないキーシャが、ベール越しでもわかるほど顔を歪めていた。

「巫女様を殺すことは簡単だった。あの方はわたしが裏切るとは、考えもしなかったから。巫女様が聖人でも、心根の優しい人でもないことはわかっていた。けれど、わたしはあの方が好きだった。時々でも、わたしに優しくしてくれたのは、巫女様だけだった。でも、太守に、異父兄に頼まれたら……妹と呼ばれ、頭を下げられたのは、初めてだった」

　キーシャは言葉を詰まらせた。

　キーシャの告白に、リンレイは痛ましげな、ホワ爺は酢(す)でも飲まされたような表情になった。

「巫女様を殺害した後……」

　深呼吸して、キーシャは話を続けた。

すでに買収してあった見張りに、口止め料として大金を渡した。自死と判断する材料となった遺書は、キーシャが書いたものだった。巫女の側にいたキーシャには、筆跡を真似(まね)るなど簡単なことだ。

「巫女様は太守に復讐した。すべてゾティーノヴィス太守の命令だとわかったからだ。それなのに何故、わたしを殺してくれないのか。直接手にかけたのはゾティーノヴィス太守ではない、わたしなのに」

　太守は偽りの肉親の情で、巫女は見せかけの親愛の情で、キーシャを利用していたのだ。そうとわかってもなお、ゾティーノヴィス太守と巫女の間で、キーシャは苦しんでいる。

「巫女様は、キーシャ様の苦しみをご存じだったのですわ。だからキーシャ様の前には現れなかったのです」

　リンレイはキーシャの手を取り、握りしめた。

「間もなく、新しい太守様と巫女様が決まります。新しい時代が訪れるのです。キーシャ様も、これからはご自分のために生きてください」

　キーシャは何も言わなかったが、リンレイの手を両手で握った。そしてすぐに手を離し、足音もたてずに去っていった。

「わしゃ、納得できんぞ。直接手を下したキーシャを狙わず、リンレイお嬢様を狙うとは。巫女は何を考えていたんじゃ」

　遠離(とおざか)る喪服の背中を見ながら、理解できないというようにホワ爺が唇を尖らせた。

「巫女はリンレイさんに対して、妬(ねた)みや嫉妬(しっと)がありましたからね。キーシャには多少、同情していたか、あるいは殺す価値もないと見くびっていたか。どちらかでしょう」

ルオーの発言に、ホワ爺が「取り付く島もないことを言いおる」と呆れ、リンレイは苦笑した。

「そんなことはありません。巫女様はキーシャ様を友人だと思ってらしたんですわ」

リンレイらしい優しい考えだとルオーは思ったが、口には出さなかった。


三人は物見の塔から離れ、待ち合わせの裏門に向かった。正門前ほどではないが、そこも何十台もの荷馬車や荷台が並べる広さだ。裏門は宮殿に出入りを許された業者や、使用人たちが利用している出入り口なのである。

そんな場所にサーラが立っていた。例によって少年と見紛う服装で荷馬車に寄りかかっていたが、ルオーたちを見つけると手を振った。

「サーラ姫様」

恐縮するリンレイに、サーラは太陽のような笑顔を向けた。

「やっと来たわね。旅に必要な物は用意しておいたわ」

「ありがとうございます」

ルオーは頭を下げた。宮殿内が落ち着きを取り戻す前にルオーたちに砂漠から離れることを勧めるセグド・シンが、多忙な中で用意してくれたものだ。

「父も見送りをしたかったようだけど、忙しい上に大袈裟になるからと言って。わたしが代理よ」

荷馬車の前に立っていたり、お付きもなしで見送りに来たり、姫君のすることではないのだが、本人は楽しそうだ。

「お気持ちだけで充分です」

ルオーはふと、サーラたちのこれからのことを考えた。ゾティーノヴィス太守が死んだからといって、セグド・シンやサーラたちの待遇が劇的に改善され遇されることも考えられる。それは〈砂漠の黄金の果実〉からの移住者たちも同じだ。

だが、サーラの輝く笑顔を見、セグド・シンやドリーガのしたたかさを思うと、悲観する必要はないような気がした。亡国の人々は太守から下々まで、しなやかに、したたかに、新しいオアシスに根を下ろすに違いない。

（バヤート様のように、過去に囚われてしまう人間もいるだろうが）

それはもはや、仕方のないことだ。誰もが前を見て、力強く歩いていけるわけではない。それでも、とルオーは思った。

今日の絶望が、明日には希望に変わるかもしれない。傷が癒えるように、苦しみと悲しみが薄れることがあるかもしれない。

（生きてさえいれば、乗り越えられるかもしれない）

だからバヤートには生きていてほしかった。その弱さを、苦しみと悲しみを抱えながらでも。

「名残は惜しいけれど、これでお別れね」

そう言って、サーラはリンレイの傍らに身を寄せた。そして顔を近づけ、リンレイの耳元で何やら囁き――リンレイはびっくりした顔で、頭を振った。

（何を言われたんだ？）

気になってリンレイを見ていると、手まで動かし、何やら激しく否定している。やはり気になったホワ爺が、サーラに「何を言ったんじゃ？」と訊いた。

「それは内緒、女同士の秘密だもの」

少女は茶目っ気たっぷりに片目をつぶった。


街路樹のポプラやタマリスクの枝葉が揺れ、その下を何頭ものラクダや荷台、大勢の人々が通る。

宮殿を出た荷馬車は、城壁の東門に向かっていた。御者台にルオー、荷馬車の中にはリンレイとホワ爺がいる。空いている座席には用意してもらった荷物が置かれ、金貨や宝石の詰まった袋もあった。餞別か、口止めか、どちらにしてもありがたく使わせてもらうつもりだ。

通りを進む荷馬車の御者台から見えるのは、ありふれた日常の光景だった。行き交う商人たち、買い物をしている女たち、木陰で話し込んでいる老人。通りに沿った水路には勢いよく水が流れており、並んで洗濯物をしている女たちが賑やかに談笑している。女たちの近くを、屈託のない笑顔で走り回る子供たち。

水が減り、化け物となった《家宝》が現れる以前の光景が戻っていた。ありふれた日常のかけがえのなさを、街の人々も知ったことだろう。

(もっとも、噂話だけは日常とかけ離れているが)

商人たちは商売の話そっちのけで、老人たちは唾を飛ばしながら、オアシスを襲った怪異について、声高に語り合っている。

魚の化け物と謎の異国の娘、赤い女とゾティーノヴィス太守の急逝、《水の神殿》の巫女の不在。オアシス中がその話題で持ちきりのようだ。

(そしてこの噂は、近隣のオアシスや遠い異国に運ばれていくんだな)

手綱を引きながら、ルオーは苦笑を浮かべた。この類の噂は、真実を知らない人々の好奇心を刺激し、様々な憶測を生むことになるだろう。ゾティーノヴィス太守はたいした功績のない太守だったが、その奇怪な死に様によって、長らく人々の記憶に残るかもしれない。

そんなことを思いながら、ルオーが荷馬車を進めていると、頭上から甲高い鳥の鳴き声がした。タマリスクの木の枝に鳥がいて、鳴きたてている。応えたのは、水を飲んでいるラクダの背にちゃっかり乗っかって、毛をむしっているつがいだった。

「ルオー様」

リンレイが馬車の中から声をかけた。

「なんですか?」

「街を出る前に、ドリーガ様にご挨拶しなくてもいいのですか？」

「いいんです。会わなくても、わかってくれますから」

気遣うリンレイに、ルオーはそう言った。ルオーが荷馬車でオアシスを出たことは、すぐにドリーガの耳に入るだろう。

（それだけでドリーガは理解してくれる）

怪我もなく、三人一緒だということを。絶望から逃げ出すのではなく、幸せを摑むためにオアシスを出ていくのだと。

ホワ爺が何かごにょごにょと言ったが、リンレイに窘められた。ドリーガと酒が飲みたい、あるいは一緒に連れていきたい、そんなところだろう。

「ルオー様、わたくし、ドリーガ様に砂漠の言葉を教えていただいたのですけれど」

「そうだったんですか」

いつの間に覚えたのかと、リンレイに訊こうと思っていたが忘れていた。ドリーガは身ぶりと上手な絵で、わかりやすく言葉を教えてくれたのだと、リンレイは言った。

（絵も描けたのか。あの人はどこで、何をやっても食べていけるな）

ドリーガの器用さと適応力の高さに感心していると、リンレイが馬車の窓から顔を出した。

「リンレイさん、危ないですよ！」

ルオーは荷馬車を停めた。するとそれを待っていたように馬車の扉が開き、リンレイが外に出てきた。ルオーは仕方なく手を貸して、リンレイを御者台に乗せた。

「リンレイお嬢様、ストールを。陽に焼けてしまいますぞ」

ホワ爺が窓から手を出し、ストールを振り回す。それもルオーが受け取り、満足げに御者台に座っているリンレイに手渡した。

「ドリーガ様に教えてもらった砂漠の言葉で、意味のわからないものがあるのです」

「ドリーガにもわからないということですか？」

「いえ、意味を教えてくださらなかったのです。ルオー様に訊くようにと言われました」

ストールをかぶり、リンレイが言った。

「リンレイさんは、その言葉を覚えているんですか？」

荷馬車を走らせるべく、ルオーは馬に軽く鞭（むち）を当てた。

「覚えていますわ」

リンレイはゆっくりと、意味を教えてもらえなかったという砂漠の言葉を呟いた。その記憶力は立派だが、言葉を聞いたルオーは危うく御者台から落ちそうになった。

「ルオー様、大丈夫ですか？」

「ええ、荷馬車が揺れたせいです」

その言い訳を、リンレイが信じたかどうか。

（なんて言葉を教えるんだ！）

明らかにルオーとリンレイを、からかっているのだ。だが、からかわれていることを知らないリンレイは、キョトンとして意味を教えてもらえるのを待っている。

「意味は『一緒に東の国に帰ろう』です、からかわれたんですよ。まったく、ドリーガは」

思い出してみれば、〈砂漠の黄金の果実〉にいた時も、ドリーガはそういう悪戯をしていたものだ。本気で怒る同僚もいたが、上官のバヤートは面白がっていた。

「リンレイさん。このオアシスはわたしにとって、居心地のいい場所ではありませんでした。それでも去るとなると、少しばかり感傷があります」

ルオーは言い、リンレイは黙って頷いた。

荷馬車は賑わう通りを、東門に向かっていた。

エピローグ

風をはらんで、白い帆が大きく膨らんでいる。外海航海用の大型船のマストの上では、海鳥の群れが騒ぎながら旋回していた。

「素晴らしい眺めですね」

波の飛沫が散る甲板から、ルオーは身を乗り出した。目の前に広がる青い海と水平線、輝く波、飛び跳ねる銀色の魚。何もかも、初めて目にするものばかりだ。

「わたくしも海を見るのは初めてですわ」

抑えきれない好奇心と感動で、リンレイの大きな黒い瞳が輝いている。

「何がいいんじゃ、こんなでかいだけの水溜まりが」

やや離れた場所から聞こえた声は、甲板で仰向けに転がっているホワ爺だ。顔の上半分に布をかけ、陽射しを防いでいる。乗り込んだばかりだというのに、早々に船酔いで動けなくなっていた。

（いずれ船酔いの苦しみで、ナマズの本性が出るかもしれないな）

不安がルオーの脳裏をかすめた。その時は、どうやって船の乗組員や乗客の目を誤魔化せばいいのか。考えると、頭が痛くなってきた。

「やっと砂漠とおさらばできたと思ったら、なんで海なんかに」

ホワ爺がぼやいた。淡水産のナマズは、海水が苦手のようだ。

「海を見たかったからですわ」

リンレイは穏やかに微笑んだ。

オアシスを出ると、リンレイは海に行きたいと言いだした。ホワ爺は真っ直ぐ東の国に帰るべきだと大反対したが、二対一で行き先は海に決定した。ルオーもリンレイと同じで、一度でいいから海を見てみたいと思っていたのだ。幸い旅費はたっぷりある。

　三人は砂漠を渡って、沿岸の港に向かった。そこで乗船の手配をして、外海航海用の大型船に乗り込んだ。東の国に帰るためだが、気分はすっかり物見遊山だ。

「でも、海に出たのは、それだけではありません。ちゃんと用もあります」

　リンレイは手提げ袋の中から、木箱を取り出した。《家宝》の入った木箱だ。

「わたくし、これを海に沈めてしまおうと思います」

「よ、よしなされ。大切な《家宝》ですぞ」

　ホワ爺の制止の声を無視して、リンレイは用意していた平らな石を、頑丈な紐で木箱に巻き付けた。だが、あまり器用でないらしく、上手くできない。見かねたルオーが木箱に重しを括り付け、リンレイに渡した。

「いいんですか、リンレイさん。まがりなりにも《家宝》なのに」

　確かめるように、ルオーは訊いた。

「はい」

　リンレイは迷いなく頷いた。海の底に沈めてしまえば、《家宝》が人の手に渡ることはない。悪用される心配もなくなる。だが、善用されることもなくなるのだ。

「強すぎる力は必要ありませんわ」

　ルオーの心を見抜いたかのように、リンレイは呟いた。そして《家宝》を海に放り投げた。軽い水音と飛沫をたてて、《家宝》は海の中に沈んだ。

「海の中で眠るのが、《家宝》の幸せですわ。海の中なら、渇いたりしませんもの」

　柔らかく微笑むリンレイの横顔を、ルオーは見つめた。

「ああ、ライシェン様が知ったら、なんとおっしゃるか」

　ホワ爺は手足をバタバタと動かした。船酔いの割に元気なその姿は、駄々をこねている幼児のようだ。

甲板にいる数人の乗客がクスクス笑っている。

（もしホワ爺さんがナマズの本性に戻った時は、簀巻きにして船底に転がしておこう）

ルオーはそう決め、海原に視線を向けた。

「あんなに騒いで。ホワ爺は本当に船酔いなのかしら？」

リンレイが怪訝そうに首を傾げている。

「放っておきましょう。それよりも、リンレイさん。わたしはずっと気になっていることがあるんですが」

慣れない船の揺れにバランスをとりながら、ルオーは口を開いた。うるさいホワ爺がいないうちに、確かめておきたいことがあった。

「なんでしょう？」

「竜の血が濃い者は、身体に《印》が現れるんでしたよね。以前、見せてもらえないかと頼んだのですが。やはり見せてもらえませんか？」

ルオーには意外としつこいところがあって、気になったことがあると、解決するまで頭から離れないのだ。

「それは、できません」

答えたリンレイの顔は真っ赤だ。

「何故です？」

「それは……見ることができるのは、わたくしの夫になる人だけです」

「………」

ルオーもつられて赤面した。なるほど、ホワ爺が怒ったわけだ。

「わたくしもルオー様に訊きたいことがあります。ドリーガ様に教えていただいた砂漠の言葉、本当の意味はなんですの？」

恥ずかしさを誤魔化すように、リンレイはややきつい口調で言った。すっかり忘れていたことを切り出され、ルオーは面食らった。

「それは、ちゃんと教えたじゃありませんか」

「ルオー様は嘘が下手です」

「……教えられません」

頑なにルオーが拒むと、リンレイが眉間に皺を寄せた。

「どうしてもですか？」

「どうしてもです」

ルオーは言ったが、リンレイに引き下がる気配はない。ルオーもしつこいが、リンレイのしつこさはそれ以上だ。

（このままでは、根負けして口を割ってしまう）

そうなる前に、なんとかしてリンレイを黙らせなくては。そこで思い出したのが、サーラの耳打ちだ。

「オアシスを出発する前、サーラ様がリンレイさんに何を言ったのか——それを教えてくれれば、わたしも本当の意味を教えます」

女同士の秘密なら、リンレイもルオーに言えないはずだ。その予想どおり、リンレイは唇を噛んで沈黙した。

「それじゃ、この話はこれで終わりということで」

なんとか言わずにすんでホッとしたルオーだが、リンレイの大きな瞳に涙が滲んでいるではないか。

「わ～か～ぞ～う～」

甲板を這う音と死霊の呻き声みたいな声が近付いてきた。

急に風が出て、ぐらりと船が揺れた。船の揺れ方に不慣れなルオーとリンレイは、簡単によろけた。それでもルオーはなんとか踏みとどまり、倒れそうになったリンレイの華奢な身体を支えた。

すると、リンレイがルオーにしがみついた。おそらく反射的なものだっただろう。ルオーは華奢な身体を抱きしめた。

「離してください」

か細い声で、リンレイが言った。

「嫌です」

ルオーはリンレイを抱く腕に力を込めた。

「ルオー様、ずるいですわ」

「わたしは英雄や賢者でもない、平凡なつまらない

男です。そんな男ですが、《印》を見せてもらえますか？」

囁くように言うと、リンレイは無言で頷き、ルオーの胸に顔を埋めた。

「こりゃ、若造。どさくさに紛れて、何をしておるんじゃ」

ナマズというより蛙みたいな格好で、ホワ爺が唸った。勿論、ルオーもリンレイも無視した。

ルオーはいつも居場所を探していた。安心できて、幸せになれる場所を。大切なものをいくつも失ったが、やっと居場所を見つけたのかもしれない。

騒いでいた海鳥の群れが、マストに留まって羽を休めていた。ルオーたち三人を乗せた大型船は、青い水平線を進んでいた。

〈完〉

あとがき

どうも。

お久しぶり&はじめまして。

『砂の眠り　水の夢』をお届けします。

昔のシリーズ物の続編と期待した方がいたら、すみません。

まったく別物です。


さて。

今回、ミューノベルという新しいレーベルから、本を出していただけることになりました。

声をかけてくださったO（おー）氏に感謝します。

O（おー）氏を紹介してもらったのは、もう数年前になります。

その間も仕事の話はあったのですが、色々な事情で進まず、気がついたら何年も経（た）っていました。

動かない時は何をしても動かないんですよね。

ところが動きだす時はいきなりで、あっという間に刊行。
すると何故か、停滞していた他のことも動きだすから不思議です。

で、打ち合わせとなり――。
O氏「イラストですけど、誰がいいですか?」
冴木「弘司さんは、どうですか? 女の子は可愛いし、お兄さんやおじさんは格好いいし」
O氏「ああ、いいですね」

というわけで、イラストは弘司氏にお願いすることになりました。
そして快諾していただいたのですが、私のせいで極悪非道なスケジュールに……。
本当に申し訳ありません。

ところで。
最近、古い映画を観ています。
タイトルは知っているけれど観たことがない、というものが多かったので。
モノクロやサイレントなど、独特の雰囲気が楽しいです。

さて。

最後になりましたが、弘司氏とＯ氏に御礼申し上げます。

では、この辺で。

（やはり、あとがきは苦手）

冴木忍　拝

『ミューノベルという名前』


「ミュー」とは、Mainichiの「M」のギリシャ語読み。小文字表記は「μ」。

ギリシャ神話に登場する女神たち「ミューズ」にも、ちなみます。

「ミュージック」の語源となった古(いにしえ)の学芸の女神たちにあやかり、
時代を超えて読み継がれるエンターテインメント作品を送り出したい――そう願って、

「ミューノベル」と名づけました。（編集部）

砂(すな)の眠(ねむ)り 水(みず)の夢(ゆめ)

印刷日　2015年12月5日
発行日　2015年12月20日

イラスト／天野喜孝

著　者　冴木 忍(さえき しのぶ)

発行人　黒川昭良

発行所　毎日新聞出版
〒102-0074　東京都千代田区九段南1－6－17　千代田会館5F
営　業　本　部　03－6265－6941
図書第一編集部　03－6265－6745
http://mainichibooks.com/

印刷・製本　中央精版印刷株式会社
フォーマット・デザイン　シマダヒデアキ（ローカル・サポート・デパートメント）

ISBN978-4-620-21006-3

MAINICHI SHIMBUN PUBLISHING INC.

星野亮

イラスト／士郎正宗

ザ・サード【完全版】1

〈大戦〉と呼ばれる大崩壊で人類は滅亡の危機に瀕するが、それを救ったのは額に『第三の眼（サード・アイ）』を持つミュータントたちだった。そして〈大戦〉から数世紀後——〈ザ・サード〉が支配階級として君臨する世界で『刀使い（ソード・ダンサー）』と呼ばれる居合いの達人の少女・火乃香（ほのか）が不思議な青年・イクスと出会ったことで、戦いに巻き込まれることに！

MAINICHI SHIMBUN PUBLISHING INC.

ザ・サード【完全版】2

星野亮

イラスト／士郎正宗

ロクゴウ砂漠にある街・エンポリウム・タウンをホーム・グラウンドに“なんでも屋”を営む少女・火乃香(ほのか)——今回、彼女に仕事を依頼したのは、世界を支配する超人類〈ザ・サード〉の実力者、フィラ・マリークだった。最初は断るつもりの火乃香であったが、内容が〈ザ・サード〉に囚われた浄眼機の奪還だと知ると——!?

ミューノベル●●●

MAINICHI SHIMBUN PUBLISHING INC.

貴族（バンパイア）泥棒スティール

菊地秀行

イラスト／末弥 純

〈貴族〉こと吸血鬼が有する人外の宝物を盗み出す人間――〈拝借屋〉は、その仕事ぶりがことごとく〈貴族〉のプライドを破壊するものであったため、〈貴族ハンター〉以上に〈貴族〉を激怒させる存在だった。そしてついに〈貴族〉の歴史上はじめて、“お尋ね者”として指名手配された男が現れた。それが〈拝借屋〉スティールなのである！